KB138677

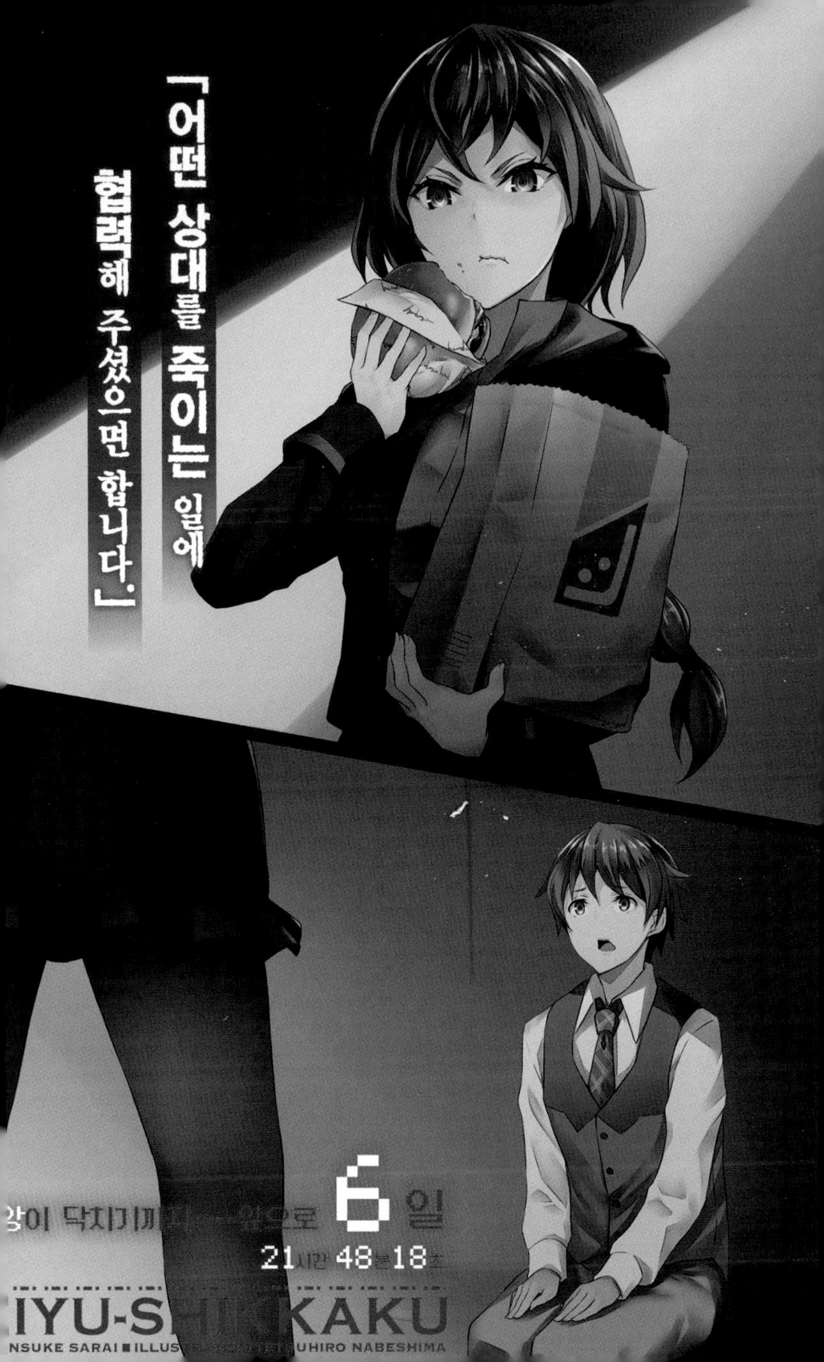

「어떤 상대를 죽이는 일에
협력해 주셨으면 합니다.」

6일
21시간 48분 18초

KAKU
UHIRO NABESHIMA

영웅vs영웅vs영웅!!
이번에는 정말로 세계가 멸망한다――!?

「조, 부, 화—알!!!!!」
「거기 둘, 잠깐 기다렸음 하네!
세계를 멸망시키는 건 내 역할이라구!?」
용사

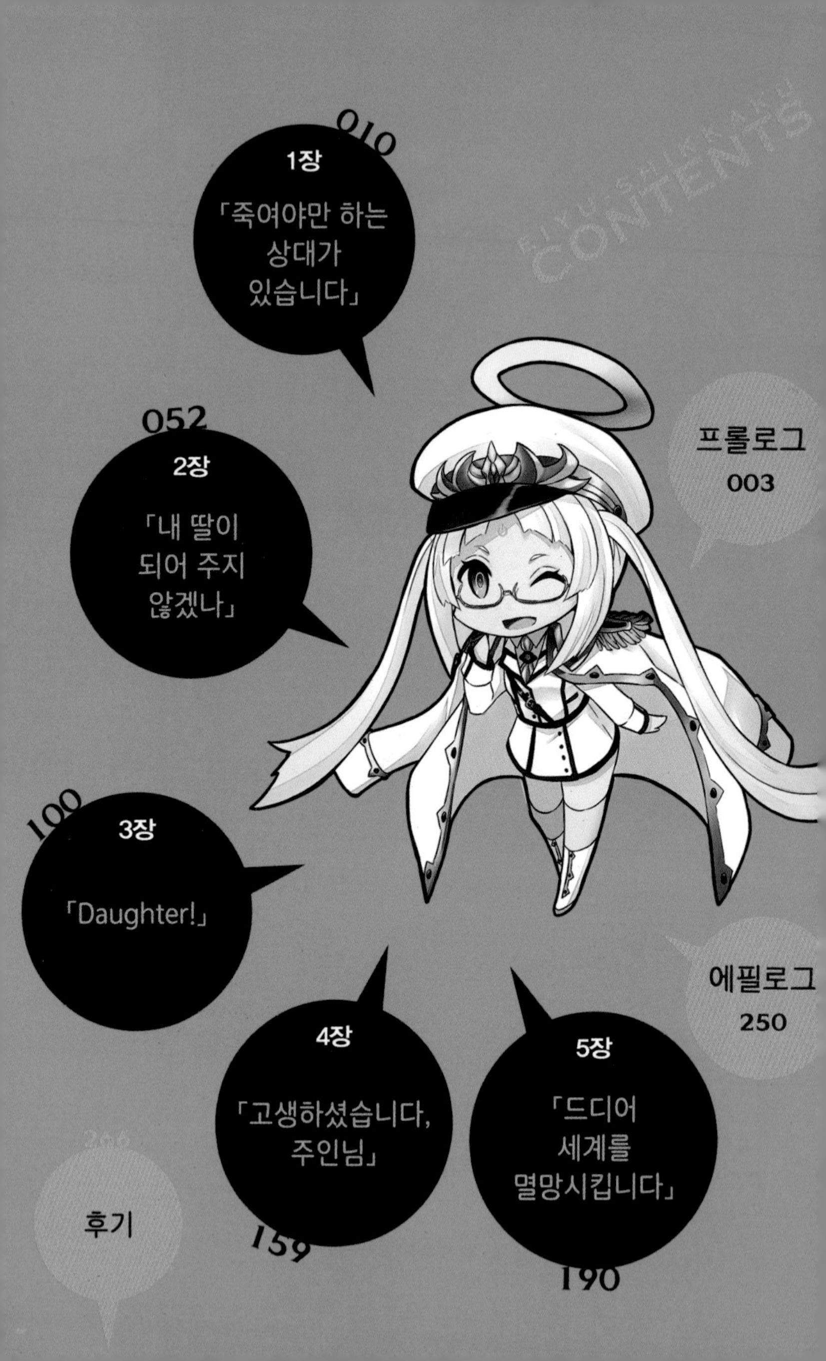
CONTENTS
1장
「죽여야만 하는 상대가 있습니다」
010
2장
「내 딸이 되어 주지 않겠나」
052
3장
「Daughter!」
100
4장
「고생하셨습니다, 주인님」
159
5장
「드디어 세계를 멸망시킵니다」
190
프롤로그
003
에필로그
250
후기
266

영웅
실격
3
드디어
세계를
멸망시킵니다
사라이 슌스케
SHUNSUKE SARAI
ILLUSTRATION
나베시마 테츠히로
EIYU-SHIKKAKU

표지 · 본문 일러스트

나베시마 테츠히로

프롤로그

햇살이 느긋이 내리쬐는 오전의 공원.

"……하아."

그 속에서 나, 카노야 소이치는 벤치에 앉아 깊은 한숨을 내쉬고 있었다. 그러자 걱정하는 듯한 목소리가 옆에서 들려온다.

"왜 그러지 소년, 무슨 고민이라도 있나?"

"고민의 원흉이 걱정을 다 해 주시네요……."

한숨의 원흉은 내 옆에 앉아 있는 이 인물이었다.

일찍이 정의의 변신 히어로로서 한 시대를 풍미하고 세계 평화를 위해 무수한 악의 비밀결사와 싸운 전설의 영웅, 가면전사 프리즈너 사몬지 신타로.

그 활약에 한 점 의심도 없는, 말이 필요 없는 영웅.

하지만 그런 영웅인 사몬지 씨는 오늘 아침, 평소처럼 초등학생들의 통학로에 출현해 평소처럼 감시 카메라를 설치하고 있던 차에 평소처럼 경찰분들에게 들켜 평소처럼 가까운 유치장에 골인.

그리고 나는 평소처럼 신원 보증인으로 그를 데리러 가는 꼴이 된 것이다.

"……저기, 사몬지 씨. 왜 항상 이런 거예요?"

"왜 그러나 소년, 아동들의 등하교 풍경을 빈틈없이 지켜보고 촬영해 소장한다는 숭고하고 청정한 나의 사명에 뭔가 문제가 있다는 건가?"

"아니 문제밖에 없잖아요!? 몇 번이나 말했잖아요!!"

"음, 그렇지. 확실히 그들과는 의견 충돌이 종종 있지."

"충돌하는 건 의견이 아니라 법률이나 헌법 같은 건데요."

"확실히 나의 사명에는 적이 많고 이해자는 적을지도 모르지만, 그렇다고 해서 꺾일 수는 없어! 그래, 아이들의 미래를 지키기 위해!! 아이들이 자신의 힘으로 자신의 길을 개척해 나갈 수 있도록 이끄는 것이 우리 어른의 사명이니까!"

레몬 천 개쯤 될까 싶은 상큼함과 함께 발언한, 아이들의 미래를 지킨다는 대사. 그것은 분명히 사몬지 씨가 지금까지 이루어 온 것이다.

가면전사 프리즈너의 활약은 때로는 서적으로, 때로는 영상으로 기록되어 모든 세계에 사는 소년들과 소년의 마음을 가진 어른들에게 사랑받아 왔다.

이렇게 말하는 나도 그 활약에 매료된 사람 중 한 명. 가면전사 프리즈너의 영상 디스크를 몇 번이나 재생했던가. 그래서 사몬지 씨가 하는 말뜻은 안다. 알지만.

"진짜, 말만 들으면 훌륭하지만 말이죠……!"

사몬지 씨의 경우는 방법이 문제였다. 초등학생의 등하교를 감시하다니 완전히 범법 사안이라고요. 그야 경찰분들이 들이 닥칠 수밖에요.

덕분에 내가 경찰서에 사몬지 씨를 데리러 가는 것도 이미 일과가 되고 말았다. 경찰이 얼굴을 기억할 만큼 자주 경찰서에 다니다니, 신의 사자로서 괜찮은 건가요.

"어휴 진짜, 다음번에는 안 데리러 갈 거예요. 차라리 한동안 콩밥이라도 먹고 오지 그래요."

"………."

"……저기, 사몬지 씨?"

"잠깐, 지금 중요한 부분이다. 좀 조용히 해 주지 않겠나."

"……네?"

너무한 말에 옆을 보니, 사몬지 씨는 이미 이쪽을 보고 있지 않았다.

그 눈동자가 포착하고 있는 것은 공원 그네에서 놀고 있는 나이 어린 여자아이들. 그 아이들을 심상치 않은 눈빛으로 관찰하고 있었다.

그 눈은 흡사 맹금류. 소녀들의 일거수일투족을 결코 놓치지 않겠다는 결의에 넘쳐흐르고 있다. 지금 당장 폴리스 디파트먼트로 리턴해야 할 소행이네요.

"……저기, 사몬지 씨."

"말 걸지 말아 다오, 소년. 저 아이들이 사악한 자에게 끌려가거나 하지 않도록 한시도 눈을 뗄 수 없다."

"지금 그야말로 사악한 자에게 감시당하고 있네요."

"뭐라고!? 이런 사악한 놈, 비열한 짓을! 순진무구한 아이들을 맹금류 같은 눈으로 지켜보고 있음이 틀림없군! 어디에 숨어 있나!!"

"사몬지 씨 안이려나요."

"그런가! 고맙다!"

그렇게 외치고 자신의 배를 마구 때리기 시작한 사몬지 씨를 나는 말릴 마음이 없다.

지금까지 놀고 있던 여자아이들도 갑자기 스스로 자기를 때리기 시작한 수상한 사람에게 겁을 먹고 도망가고 말았다. 다행이야, 수상한 사람에게 감시당하는 아이는 이제 없어졌습니다.

그리고 남겨진 것은 사몬지 씨가 자기 복부를 계속해서 때리는 소리뿐.

"……하아."

정말이지, 이 세계에 온 뒤부터는 한숨만 쉬고 있는 기분이다.

그 원인은 물론 옆에서 자신을 계속 때리고 있는 사몬지 씨를 비롯한 영웅들이다. 세계에 닥칠 재앙을 막기 위해 신이 모은 영웅들. 하지만 뚜껑을 열어 보니 영웅들은 모두 터무니없는 구제불능 인간들이었다.

그렇게 구제불능으로 변해 버린 영웅들을 갱생시켜 예전의 제대로 된 영웅으로 되돌리는 것이 제가 선택한 새로운 사명이었는데 말이죠…….

"그렇게 잘되지가 않네요, 네에."

그중 한 사람, 작가인 엔죠 선생님이 일으킨 재앙을 막은 지 며칠이 지났다. 다행히 평화가 이어지고 있는 지금 어떻게든 구제불능 영웅들을 갱생시키려 하고 있지만 지지부진한 것이 현실이다.

"그 사람들…… 구제불능이라 해야 할지, 이미 그런 수준이 아니죠. 심지어 몇 사람은 인간의 형상조차 아니거든요."

하지만 그렇다고 포기할 수는 없다. 신에게 부여받은 사명은 나의 모든 것이라고도 할 수 있으니까.

"사악한 자가! 사라질 때까지! 나는 때리기를 멈추지 않는다!"

"저기, 사몬지 씨……. 슬슬 자기를 때리는 건 그만해 주실래요? 좀 진지한 생각을 하고 있는데 BGM이 너무 험악해서…… 엇!?"

이제 그만 사몬지 씨를 제지하려던, 그 순간.

별안간 살갗을 찌르는 듯한 감각에 휩싸였다. 최근 소동에서 몇 번이나 경험한 것.

명확한 의사를 지닌 누군가가 보내는 시선이다.

"누구냐!?"

벤치에 앉은 채 눈길을 돌려 공원 안을 둘러보다, 이상(異常)의 주인을 발견했다.

아이들이 사라지고 아무도 없어진 공원 구석에 어느샌가 수상한 인영(人影)이 서 있었다. 마치 내 시야 사각에 미끄러져 들어온 것처럼 홀연히.

"……대체, 누구냐?"

온몸을 온통 시커멓고 낙낙한 복장으로 감싼 모습은 언젠가 보았던 마왕의 모습을 떠올리게 하지만, 그때와는 분명하게 다른 점이 있었다.

그것은 강렬한 시선.

낙낙한 검은 옷 틈새로 새어 나오는 붉은 시선. 그 강력함이 완전히 다르다. 그저 쳐다보는 것만으로도 그 자리에서 움직일 수 없게 만드는 강함이 있었다.

그 시선이 갑자기 흔들렸다.

"……어?"

다음 순간, 시야가 꽉 찬다. 바로 눈앞에 검은 그림자가 나타났다.

이 시커먼 것은 단 한순간에 나와의 거리를 좁혀 여기까지 접근한 것이다.

아무리 생각해도 일반인이 할 수 있는 일이 아니다.

"무슨!?"

뭔가 말을 할 틈도 없었다. 그 시커먼 것은 스치자마자 내 몸을 가볍게 들어 올리더니 그대로 단숨에 벤치를 걷어차며 가속했다. 하늘을 나는 듯한 속도에 나는 아무런 저항도 할 수 없었다.

휙휙 도는 시야 속에서 내 의식도 멀어져 간다.

마지막으로 본 것은 아직도 자신을 아프게 만들고 있는 사몬지 씨의 모습.

그리고 시커먼 인물이 속삭인 말뿐.

"……이걸로 그놈을 죽일 수 있어."

그리고, 주머니 속에서 울리는 경고음.

새로운 재앙을 알리는 카운트다운 소리는, 누구도 듣지 못하는 사이에 그 시작을 알린 것이었다.

【재앙이 닥치기까지 앞으로 6일 23시간 59분 59초】

「죽여야만 하는 상대가 있습니다」

희미해진 의식 속에서 오늘 아침의 사건이 떠올랐다.

안면이 있는 경찰에게 연락을 받고 사몬지 씨를 데리러 가려던 나를, 보타락장 현관에서 에리카 씨가 불러 세웠다.

"어라, 소이치. 어디 가?"

"으음, 잠시 경찰서에……."

"아아, 또 신타로가 신세를 지고 있나 보네."

"……네."

우리 둘은 말하지 않아도 통하네요. 통하고 있는 내용이 꽤나 좀 그렇지만. 정말 통했으면 하는 건 하나도 안 통하는데.

"그렇겠지. 신타로가 붙잡히지 않으면 하루가 시작되지 않는걸."

"그런 식으로 시작되는 건 좀 싫은데요……."

"오히려 붙잡히지 않으면 불안해지니까."

"확실히 그렇긴 하지만요."

에리카 씨는 드물게도 불안해 보이는 얼굴을 하고 있었다.

"하지만 조심해. 요즘에는 이 주변도 위험해진 것 같으니까."

"적극적으로 위험하게 만들고 있는 장본인이 그런 말을 하고 있는 듯한 느낌인데요. 그런데 뭐가 위험하다는 거죠?"
"듣기로, 근처 레스토랑이 잇따라 망했다던데?"
"……레스토랑이요?"
"료코한테 들었을 뿐이니까 자세한 건 모르지만, 무슨 일이 있었겠지. 푸드 파이터 무리에게 습격이라도 당한 걸까."
"그 사람들은 무리를 짓지도 습격을 하지도 않잖아요."
푸드 파이터는 그런 무법자 같은 사람들이 아니라고 생각하는데요.
"아아, 맞아맞아. 레스토랑 하니까 말인데, 옛날에 배가 고파서 뛰어들었더니 '라스트 오더 시간이 지나서요.' 라고 거절당한 적이 있어. 나는 필사적으로 평화를 위해 싸우고 있는데 융통성 좀 발휘해 줘야 하는 거 아니야!?"
"또 시작이야……. 으음, 확실히 그렇네요."
"너무너무 울컥해서, 익힌 지 얼마 안 된 밤낮을 역전시키는 마법으로 아침으로 만들어서 이제 두 번 다시 라스트 오더 같은 소리를 못 하게 만들어 줬는데, 그것도 어쩔 수 없는 일이지! 용사를 매정하게 내친 벌이야! 뭐, 그다음엔 모닝 세트밖에 안 나오는 상황이 돼서 진짜 곤란했지만. 난 단지 햄버거를 먹고 싶었을 뿐인데!!"
"그럼 그만두면 됐던 거……."
"햄버거에 원한이 맺히면 무섭다구! 아우 진짜, 오늘은 저녁밥으로 마요네즈 듬뿍 햄버거를 원하거든! 그게 아니면 날뛸 거야!"

"네에네에."

뭐, 그런 식으로.

오늘도 뒤틀린 원한 최고조인 에리카 씨에게 인사를 하고, 나는 사몬지 씨를 데리러 경찰서로 향했다. 그리고 무사히 사몬지 씨를 되찾은 뒤 공원 벤치에서 요란하게 한숨을 쉬고 있었던 부분까지는 기억이 나는데.

"어어, 분명, 누군가에게 납치돼서…… 그래서, 이렇게."

그렇다. 공원에서 누군가에게 납치당한 것이다.

전에 납치된 경험이 있어서 비교적 침착합니다.

지금 나는 밧줄에 둘둘 감겨 바닥에 굴러다니고 있는 상황. 스스로의 힘으로는 도저히 풀 수 없을 만큼 강한 힘으로 묶이고 말았다.

"……그보다 어딜까요, 여긴."

밧줄을 푸는 것은 금방 그만두고 방 안을 관찰했다.

여기저기 방치된 물건들. 책장이 내던져 둔 것처럼 어지러이 놓여 있고 바닥에는 유리가 흩어져 있다. 아무래도 한동안 쓰이지 않은 폐가인 듯하다. 나는 그렇게 버려진 폐허에 묶인 채로 방치되어 있는 것 같다.

그때 내 뒤에서 문이 열리는 소리가 들렸다. 누군가가 이 방에 들어온 것이다.

"…………."

천천히 다가오는 발소리에 귀를 기울이며 정신을 잃은 척했다.

그 누군가는 아마도 나를 납치한 인물이겠지.

현재 위해를 가하지는 않았지만 유괴 같은 지독한 짓을 하는 상대이니 어떤 난폭한 행동을 할지 모른다. 지금은 상황을 살펴야 한다.

그대로 발소리가 내 바로 옆까지 다가온다.

내 긴장감도 한층 높아지는 가운데, 갑자기 방에 한바탕 바람이 불었다.

"윽!?"

다음 순간 나를 묶고 있던 밧줄이 갑자기 풀렸다. 방금 분 바람에 절단된 것이다. 그것은 틀림없이 수수께끼의 인물이 일으킨 것이다.

"일어나십시오. 정신이 들었을 겁니다."

"……알겠습니다."

자는 척은 처음부터 들키고 말았나 보다. 순순히 일어나 나를 유괴한 장본인의 모습을 본다.

젊은 여성이 나를 내려다보고 있었다.

특징적인 붉은 눈동자와 타는 듯한 빛깔의 빨간색 머리가 어둑어둑한 폐가 안에서도 유달리 눈에 띈다. 마치 만지면 화상이라도 입을 듯 강렬한 분위기를 띤 여성. 이쪽을 바라보는 눈동자가 몹시도 날카롭다.

하지만 신경이 쓰이는 것은 그런 것이 아니다.

"……어어."

왜인지 그 여성은 거창하게 햄버거를 먹고 있었다.

오른손에는 햄버거를, 왼손에는 햄버거 가게의 큼직한 종이 봉투를 들고 우물우물 먹고 있다. 완전히 식사 중이었다.

이쪽은 붙잡혀 있는데 왜 식사 같은 걸 하고 있는 겁니까. 지금은 좀 더 진지한 장면 아닌가요. 설마 나도 먹히는 건 아니겠죠.

"잘 먹었습니다."

시간을 한참 들여 봉투 속에 있는 열 개쯤 되는 햄버거를 다 먹어 치운 여성은 예의 바르게 식후 인사를 했다. 아무래도 내가 먹힐 걱정은 없었나 보다.

그대로 몸을 굽혀 앉아 있는 나를 향해 손을 뻗는다.

"먼저 무례를 용서해 주셨으면 합니다."

"엥? 어, 네에."

그쪽이 하는 대로 내민 손을 잡고 일어선다.

"원래라면 원만하게 모셔 오고 싶었지만 남들 눈이 있는 이상 이런 방법을 쓸 수밖에 없었습니다. 용서해 주십시오. 카노야 소이치 님, 이시지요?"

"어어…… 네, 분명히, 제 이름은 카노야 소이치인데요……?"

내게는 어울리지 않는 '님' 이라는 경칭과 묘하게 정중한 말투에 가시방석에 앉은 기분을 느끼면서도, 아무래도 말은 통하는 상대인 것 같아 평범하게 대답을 하기로 했다.

"갑작스럽지만 실은 협력해 주셨으면 하는 일이 있습니다."

"……협력?"

"네, 어떤 상대를 죽이는 일을 협력해 주셨으면 합니다."

"죽이다니…… 엉?"

여성의 입에서 갑작스레 튀어나온 험악한 말에 단숨에 폐가의 공기가 굳었다.
"잠깐, 갑자기 무슨 이상한 소리를 하는 겁니까!? 죽이다니, 농담이죠!?"
"엄청나게 진지합니다. 어떻게 해서든 죽여야만 하는 상대가 있습니다."
여성의 붉은 눈동자에는 진지한 빛이 깃들어 있다. 진심으로 하는 말이다.
하지만 아무리 생각해도 이상하다. 어째서 갑자기 유괴되었는가 싶었더니 살인을 거드는 꼴이 되어야 하는 건가. 나도 제법 말려들기 쉬운 체질이라고는 생각하지만 그렇다 해도 너무 불합리하잖아요.
"역시 전혀 상황 파악이 안 되는데요."
"그러고 보니 제 이름도 아직 말씀드리지 않았군요."
"네?"
"제 이름은 노에미 롬바르디아. 노에미라고 불러 주셨으면 합니다."
"……엑?"
여성이 말한 이름. 그 성은 들은 적이 있다.
롬바르디아.
그 성은 다름 아닌 보타락장의 주민인 어떤 영웅이 가진 것과 같다.
그녀, 노에미 씨는 진지한 눈동자를 한 채 말한다.
"생각하신 대로입니다. 그 잡룡, 쿠드 롬바르디아는 제 아버지이고…….”

그리고.

“……이 손으로 죽여야 한다고 결심한 존재입니다.”

◆ ◆ ◆

쿠드 롬바르디아.

그것은 신에 필적하는 힘을 지닌 드래곤이자 영웅의 이름.

그 거체, 그 포효, 그 전투력으로 지금까지 수많은 세계를 구해 온 최강의 드래곤. 지금까지 구한 세계의 수는 영웅들 중에서도 톱. 천공을 웅대하게 날아다니는, 생물 중에서도 가장 고위인 존재. 강대한 육체와 그에 걸맞은 위엄을 겸비한 사상 최강이자 절대무적의 드래곤이다.

다만 지금은 그냥 주정뱅이 도마뱀이 되었지만요.

이미 술밖에 생각하지 않는 단순한 파충류지만요.

실제로 보타락장을 찾은 내가 만난 쿠드 롬바르디아 님에게는 과거의 전설을 떠올리게 하는 구석이 전혀 없었다.

그러기는커녕 작은 도마뱀으로 변한 데다 항상 술을 잔뜩 들이켜고 취해 있는, 극히 어쩔 도리가 없는 구제불능 파충류가 되어 버린 것이다.

“어어, 잠깐만 기다려 주실래요, 정보가 너무 많아서……. ‘아버지’ 에다 ‘죽인다’ 니 뭐가 뭔지……. 아니 그보다 쿠로 씨한테 딸이 있었다고요?”

그러고 보니 료코 씨에게 '쿠로 씨도 참, 처자식한테 버려져서는 술로 도망치고' 같은 이야기를 들었던 것 같다. 료코 씨가 대충 거짓으로 통역한 게 아니었던 건가. 정말로 그런 과거가 있었나.

갑작스레 믿기는 어려운 사실이긴 하지만, 노에미 씨의 강렬한 분위기는 평범한 인간이 발할 수 있는 것이 아니다. 그것이 저 위대한 드래곤에게서 유래했다고 한다면 수긍이 가는 이야기다.

"그런데, 죽인다니……."

'죽여야 한다'는 강렬한 말. 결코 농담하는 것이 아니다. 완전히 진심이다. 노에미 씨의 태도를 보면 안다.

존속 살해.

그것은 어느 세계에서든 틀림없이 금기일 텐데.

"……저기, 노에미 씨. 질문을 좀 해도 될까요."

"상관없습니다."

"어째서, 그, 아버지를 죽이겠다고……."

"예에, 확실히 당연한 질문이군요."

한순간의 머뭇거림. 하지만 노에미 씨는 망설임 없이 고한다.

존속 살해라는 금기를 범할 수밖에 없는 이유를.

"술에 빠진 끝에 드래곤으로서의 긍지도 영웅으로서의 위업도 모두 내던지고 주정뱅이 도마뱀으로 전락한 구제불능 잡룡이기 때문입니다."

"아—."

납득했습니다.

납득하고 말았습니다.

자기 아버지가 종족의 명예를 실추시키는 짓을 하니까 그야 조금쯤은 '죽어' 같은 마음이 되는 것도 어쩔 수 없겠지요. 하물며 일찍이 영웅으로 칭송받았으니 타락에서 오는 실망도 컸겠지.

그렇다면 아예 딸인 자신의 손으로 묻어 주는 것이 자비가 아닐까, 그렇게 생각해 버릴지도 모르지요.

하지만 그렇다고 해서.

"저기, 마음은 알겠지만, 그……."

"'마음은 알겠다' 라면, 협력해 주시는 것이군요!!"

"아, 아니요. 그런 게 아니라."

"어째서입니까!? 자신의 사명과 존재 의의, 긍지마저도 완전히 잊고 아침부터 알코올에 푹 빠져 있는 자에게 가치 따윈 없고말고요! 심지어 그런 자가 영웅으로 찬양받고 있다니 절대 용서할 수 없는 일입니다! 그런 썩어빠진 파충류 따위, 죽는 편이 세계를 위한 일입니다!!"

"……우, 우우."

찍소리도 안 나온다는 게 이런 건가. 노에미 씨의 말을 하나하나 다 납득해 버릴 것 같아서 두렵다. 정말이지 그 도마뱀은…….

확실히 나 같은 것보다는 실제 딸인 노에미 씨가 쿠로 씨를 더 잘 알고 있겠지. 그런 그녀에게, 아직 쿠로 씨를 만난 지 얼마 되지도 않은 내가 무슨 말을 해도 들어줄 것 같지는 않을 듯싶다.

그래도, 영웅이라든가 구제불능이라든가 그런 이야기 이전에.

딸이 자기 아버지를 죽이고 싶어 하는 것이 옳은 일일 리가 없다. 거기에 어떤 이유가 있다 한들 협력 같은 걸 할 수 있을 리가 없는데.

"그렇지, 이 시간이라면 쿠로 씨는 보타락장에 있겠네요……."

다행히 저쪽 당사자는 지금도 보타락장에서 취해 있을 것이다. 내가 할 수 있는 일은 곧장 디바이스로 연락을 취해 부녀가 대화할 기회를 만드는 것이다.

"저기, 잠시 기다려 주시겠어요?"

노에미 씨에게 양해를 구하고 주머니 속에서 디바이스를 꺼냈다. 화면을 조작해 보타락장에 연락을 취하려고 하는데.

디바이스 화면에는 새빨간 글자가 표시되어 있었다.

"……어?"

피로 칠한 듯한 그 진홍색 글자를 잘못 볼 리가 없다. 못 보고 지나칠 일도 없다. 왜냐하면 거기에 쓰여 있는 것은, 의심할 바 없는.

"이럴 수가……!?"

재앙에 이르는 숫자. 파멸의 미래를 고하는 수열.

세계 멸망을 표시하는 카운트다운이 디바이스에 표시되어 있었다.

【재앙이 닥치기까지 앞으로 6일 21시간 48분 18초】

그리고.

카운트다운과 함께 쓰여 있는 것은 신으로부터 내게 내려진 지령의 문서.

「거대한 힘과 힘이 충돌하여 그 여파로 세계가 멸망하려 하고 있다. 서둘러 원인을 특정하여 멸망을 막으라.」

"힘과 힘이라니, 대체……?"
신으로부터 내게 내려진, 앞으로 닥칠 멸망을 막으라는 지령.
지난번 지령 때는 목표가 분명했다. 「혼돈된 여왕」이라는 이름의 재앙을 찾는다는 목적이 명확했다. 하지만 이번에는 그 목적이 되는 것이 명확하지 않다.
힘과 힘이 충돌한다는 것은 둘 이상의 존재가 있고 양쪽 다 멸망에 관계된다는 것인가. 찾아야 할 상대, 이 세계에 멸망을 초래하려 하는 존재가 복수로 있는 것이다. 막아야 할 것은 하나만이 아니다.
그러면 세계가 멸망할 정도의 힘의 충돌, 그만큼의 힘을 지니고 있는 존재란.
"설마 또 뭔가 말도 안 되는 것이 나타나는 건가……?"
과거 보타락장의 영웅들에게 격퇴당한, 세계를 멸망시키려 하는 존재.
그것은 마왕이었고, 혼돈이었다.
나는 그런 압도적인 침략자에 대항해 영웅들의 힘을 빌려…… 빌렸다기엔 약간 어폐가 있지만요…… 간신히 격퇴할 수 있었다. 그 후의 설교도 포함해서 선명한 추억이다.

하지만 이번 같은 경우는 그 대상이 되는 누군가의 존재가 확실히 전달되지 않았다. 단지 힘과 힘이 충돌하여, 라고 쓰여 있을 뿐이다.

지금까지의 지령에 비추어보면 힘과 힘 중 한쪽이 보타락장의 영웅일 가능성이 높다. 하지만 다른 한쪽, 세계를 멸망시키려 하는 존재에 관해서는 정보가 없다.

"……으—음."

머리에 손을 짚고 생각해도 아무것도 떠오르지 않는다. 그럴 만한 존재…… 완전히 속세에 물든 그 마왕 언저리가 이제 와서 반기를 들 거라고는 생각할 수 없고, 마왕의 애완동물 포치도 마찬가지다. 새로운 재앙이 어디에선가 닥쳐온다는 것이 지금의 결론일까.

그렇게 생각하면서 문득 눈앞을 보니.

"카노야 님, 왜 그러시는 것입니까."

"……아니요. 별로, 아무것도 아닙니다."

노에미 씨는 또다시 햄버거를 입 안 가득 물고 있었다.

비교적 진지한 장면인데 왜 식사를 하고 있는 겁니까. 그보다 조금 전에 다 먹었던 거 아니었나요. 어디서 가져온 거야.

"그래서우물, 카노야 님우물. 우물잡룡을 죽이는 일에 협력해 주시겠습니까."

"최소한 다 먹고 나서 말할 수 없을까요……. 그보다 애초에 어떻게 죽일 작정입니까?"

"우물……. 그건 아직 정하지 않았지만, 저도 드래곤족 나부랭이. 그 잡룡만큼은 아니지만 그럭저럭 힘을 가지고 있습니다. 대륙 정도는 가를 수 있을 겁니다. 시도한 적은 없지만."

"아무렇지 않게 엄청난 소리를 하네요……."

"그 다음은 카노야 님의 조력만 있으면 일당백. 반드시 숙원을 이룰 수 있을 것입니다."

"그런가요……."

햄버거를 든 채 주먹을 꾹 쥐고 결의를 표명하는 노에미 씨. 그 모습을 보고 떠오른 것이 있었다.

이 사람이다.

이 사람이 바로 이번 재앙임에 틀림없다.

힘과 힘의 충돌이란 신룡 쿠드 롬바르디아와 그 딸 노에미 롬바르디아 부녀의 충돌. 영웅과 그 딸의 힘이 맞부딪치는 것임이 틀림없다. 분명히 세계를 멸망시킬 정도의 영향을 미치겠지.

이리하여 발생하려 하는 강대한 힘끼리의 충돌. 그것을 막는 일이야말로 이번의 내 역할이다. 부녀의 다툼을 해결하다니 신의 사자가 할 일이라곤 생각할 수 없지만, 그것이 세계의 앞날과 관련된 일이라면 가만히 있을 수는 없다.

즉, 지금 내가 해야 할 일은 노에미 씨의 이야기를 더욱 자세히 듣는 것이다.

"알겠습니다. 노에미 씨, 협력하지요."

"감사합니다우물."

"아직 먹고 있잖아……!!"

그래서 얼마나 먹을 겁니까. 위장이 우주와 이어져 있기라도 한 건지.
뭐라고 할까, 이쪽은 개의치 않고 식사만 하고 있는 모습을 보면 확실히 쿠로 씨의 딸이라는 느낌이지만, 그런 걸로 부녀 관계를 확신하고 싶지 않다.
결국 그 이상한 식사 풍경은 왼손에 든 봉투의 햄버거가 사라질 때까지 이어졌다.
"폐를 끼쳤습니다, 카노야 님. 저는 아무래도 연비가 나쁜지 이렇게 대량으로 식사를 하지 않으면 생활이 불가능한 것입니다."
"너무 대량이긴 하네요……."
"그리고 식사 중에는 식사에 집중하도록 하고 있습니다. 식사할 때는 자유롭고 마음에 평안을 얻어야만 하는 것입니다. 식사 중에 대화를 하는 건 실례인 것입니다."
"식사로 대화를 중단시키는 건 오케이인 건가……."
어쩔 도리가 없네요.
그러고 보니 오늘 아침에 에리카 씨에게 들었던 이야기. 근처 레스토랑이 잇따라 망했던 건 혹시 이 사람이 한 짓이었던 걸까. 확실히 늘 일정하게 이만한 양을 먹는다면 레스토랑 한둘은 망하고 말지도 모른다. 분명히 이상할 정도의 양이니까.
"아무튼 카노야 님, 협력해 주셔서 감사합니다. 함께 그 잡룡 자식을 멸합시다."
"네, 네에."
이 묘한 말투도 드래곤에게는 평범한 것일까. 아버지 쪽은 이미 언어 체계부터가 이상했지만 딸 쪽도 꽤나 이상하다는 느낌이 드네요. 언동도 그렇고, 모든 것이.

"카노야 님이 거들어 주신다면 천군만마. 잡룡의 말살은 이미 정해진 거나 다름없는 것이겠지요."

"아니, 그렇지는……. 애초에 저는 아무런 힘도 없는 그저 신의 사자이고."

"아닙니다. 그런 겸손을."

"분명히 영웅분들에 관해서는 잘 안다고 생각하지만, 멸한다니 말도 안 돼요. 애초에 어째서 접니까? 제 힘 같은 건 아무런 도움도 안 되는 게……."

"하지만 확실하게 쓰여 있었는걸요?"

"엥?"

쓰여 있었다니, 무엇에?

"「영웅 살해자」, 「최악의 고용주」, 「악역무도 용사의 후예」, 「마왕보다도 마왕다운 악」 등등, 카노야 님의 이명(異名)은 이미 전 세계에 울려 퍼지고 있답니다?"

"…………네?"

어어, 무슨 소릴까요.

"저는 잡룡을 멸하기 위해 이 세계에 온 것입니다만. 그때 참고한 웹사이트가 있습니다."

"웹사이트……라고요?"

"네. 영웅들을 말살하는 방법과 과거에 영웅을 쓰러뜨린 기록

같은 것이 정리되어 있는 웹사이트가 있어서 저는 그걸 보고 영웅 살해법을 배운 것입니다."

"자, 잠깐만요. 뭡니까, 영웅들을 말살하는 방법이 쓰여 있는 웹사이트라는 게!!"

확실히 영웅들은 입장상 다양한 적에게 원한을 사기도 할 거다. 영웅을 물리적으로 어떻게 하고 싶어 하는 무리가 많이 있을지도 모른다.

하지만 인터넷에 그렇게 아무렇지 않게 영웅을 말살하는 방법이 쓰여 있다니, 그건 말도 안 되는 이야기다.

"노, 노에미 씨, 그 웹사이트 주소를 가르쳐 주실 수 있나요!?"

"좋습니다."

"감사합니다!"

노에미 씨가 가르쳐 준 주소를 손에 든 디바이스에 입력했다.

잠시 후 나타난 웹사이트의 타이틀은.

"엑, 「영웅 말살-영웅 쳐 죽이는 방법 알려드립니다」라고요!?"

검은 배경에 빨갛고 두꺼운 글자로 된, 어쩐지 촌스러운 느낌의 웹사이트였다. 갑자기 울리기 시작한 음산한 BGM도 묘하게 그리운 느낌이다.

어쨌거나 디바이스를 조작해서 웹사이트를 보는데.

"이 영웅들은…… 보타락장에 사는 분들 이야기잖아요!"

웹사이트 내에 있는 「말살 대상 영웅」이라는 항목에는 사진과 함께 영웅들의 정보가 쓰여 있었는데, 그건 아무리 봐도 내가 잘 아는 영웅들의 모습이었다.

용사…… 에리카 씨를 비롯해, 마법소녀인 료코 씨, 변신 히어로인 사몬지 씨, 드래곤 쿠로 씨, 작가 엔죠 선생님 등 나도 잘 아는 영웅들에 관한 정보가 세세하게 기록되어 있다.

더구나 각 영웅들의 약점 같은 정보까지도 게재되어 있다. 료코 씨는 만주, 사몬지 씨는 여자애, 쿠로 씨는 주류, 엔죠 선생님은 편집자. 마치 콘솔 게임 공략본처럼 「이 영웅에게는 이것을 추천!」 같은 게 쓰여 있다.

"그리고 이 정보 다 맞네요. 완전 정답이네요."

완전히 악질적인 장난으로밖에 안 보이지만, 쓰여 있는 정보는 확실히 맞다. 이렇게 상세한 정보를 쓸 수 있는 인물은 그렇게 많지 않을 터. 누군가 내부자의 소행이라고밖에 생각할 수 없다.

애초에 영웅분들의 사진이 찍힌 시점에서 범인이 보타락장 내부에 있다는 것은 확실하다. 게다가 영웅을 죽이려는 원한을 품고 있다면 범인 후보는 한 명밖에 없다.

"아아, 다음입니다. 다음 페이지입니다."

"다음?"

뒤에서 디바이스를 들여다보고 있던 노에미 씨의 지시에 따라 다음 페이지를 본다. 눈에 날아든 것은 「가장 위험! 요주의!」라고 호들갑스럽게 쓰인 글자.

그 이름은, 카노야 소이치.

"푭!?"

무심결에 뿜고 말았다.

화면에 표시된 사진의 얼굴은 틀림없는 나이고, 쑥스럽다는 듯이 웃고 있다. 나는 그저 혼란스러울 뿐인데 이 자식은 뭘 히죽대고 있는 거야, 정말이지.

그런 사진에 아까 노에미 씨가 말한 내 정보가 덧붙이듯이 적혀 있고, 심지어 「영웅 살해 경험 있음」이라고 커다랗게 쓰여 있었다.

"…………하아."

오늘 몇 번째인지 모를 한숨.

그 자식, 요즘 방에 틀어박혀서 뭘 하고 있나 했더니 이런 것을 만들고 있었습니까. 이제 어떤 방법으로 벌을 줄지밖에 떠오르지 않지만, 분노를 억누르며 다음 페이지로 가서 「관리자의 일기」라는 것을 보았다.

아무래도 이 웹사이트 관리자의 일상생활이 기록되어 있는 것 같은데.

·「오늘은 정원 청소를 혼자서 다 했다. 용서 못 해.」

·「오늘은 짜고 또 짰던 계획을 가로채 갔다. 용서 못 해.」

·「오늘은 텔레비전을 보고 있었더니 혼났다. 용서 못 해.」

·「오늘은 의미도 없이 공격당했다. 용서 못 해.」

"죄다 원망이잖아요."

이건 일기라기보단 원한 수첩 같은 느낌인데요.

"어휴 정말…… 응?"

원망의 말만 이어지고 있는 일기 속에서 딱 하나 상태가 다른 것이 있다. 그것은 고작 수십 분 전에 갱신된 것으로 보이는 일기다.

·「무사히 협력자를 구할 수 있을 것 같다. 하늘을 달려, 영웅을 멸하러 간다.」

"이건…… 뭐지."

문장과 함께 나오는 것은 마치 하늘을 날면서 촬영한 듯한 사진이었다. 설마 날고 있는 거야? 게다가 협력자라는 말도 신경 쓰인다. 협력자는 노에미 씨라 치고, 하늘을 달린다는 건 대체.

"뭐, 본인에게 물어보는 게 제일 빠르려나……."

"어떻습니까 카노야 님. 이 사이트의 관리자 씨는 굉장하지요!"

내가 그 자식의 얼굴을 떠올리고 있는데 노에미 씨가 등 뒤에서 눈을 반짝반짝 빛내며 말을 걸어 왔다. 그 얼굴을 보니 묘한 죄책감이 들고 만다.

"네에, 확실히 잘 조사했네요."

"그렇죠, 그렇죠. 저는 이 사이트를 보고 카노야 님의 협력을 청하려고 생각한 것입니다. 전설의「영웅 살해자」의 힘을 꼭 빌리고 싶은 것입니다."

"그렇군요—."

"그래요, 이 웹사이트의 관리자인「그레이트☆루시퍼」씨의 힘만 빌리면 이제 완벽합니다. 카노야 님의 힘도 빌릴 수 있었으니 다음은「그레이트☆루시퍼」씨에게도 협력을 부탁하려고 생각합니다."

“뭐야 그 이름은……. 협력을 부탁하다니, 뭔가 연락 수단이 있나요?”

“네. 여기에 「그레이트☆루시퍼」 씨의 전화번호가 적혀 있으니까요.”

“인터넷 상식이 눈곱만큼도 없네!!”

분명히 관리자 프로필 란에 개인 전화번호까지 써 놓았다. 아주 개인 정보가 콸콸 새고 있다. 그보다 그 자식은 휴대전화가 없으니까 이거 보타락장 전화번호 그대로잖아요. 멋대로 쓰지 말라고. 요금 청구한다?

“하아…… 알겠습니다. 제가 전화해 보죠.”

“그럴 수가, 카노야 님이 그렇게까지 하시게 할 수는.”

“아니요, 하게 해 주세요. 게다가 이미 걸었습니다.”

디바이스를 통화 모드로 해서 웹사이트에 적혀 있는 전화번호를 친다. 몇 번 벨이 울린 후 저쪽에서 반응이 돌아왔다.

「네, 여기는 마……가 아니라, 그레이트☆루시퍼야!」

“………….”

디바이스에서 들려오는, 매우 들은 기억이 있는 밝은 목소리.

자신의 정체를 감추려는 마음이 조금도 없는 걸까요. 단숨에 알아 버렸는데, 완전히 자기 목소리인데요.

「어라, 왜 그래?」

내가 침묵하고 있는 것을 어떻게 받아들였는지 계속해서 위세 좋게 말하는 목소리.

「그래, 나에게 말을 거는 게 황송해서 부끄러운 거구나. 뭐,

그것도 어쩔 수 없겠지만 안심하렴. 나는 영웅을 죽이고 싶어 하는 네 편이야!」

"…………."

「그래서 너는 어떤 영웅을 말살하고 싶어? 내가 추천하는 건 그 체육복 왕가슴 용사인데. 그 자식, 오늘도 아침부터 이유 없이 공격이나 하고. 진짜, 얼른 죽이지 않으면 내 몸이 남아나질 않겠다니까…….」

"어이, 미리암."

「어?」

한순간의 침묵.

「어라, 뭔가 통화가 혼선이 된 것 같은데, 어떻게 된 거지. 지금 엄청 들은 적 있는, 트라우마를 끄집어내는 목소리가 섞인 것 같았는데.」

"미리암, 저예요."

「응— 역시 혼선이 된 것 같아. 글쎄 내가 지금 절대로 듣고 싶지 않은 녀석의 목소리가 들리는걸. 그 녀석한테만큼은 절대 들키지 않도록 하고 있었는데.」

"혼선이 아니라, 접니다. 카노야 소이치예요. 알고 있잖아요?"

「………….」

목소리가 침묵했다.

마침내 자신이 처한 상황을 이해한 듯하다.

이미 잘 알고 있는 사실이긴 했지만 역시 「영웅 말살」 사이트의 관리자는 허당 마왕 미리암이었던 것 같습니다. 의외성이고 뭐고 없네요.

그리고 긴 침묵 후에 들려온 것은 떨리는 목소리.

「지금 거신 전화는 없는 번호」

“제법 흉내를 잘 냈지만, 이미 다 들켰거든요. 그 웹사이트도 확실하게 봤어요. 제가 할 말은 하나뿐입니다……. 저질렀겠다?”

「히익!?」

그리고 전화는 끊어졌다.

“이야기는 끝나셨습니까?”

“끝났다고 할지, 처음부터 끝나 있었다고 할지…….”

“관리자 「그레이트☆루시퍼」 씨와는 웹상에서 연락을 주고받았는데, 이름의 위대함도 그렇지만 자신감 넘치는, 실로 영웅에게 적대하는 자라는 오라가 넘쳐흐르는 분이었습니다. 그 분이야말로 제가 모범으로 삼아야 할 존재인 것입니다.”

“그런 건 목표하지 않는 게 나을 것 같지만요…….”

아니 진짜로.

“그럼 카노야 님, 슬슬 갈까요!”

“어, 어디로요?”

“그야 물론. 그 잡룡을 죽이러 가는 것입니다!”

“죽이러 간다니……. 어디 있는지 알아요?”

“잡룡이 살고 있는 아파트 주소는 전에 「그레이트☆루시퍼」 씨가 가르쳐 주셨습니다.”

“그 마왕, 진짜 변변찮은 짓만 하네…….”

자신의 아버지인 쿠로 씨를 죽이려 하는 노에미 씨를 이대로 보타락장에 가게 하는 건 몹시 곤란하다. 얼굴을 마주치자마자 싸움이 시작되어 버릴지도 모른다. 신의 지령에 나온 힘과 힘의 충돌이 발생해 버릴지도 모른다는 말이다.

"하지만, 그렇다고 해서……."

막으려 해도 그녀의 힘은 틀림없이 영웅에 필적할 테니 내가 어떻게 할 수 있는 상대가 아니다. 그렇다면 내가 할 수 있는 일은.

"……알겠습니다. 아파트로 가지요. 저도 같이 갈게요."

"오오 카노야 님, 감사합니다."

최소한 내가 같이 따라가서 노에미 씨의 눈을 딴 데로 잘 돌리는 게 나을 것 같다. 다행히 보타락장은 영웅들의 휴식처. 오늘도 한가함을 주체하지 못한 영웅들이 느긋하게 지내고 있을 터. 여차하면 아무리 그래도 누군가가 막아 주겠지.

"전설의 「영웅 살해자」가 함께 와 주신다면, 용 퇴치도 손쉽겠군요."

"으음, 그렇게 기대하지 않았으면 좋겠는데요……."

"그럼 함께 그 잡룡을 쳐부수도록 합시다!!"

"아, 네……."

불안할 따름이지만. 그래도 어떻게든 해야 한다.

딸에게 살해당할 처지가 되다니 분명 거기엔 깊은 이유가 있겠지. 하지만 어떤 이유가 있다 해도 두 사람의 격돌은 막아야만 한다.

일그러진 부녀 관계.

영웅 살해라는 만행.
갑자기 일어난 이상한 사태를 맞이하고 마음이 가라앉았지만, 우리는 폐허를 나와 보타락장으로 향했다.

그리고.
"저어, 카노야 님. 이건 대체 어떻게 된 일인지요."
"어어……."
폐허를 나와 보타락장으로 향한 우리.
도중에 있는 포장마차를 전부 먹어 치울 기세로 노에미 씨가 군것질을 하는 등 잠깐 옆길로 새기도 했지만, 우리는 무사히 보타락장에 도착하고 말았다.
그럴 터였다.
목적지를 앞에 두고 그저 멍하니 서 있는 나와 노에미 씨.
무리도 아니다.
그도 그럴 것이 거기에는 아무것도 없었으니까.
말 그대로 아무것도 없다. 다 드러난 땅이 그저 한 면에 펼쳐져 있을 뿐. 오늘 아침까지 거기 있었던 건물이 몽땅 사라졌다.
"대체 무슨 일이 일어난 겁니까!?"
단순한 이야기다.
보타락장이, 사라진 것이다.

【재앙이 닥치기까지 앞으로 6일 20시간 57분 43초】

【주인님, 구세 내비게이션용 인공지능 앱 시갈 익사도라를 부르셨습니까. 네, 어쩐지 새삼스럽게 이름을 대고 싶어서요. 주인님이 문의하신 건 말입니다만, 지금 현재 신께선 일이 겹쳐서 바쁘신 듯해 메시지만 전달받았습니다. 「아무튼 힘내라」라고 합니다. 하여간 곤란한 신이네요. 아무튼 세계를 구한다는 사명, 부디 할 수 있는 데까지 완수해 주십시오.】

◆ ◆ ◆

몇 번을 봐도 변하지 않는 풍경. 소실된 보타락장.

도중에 보타락장에 도착하지 않으면 좋겠다고 생각했던 건 분명하지만, 설마 사라졌을 거라곤 생각 못했다고요. 충분히 놀랐으니까 이제 그만 불쑥 나타나도 되거든요?

안 나타나네요.

"주소는 분명히 여기가 맞습니다만."

"맞아요. 아니, 전 여기서 생활하고 있으니 장소를 착각할 리도 없고요. 분명히 아침에 나왔을 때는 여기 있었는데!"

"이런 일이 자주 있는 것입니까?"

"자주 있으면 곤란하죠? 처음이에요, 이런 적은!!"

확실히 보타락장은 신이 심혈을 기울여 만드신 엄청난 건물이다.

갑자기 로봇으로 변신한다거나 하는 터무니없는 기능이 숨겨져 있었을 가능성도 배제할 수 없다. 내가 모르는 것투성이다.

그렇다고 해서 나를 두고 갑자기 사라질 건 없잖아요. 나도 로봇에 태우고 가 달라고요! 어휴 진짜, 이상한 생각 그만하고 진정해야지!!

다시금 보니 보타락장 부지를 둘러싼 울타리는 그대로 남아 있었다. 정원의 나무들도 멀쩡하다. 하지만 그 앞에 있던 건물 부분만이 몽땅 없어진 것이다. 마치 그곳만 누군가가 떼어가 버린 것처럼.

정말로 망연자실할 따름이다.

갑자기 보타락장이 사라지다니 내 이해 범위를 까마득하게 뛰어넘는다.

"어라, 카노야 님. 저쪽에 뭔가가 남아 있는 듯합니다만."

"어?"

확실히 노에미 씨가 가리킨 곳, 보타락장이 사라지고 남은 땅에 단 하나, 무언가가 남겨져 있었다. 지면에 찰싹 달라붙은 듯한 모습이라 금방 알아채지 못했던 것이다.

건물이 사라져 버린 부지에 남겨지고 만 듯한 그것은 지면과 비슷한 색의 종이 박스였다.

"……아아, 이건."

"이건 무엇입니까? 보기에는 집 없는 사람이 임시로 사는 간이 거주지의 소재, 이른바 종이 박스처럼 보입니다만."

"뭐, 그런 물건이긴 한데요……."

솔직히 별로 외부인에게 보이고 싶지 않다. 보타락장에 관련된 사람 중에 이런 종이 박스 집을 쓰는 인물은 한 명밖에 없다.

보타락장의 주민이자 내가 예전에 죽이고 말았던 영웅. 내가 「영웅 살해자」라는 별명을 하사받는 원인이 되어 버린 그 인물.
전설의 작가이자 영웅, 엔죠 츠즈리.
검은 옷으로 몸을 감싼 그 작가는, 쓰러진 종이박스에 짓눌린 듯한 모습으로.
죽어 있었다.

"아니 역시 죽었잖아요!?"
반쯤 예상대로이긴 하지만 죽은 모습을 보는 건 괴롭다. 그럴 수밖에 없잖아요. 시체인 걸요. 어차피 되살아난다는 건 알고 있지만 그렇다고 익숙해지면 안 되는 거다. 이미 꽤나 익숙해지고 말았지만요.
"아니, 이건, 설마……!?"
엔죠 선생님이 죽은 것에 노에미 씨는 놀란 표정을 짓고 있었다. 하지만 곧장 나에게 외경의 시선을 보내온다.
"서, 설마 「영웅 살해자」의 위업을 실제로 보게 되다니, 감격스럽습니다!!"
"에엑!? 아니에요, 오해예요!!"
"동체 시력에는 자신이 있었는데, 영웅 살해의 순간을 전혀 파악하지 못했습니다. 과연 카노야 님이시군요!!"
"아니아니아니아니 아무것도 안 했다니까요!?"
"이것으로 제가 해야 할 일에도 자신감이 생겼습니다. 그래요, 아무리 영웅이라 해도 죽을 때는 죽는다는 것을 알게 된 것입니다!!"
"그런 자신감은 안 가졌으면 좋겠는데…… 게다가 봐요, 이렇게 하면 부활한다고요!"
종이 박스 집의 잔해를 들어 올려 원래 모습으로 되돌려서 사체가 된 엔쵸 선생님에게 덮는다. 그리고 기다리길 10초 정도.
바스락바스락 종이 박스가 움직이기 시작하더니 안에서 검은 머리 여성의 목소리가 들려온다.
"헉!? 저는 대체!?"
"좋은 아침입니다, 엔쵸 선생님."
"잘 자요. 영원히."
"죽지 마세요."
황급히 제지한다. 극도의 은둔형 외톨이로, 방 밖으로 나올 바에는 죽는 게 낫다는 엔쵸 선생님. 최근에는 종이 박스 집과 함께 이동해서 지하에 있는 자기 방 밖으로 나오기도 하게 됐다. 그 정도까지 할 수 있으면 이제 종이 박스에서도 나왔으면 좋겠는데, 그건 안 되나 보다.
"죽을래요."
"살아요!!"
"데스."
"얼라이브!"
분명 종이 박스 집이 어떤 이유로 붕괴되어 그 충격으로 죽어 버린 거겠지. 일단은 되살아났지만 꽤나 정신적으로 아슬아슬한 느낌이다. 또 죽어 버리기 전에 물어봐야 할 것을 물어 둬야지.

"잠깐만요 엔쵸 선생님, 죽어 있지 말고 가르쳐 주시겠어요!?"

"제게 뭔가를 가르칠 자격 따윈 없어요! 아니, 애초에 누구와도 이야기하고 싶지 않아요. 전 조개가 되고 싶어요."

"듣지 않으셔도 계속할 거거든요. 대체 무슨 일이 있었던 거예요? 보타락장은 어디로 사라진 겁니까!?"

"어디로 사라졌냐고? 어어, 도대체 무슨 말을……."

엔쵸 선생님은 내 말을 듣더니 종이 박스 집의 아주 작은 틈새로 바깥을 보았다.

"……어라?"

그리고 자기 주변에 아무것도 없다는 것을 확인하고 말았다.

극도의 은둔형 외톨이인 엔쵸 선생님은 자신이 틀어박혀 있는 건물이 사라져 버렸을 때 어떻게 되고 마는 것일까. 자신을 지킬 껍데기……라고 할까, 자신의 세계라고 할 만한 것이 뿌리째 사라져 버렸을 때 과연 어떤 반응을 보일 것인가!!

"죽을래요. 애독해 주셔서 감사했습니다."

역시 죽었습니다.

"진정되셨어요?"

"진정 안 돼요. 죽을래요."

"죽지 마세요. 부탁이니까."

그 뒤로도 엔쵸 선생님은 몇 번인가 죽었다. 농담이 아니라 진짜로 죽었다. 겨우 이야기를 할 수 있을 만큼 진정된 것은 시간이 좀 지나고 나서였다. 100번은 죽었다고요.

"그만 좀 죽고 이제 무슨 일이 있었는지 가르쳐 주지 않으실래요. 제가 돌아왔을 때는 이미 이렇게 되어 있었으니 지금 믿을 수 있는 건 엔죠 선생님뿐이라고요."

"무슨 일이 있었느냐고 물어봐도……."

엔죠 선생님은 낭랑하게 말하기 시작했다.

"그래요, 그건 제가 우울한 나날의 낙으로 삼으려, 삿된 글월을 쓰고 있을 때의 일이었습니다……."

"또 알기 힘든 문어체 말투를……. 요컨대 소설을 쓰고 있었던 거죠."

"나의 힘을 최대한으로 높이는, 나의 신전에서."

"자기 방에서, 말이죠."

"그러나 갑자기 신전이 위로 끌어당겨지듯이 흔들리는가 했더니 세계가 일변하였다. 신전을 나온 나의 눈에 날아든 것은 무(無)가 존재하는 세계였다. 거기 있어야 할 내 안녕의 땅은 안개처럼 사라져 있었다. 그와 같은 광경을 목격한 나는……."

"죽었군요."

"갑작스러운 죽음을 맞이한 것이다……. 잘 아시네요."

"알죠, 그야. 그러니까 결국, 죽어 있었으니 모른다는 겁니까."

죽어 있던 사람에게 증언을 구하다니 그야 무의미한 일이겠지만요. 늘 지하에 틀어박혀 있는 엔죠 선생님이 드물게도 지상에 나와 있으니 주마등이든 뭐든 단서를 붙잡아 줬더라면 좋았을 텐데.

"애초에, 위로 끌어당겨지듯이 흔들렸다는 건 대체……."

중얼거리며 위를 올려다본다.

머리 위의 하늘은 어디까지나 푸르고 넓게 펼쳐져 있어서, 내가 안고 있는 고민 따위는 이대로 잊어버리게 될 것 같네요. 잊어버리면 안 되는 거지만.

하지만 문득 깨달았다.

"……응?"

그렇게 맑은 하늘의 한 지점에 무언가가 있다는 것을.

"저것은 무엇입니까?"

내 옆에 있는 노에미 씨도 나와 같이 하늘을 올려다보고 있다. 그 존재를 눈치챈 듯하다. 그러는 사이 하늘에 떠 있는 붉은 무언가가 점점 커져 간다.

아니, 아니다. 커지고 있는 게 아니다.

이쪽으로 점점 다가오고 있는 것이다.

"어?"

깨달았을 때는 이미 늦었다.

"노에미 씨!? 피해요!!"

"네!?"

"비켜어어어어어어어어어어어어!!!!!"

하늘에서 떨어져 내린 붉은 무언가는 커다란 소리를 지르면서 기세를 죽이지도 않고 내 바로 옆에, 마침 거기 있던 노에미 씨의 바로 위에 착륙했다.

주위에 굉음이 울려 퍼진다.

"우와아!?"

나는 낙하의 충격으로 날아갔지만 바로 옆에 있던 종이 박스 집이 쿠션이 되어 준 덕에 큰일이 나지는 않았다. 뭐, 그 대신 집이 무너져 버렸으니 안에 있는 사람의 생명은 절망적이라고 생각합니다. 나중에 꼭 되살려 드릴 테니 잠시만 기다리세요.

아무튼 낙하해 온 물체 쪽을 먼저 해결해야 한다. 조금 전까지 노에미 씨가 서 있던 장소, 지금은 자욱하게 연기가 일어나고 있는 곳을 본다.

“노, 노에미 씨!? 괜찮아요!?”

“어휴, 정말!!”

하지만 연기 속에서 튀어나온 것은 붉은 눈동자에 붉은 머리카락을 한 노에미 씨가 아니라, 빨간 체육복을 입은 금발의 인물이었다.

“아아 진짜, 죽지는 않겠지만 죽을 만큼 아팠어! 왜 내가 이런 식으로 떨어져야 되는 걸까! 이것도 다 이 세계에 중력이라는 놈이 있으니까 그런 거야! 뭐 중력이 없는 세계는 별로 없을 것 같지만! 아무튼 이런 중력에 매인 세계 따위, 멸망해 버리면 돼! 영혼까지 중력에 끌려가기 전에! 내가 숙청해 주겠어!!”

바로 방금 하늘 위에서 떨어졌음에도 불구하고 전혀 상처가 없다.

“애초에 높이라는 개념이 있는 것도 문제야! 고대의 용사는 높이 같은 건 없는 세계에서 뭐냐 그, 2D 같은 느낌의 세계관에서 노력해 왔다는데! 텔레비전에 나오는 것 같은 평면이었다구! 이 세계도 그렇게 평평해지면 되는데! 그러기 위해서도 지금 이 세계는 멸망시켜 버려야 해!!"

모습을 보이자마자 큰 목소리로 뒤틀린 원한을 떠들어대는 사람은 내가 잘 아는 인물이었다.

두통을 억누르며 묻는다.

"……에리카 씨?"

"어라, 어서 와, 소이치. 언제 돌아왔어?"

수많은 세계를 구하고 수많은 세계를 넘어 지금 이 세계에 있는, 갖가지 전설로 채색된 영웅 중 한 사람.

과거에 동경했던 사람.

그리고 지금 가장 나를 고민하게 만드는 사람.

전설로 구가되는 위대한 용사, 에리카 애쉬로즈. 지금은 하이자키 에리카라고도 하는 사람이다.

어째서 하늘에서 떨어졌는지. 왜 상처가 없는지. 묻고 싶은 것도 물어야만 하는 것도 산더미 같지만, 우선은.

"에, 에리카 씨, 에리카 씨!!"

"왜 그래 소이치, 그렇게 초조한 얼굴로. 그러면 안 돼, 늘 침착하게 있어야지. 안 그러면 세계를 꼼꼼하게 멸망시킬 수가 없으니까. 기계처럼 정확하게 세계를 멸망시켜야지. 상식이라구?"

"에리카 씨 기준의 상식은 아무래도 좋아요! 통용되지 않으니까요! 아무튼 거기서 비켜 주세요!!"

"비켜? 그렇게 해서 내 퍼스널 스페이스를 위협하려 드는 걸까, 소이치는. 모처럼 손에 넣은 나만의 장소인데."

“아니, 진짜로 지금 그런 건 됐다니까요. 지금 에리카 씨 깔개가 된 게!!”

“깔개라니, 폭신폭신한 거?”

“그런 거 말고요! 떨어진 에리카 씨가 깔개로 삼고 있는 사람이 있다고요! 구해 줘야 해요!!”

서둘러 에리카 씨를 밀어내고 낙하한 자리로 달려간다.

그곳의 지면은 에리카 씨가 낙하한 충격으로 크레이터 형상으로 파여 있었다. 도대체 어느 정도 속도로 떨어지면 이렇게 되는 겁니까. 운석이잖아요.

그런 어찌할 방도가 없는 참극의 흔적에서 일어서는 그림자와 목소리.

“우우우, 대체 무슨 일이 일어난 것입니까.”

“노에미 씨!!”

다행이다, 무사했구나.

아니, 이 상황에서 무사하다니 에리카 씨도 그렇고 둘 다 어떻게 된 것 같지만, 지금은 두 사람 다 무사하다는 걸 기뻐하자고요.

“카노야 님, 어느 쪽에 계신가요? 보이지 않습니다.”

“……어라?”

뭔가 이상한 기분이 든다. 노에미 씨의 목소리가 아까와 다른 듯하다. 게다가 그림자도 어쩐지 작아진 것 같다.

“하아, 무슨 일이 일어난 것입니까. 갑자기 공격당하다니, 이것도 영웅 살해의 시련……. 얕볼 수 없군요—.”

그렇게 말하며 흙먼지 속에서 걸어 나온 노에미 씨는.

"저기, 노에미, 씨? 그 몸은 어떻게 된 거죠?"

"네?"

내 말에 반응하는 목소리는 나보다도 상당히 낮은 곳에서 들렸다. 노에미 씨는 나보다 키가 컸으니 목소리는 항상 위에서 들렸었는데.

그런데 지금은 다르다. 그 이유는 단순했다.

위압하듯 나를 내려다보던 그녀는 지금.

작은 어린아이의 모습을 하고 있었던 것이다.

"……WHY?"

보타락장이 사라지고 하늘에서 용사님이 내려왔나 했더니, 어른 여성이 어린아이로 변했다. 아니 계속해서 이상한 일이 일어났는데 그 마무리가 이겁니까. 세계는 참 다양한 일이 일어나는군요.

초등학교 저학년 정도의 모습으로 변해 버린 노에미 씨. 아니, 그 모습은 노에미 씨라기보다는.

"노에미……짱?"

"뭡니까, 카노야 님, 그 호칭은."

"하지만 아무리 봐도 씨를 붙여서 부르기엔 부족하다고 할지, 짱을 붙이는 게 딱 와닿는 듯한 기분이 들어서."

"부족하다니 대체…… 앗, 이것으으으으으은!?"

노에미짱은 소리를 질렀다.

자신의 몸을, 사지를 내려다보고 아연실색한 모습으로.

"모, 몸이, 원래대로 돌아갔습니다!?"

"원래대로 돌아갔다고요? 그럼 원래는 어린아이였다는 거예요?"

"아, 아닙니다!? 저는 완전히 어른에 레이디이고, 이미 몸도 마음도 어른입니다!"

"전혀 그렇게는 안 보이는데요……."

"그, 그건, 카노야 님의 눈이 맛이 갔기 때문입니다!!"

얘가 심한 소리를 하네.

"우우우우우……."

노에미쨩은 계속 머리를 쥐어뜯고 있었지만 이윽고 체념한 듯이 고개를 저었다.

"이렇게 된 이상 숨길 수는 없는 것 같군요. 저는 원래 이런 모습입니다."

"어린아이였던 건가요?"

"몸은 어린아이, 두뇌는 어린아이라는 것입니다."

"그냥 어린아이잖아요."

"이렇게 되지 않게 조심할 작정이었는데, 예기치 못한 공격을 받아 원래 모습으로 돌아가고 만 것입니다. 저도 아직 미숙합니다. 다음번에야말로 상공에서 오는 공격에 대응할 수 있도록 훈련을 해 둘 것입니다."

"그런 일은 잘 없을 것 같은데요……."

"그, 그렇지만 카노야 님, 어, 어린아이라고 얕보지 말아 주셨으면 합니다!!"

"얕보고 있지는 않은데요……. 하지만, 귀여워요."

"어, 그렇습니까? 에헤헤, 쑥스럽습니다…… 아니, 아닙니다! 기쁘거나 하지 않습니다!"

으음, 진짜로 어린아이이네요.

노에미 씨는 땅 위에 털썩 앉아서 더듬더듬 이야기하기 시작했다.

"이쪽 세계에 그 잡룡을 죽이려는 목적으로 찾아오기로 결정했지만, 어린아이의 육체로는 아무래도 그놈에게 대항하기는 무리라고 생각한 것입니다. 상대는 그 하늘을 찌를 만큼 거대한 드래곤이니까요!!"

"아니, 뭐……."

"지금은 조그만 도마뱀의 모습으로 전락해 버렸지만 그래도 본래의 몸은 터무니없이 커다란 존재. 정면으로 부딪쳐서 이길 수 있는 상대가 아닌 것입니다."

"늘 취해 있지만 말이죠."

"그래서 저는 필사적으로 특훈을 했습니다. 자신의 몸을 단련해서 터득한 것입니다. 저의 몸에 깃든 이 드래곤의 피를 깨워 육체를 일시적으로 성장시켜서 힘을 얻는다는 방법을!"

"그런 힘이……."

"그 이름도 용혈각성(드래고닉 이펙트). 제 안에 흐르는 혐오스러운 용의 피를 어떻게든 제어하는 힘. 이것만 있으면 반드시 그 아버지에게도 통할 터. 그렇게 얻은 힘으로 이쪽 세계에 온 것입니다만……."

"보타락장이, 없어졌죠."

"예상 밖입니다."
"그야 그렇겠지요……."
이런 걸 예상할 수 있을 리가 없다.
노에미짱이…… 이제 노에미짱이라고 자연스럽게 나와 버리는데…… 필사적으로 아버지를 죽이러 왔는데 아버지가 살고 있는 건물이 사라졌다니, 그야 풀이 죽기도 하겠죠. 아니 아버지를 죽인다는 목적을 달성하면 안 되지만요.
"있잖아, 소이치."
그때 등 뒤에서 에리카 씨가 말을 걸었다.
"이 여자애는 누구일까?"
"아아, 이 여자애는요……."
"소이치도 신타로랑 같은 세계로 가 버렸다고 인식해도 되는 걸까나?"
"안 돼요! 안 된다고요!"
어째 말도 안 되는 오해를 살지도 모르므로 황급히 에리카 씨에게 설명했다. 노에미짱을 만나게 된 경위와 그녀의 목적. 그리고 새롭게 발생한 재앙에 대해서.
과연 이야기를 들은 에리카 씨의 반응은 어떨까.
"아하핫."
엄청나게 웃고 있네요.
"아니 웃지 말아 주세요. 그보다 웃을 만한 요소가 어디 있는 거예요."
"도마뱀인데 집안이 큰일이구나 해서. 그건 인간이나 도마뱀이나 똑같네. 하지만 그 얘기로 하나 납득했어."
"엉? 뭐가요?"
"쿠로 씨가 오늘 아침부터 좀 이상했던 이유."
"이상했다고……?"
"글쎄, 쿠로 씨가 오늘 아침부터 술을 한 방울도 안 마셨다니까?"
"이상한 정도가 아니잖아……!!"
말도 안 되는 일이잖아요!!
산소 대신 알코올을 섭취해서 살아가는 것 같은 쿠로 씨가 전혀 음주를 하지 않다니, 천재지변 한둘쯤 일어나도 이상하지 않은 사태라고요.
"꽤나 심한 소리를 하네."
"하지만 이상하잖아요. 위험하다고요."
"뭐어, 그렇지. 나도 그렇게 생각했지만 쿠로 씨가 완고하게 술을 마시려 하지 않았어. 어쩐지 부들부들 떨고, 그거 분명히 금단 증상이라고 생각하는데. 료코도 걱정되는지 억지로라도 마시게 하는 게 낫지 않겠냐고 둘이서 이야기했었는데."
"약간 판단하기 어려운 상황이네요……."
"그래도 쿠로 씨는 술을 절대 안 마시겠다며 거부했어. 하지만 역시 몸에 무리가 왔는지 엄청나게 괴로워 보였어. 그래서 마침내 견딜 수 없게 됐는지 말이야. 얼굴이 새파래져서는 기다시피 해서 보타락장 밖으로 나가는가 했더니, 그대로 거대화돼서."
"네……. 네?"

"그러더니 보타락장을 집어 삼키고."
"응?"
"하늘로 날아가 버렸지 뭐야."
"으으응?"
잠깐 기다려 주세요. 이야기가 너무 급전개잖아요. 뭘 그렇게 시원시원하게 이야기하는 겁니까. 그렇게 쉽게 내보여도 되는 정보가 아니었잖아요?
"에리카 씨!! 좀 더 자세하게, 그리고 정확하게 이야기해 주세요!!"
"엥— 싫어. 귀찮아."
"그걸 어떻게 좀!"
"그리고 이야기를 듣는 것보다 실제로 보는 게 낫지 않을까."
에리카 씨는 그렇게 말하고는 하늘을 가리켰다.
"저 봐."
"……네?"
영문도 모른 채 나도 위를 본다.
그리고 깨닫고 말았다.
하늘 저편. 이 아무렇지도 않은 평화로운 세계의 푸른 하늘 속에.
유유히 헤엄치듯이 날개를 펼치고 춤추는 그림자가 존재하는 것을.
그것은 바로 언젠가 보았던 거체.
이 너른 하늘을 마치 제집 안마당인 양 활개 치고 있는 것은.

최강의 드래곤, 살아있는 전설 그 자체, 신과 같은 힘을 지닌 존재.

영웅, 신룡 쿠드 롬바르디아의 모습이었다.

【재앙이 닥치기까지 앞으로 6일 20시간 39분 55초】

【주인님, 순조롭게 진행되고 계십니까? 죄송하지만 아직 신과의 연락은 불통입니다. 도대체 무슨 일이 일어난 건지 시짱도 잘 모르겠지만 이럴 때야말로 침착하게 행동해야겠지요. 그런고로 『상사의 눈을 피하는 방법』이라는 책을 준비했으니 시간이 날 때 읽어 주시기 바랍니다.】

2장 「내 딸이 되어 주지 않겠나」

머리 위에서 펼쳐지는 말도 안 되는 광경.

"……어째서."

저렇게 하늘을 나는 쿠로 씨의 모습을 전에도 본 적이 있다.

내가 마왕에 의해 이세계에 끌려갔을 때. 쿠로 씨는 원래 모습, 즉 거대한 드래곤의 모습이 되어 마왕의 군세를 눈 깜짝할 사이에 쓸어버렸던 것이다.

뭐 그것도 다 개인적인 목적을 이루기 위해서였고 딱히 저를 도우러 왔던 건 아니었지만요. 그 무렵에는 아직 영웅분들이 하는 일을 마음 깊은 곳에서부터 믿고 있었더랬죠. 꿈꾸는 소년이었던 무렵이죠. 지금은 완전히 닳고 닳은 저입니다.

"그래그래, 저거야. 보타락장을 입에 물고 저렇게 하늘을 날기 시작해서, 나도 슬슬 위험하다 싶어서 한발 먼저 탈출했어. 그랬더니 생각보다 높은 곳까지 올라갔는지 엄청난 기세로 떨어져 버려서 진짜 큰일이었다니까. 애쓰면 날 수 있을까 했는데 무리였네."

"또 터무니없는 짓을……."

"마음만 먹으면 하늘이라도 날 수 있다구!"

"하지만 날지 못했잖아요."

"응."

에리카 씨가 했던 건 비행이 아니라 그저 추락이고 말이죠.

그런데, 당사자인 드래곤. 상당히 높은 위치에 있는데도 저만 한 크기로 지상에서 인식할 수 있다는 시점에서 말도 안 되는 크기라는 걸 알 수 있다.

아니, 저런 것이 하늘에 떠 있으면 이 세계의 사람들도 분명히 놀랄 텐데. 그런 부분도 제대로 생각하고 있는 걸까요, 저 도마뱀. 또 제 시말서가 늘어나게 되겠는데요.

"저 잡룡!"

하늘을 날고 있는 쿠로 씨를 발견하고 노에미쨩이 일어섰다. 붉은 시선을 하늘로 향하고 손을 뻗는다.

"마침내 발견했어……. 반드시 죽여야 하는 상대!!"

그 외침에는 분노가 어려 있다. 건드리면 베일 듯한 칼날과도 같은 감정이 흘러넘쳐, 그녀의 눈꼬리에는 눈물마저 맺혀 있었다.

하지만 상대는 까마득히 멀다. 지상에서 닿기란 불가능하다.

"흐—음. 그런데, 이 애가 쿠로 씨의 딸이구나—."

"뭐, 뭡니까!?"

하늘을 올려다보는 그녀의 시야를 가로막듯이 에리카 씨가 노에미쨩을 내려다본다.

"응, 확실히 쿠로 씨랑 닮은 느낌이 들어. 봐봐, 코 같은 덴 똑같잖아. 소이치도 그렇게 생각하지?"

"도마뱀 코를 찬찬히 본 적이 없어서 잘 모르겠는데요……."

"도마뱀 딸이라면 리자드맨이라고만 생각했으니까, 이렇게 귀여운 여자애일 줄은 몰랐어. 뭐, 리자드맨은 내가 몇 마리나 토막 냈지만."

"엉망진창이잖아……."

"그런데 소이치. 이거 좀 위험하지 않을까."

"네?"

에리카 씨를 돌아보니 진지한 얼굴을 하고 있었다. 리자드맨이 어쩌고 하는 이야기를 하는 얼굴은 아니다. 오히려 무언가를 두려워하는 것처럼 보이기도 한다.

"응, 위험해, 이건."

"뭐, 뭐가 위험하다는 거예요?"

에리카 씨는 목소리를 낮추어 속삭인다.

"그치만 말이야, 이런 데서 이렇게 작은 여자애가 눈물을 머금고 하늘을 올려다보고 있는걸? 그런 걸 놓칠 리가 없잖아."

"놓칠 리가 없다니…… 설마."

"응, 온다."

에리카 씨의 목소리와 함께, 보타락장이 사라진 자리에 바람이 한바탕 휘몰아친다.

바람이 멎은 순간 그곳에는 새로운 그림자가 출현해 있었다.

"뭐지!?"

그 사람은 세상에 울려 퍼지는 한탄의 목소리를 결코 놓치지 않고 사악한 기척을 탐지하여 반드시 그곳에 나타난다. 그리고 악을 분쇄하려 과감히 달려드는, 그런 영웅이다.
바람에 붉은 머플러를 나부끼며 포즈를 취하고 있다.
그렇게, 단 한 곳을 분명하게 주시하면서.
그는 그곳에 나타났다. 자신의 목적을, 그 운명을 완수하기 위해.
흘러내린 눈물에 대답하기 위해.
그리고 그는 소녀에게 다가가더니 살짝 몸을 굽혀 시선을 맞춘다. 손가락을 뻗어 천천히 소녀의 눈물을 닦고는.
태양처럼 밝은 미소를 지으며.
"부탁이다! 내 딸이 되어 주지 않겠나!!"
그런 마음 밑바닥까지 징그러워지는 소리를 하면서 큰절을 한 것이었다.

"……헉!?"
아차, 너무나 징그러워서 의식이 날아갔네요!
이건 뭐 제 뇌의 한계 용량을 확연히 뛰어넘은 징그러움이어서 그만!!
가슴속에 퍼져 가는 징그러움을 억누르며, 눈앞에서 일어난 징그러운 광경을 바라본다. 보고 싶지 않은데 볼 수밖에 없다.
지금 내 눈앞에서 노에미짱을 향해 꿇어 엎드린 사람은 분명히 내가 알고 있는 영웅.
사몬지 신타로.
정의의 변신 히어로, 가면전사 프리즈너로서 계속 싸워 온 영웅이다.

악의 괴인이나 악의 제국 등을 쓰러뜨리며 여기까지 온 그의 공적을 전혀 의심하지는 않는다. 그 영웅적인 위업에는 한 점 얼룩도 없다.

다만 지금 현재 하고 있는 짓이 아무래도 변태 같다는 것뿐. 어린 여자아이를 쫓아다니는 매우 징그러운 짓을 하고 있다는 것뿐.

본인의 주장에 따르면 '나는 어린아이들의, 특히 초등학교 저학년 여자아이의 미래를 지키려 하고 있을 뿐이다!!' 라는 느낌인데, 실제로 본인에게는 전혀 못된 생각이 없겠지만 그저 하고 있는 짓이 치명적이지요. 실제로 그것이 원인이 되어 오늘 아침에도 저는 경찰서에 불려갔다고요. 완전히 아웃이잖아요.

"봐, 나왔지?"

"무슨 벌레한테 하는 듯한 말투는 쓰지 말아 주세요, 에리카 씨."

"하지만 나올 거라는 걸 소이치도 알고 있었지? 저 정도 연령의 여자아이가 울고 있으니 그야 나올 게 뻔하지. 세계 어디에 있어도 분명 곧장 냄새를 맡고 나올걸. 한 마리가 보이면 서른 마리는 있다는 거지."

"그러니까, 그렇게 벌레한테 하는 듯한 말투는 그만두시라니까요."

아무튼, 나타난 사람은 극상의 변태인 사몬지 씨였다. 내가 노에미 씨에게 납치된 이후로 뭘 하고 있는지도 몰랐는데 여기 이렇게 나타나서는.

"부탁이다! 네가 나의 딸이 되어 주었으면 한다!"

그런 징그러운 소리를 하고 있는 것이다.

"어려운 건 아무것도 없어! 그저 나의 딸이 되어 주면 그것으로 충분해! 호적이 어쩌고 할 생각은 없어. 나의 정신적인 딸로 있어 주면 되니까!!"

"…………."

"갑자기 이런 말을 들어 혼란스러운 건 안다. 그러나 내게도 이것은 천재일우의 만남이야! 이 기회를 결코 놓치고 싶지 않아! 그러니 부탁이다! 소원이니, 나의 딸이 되어 다오!!"

눈앞에서 수수께끼의 변태가 꿇어앉아 있는 세기말적인 광경에 휩쓸린 노에미쨩. 혼란을 넘어서 완전히 망연자실한 느낌이었다.

조금 전까지는 아버지에 대한 전의가 넘쳐흐르던 붉은 눈동자는 유리구슬처럼 텅 비어 있다. 그 눈은 이미 빛을 띠고 있지 않았다. 뭐 당연한 일이죠. 이런 변태가 갑자기 나타나면 그런 눈을 할 수밖에 없겠지요.

그래도 사몬지 씨의 변태스러움에 내성이 생긴…… 아니 절대로 익숙해지고 싶지 않지만 말이죠…… 나라면 몰라도 처음 보는 사람에게 이건 힘들겠지. 완전히 독극물이라고요 이거. 정신적으로 유해합니다.

그래서 구명 로프를 던져 주기로 했다.

"……저, 저기, 사몬지 씨?"

“여어 소년, 잘 지냈나?”

“네, 덕분에요.”

사몬지 씨는 얼굴을 들고 레몬 100개만큼 상큼한 미소를 돌려준다. 이런 상황에서도 언제나처럼 반응하는 시점에서 위험도가 급격히 올라갔다고요. 그건 즉 자신의 언동에 아무런 의문을 품지 않는다는 소리니까.

“왜 그러지, 그런 얼굴로. 마치 악의 괴인이라도 만난 것 같은 얼굴을 하고 있어.”

“마치……라고 할까요…….”

눈앞에 있다고요, 그 괴인이.

이 사람, 원래는 괴인을 퇴치하는 쪽이었을 텐데 지금은 어떤 괴인보다도 위험하잖아요?

“저기, 사몬지 씨, 좀 진정하고 심호흡이라도 하세요. 뭐하면 이대로 북쪽으로 여행을 떠나도 상관없어요. 휴가 신청은 제가 해 둘 테니까요.”

“핫하하, 소년은 농담도 잘 하는군.”

“농담 아닌데요……. 저기, 사몬지 씨. 솔직히 말씀드리는데, 언동이 좀 수상하니까 노에미짱한테서 떨어져 주세요. 악영향을 끼치고 있어요.”

“호오, 노에미짱이라고 하나. 좋은 이름이다.”

“이름도 모르면서 딸이 되라고 말한 겁니까? 제정신이에요?”

“아니, 소년, 오해하지 않았으면 좋겠는데.”

“오해가 아니라 한없이 정확하게 사태를 파악하고 있는 것 같은데요."

"소년, 자네는 나를 의심하고 있군? 처음 만난 소녀에게 갑자기 딸이 되어 달라고 말하다니, 확실한 위험인물이라고 생각하고 있군?"

"네."

크게 끄덕였다.

한 치의 의심도 없이 끄덕였다.

"흠, 역시 오해하고 있는 듯하니 확실히 말해 두지. 나는 절대 어중간한 마음으로 딸이 되어 달라고 말한 것이 아니야!"

"오히려 어중간한 마음으로 말해 주셨으면 했는데요. 그런 소릴 진심으로 하는 쪽이 어떻게 된 거라고요."

"나는 진심이야."

"부탁이니 농담으로 해 주세요."

"농담이 아니야. 그렇지, 나는 평소부터 아이들을 지켜보고 있어. 그건 소년도 알고 있겠지?"

"그렇죠, 그 탓에 경찰하고 면식도 있고, 경찰서로 가는 길을 상세하게 알 수 있었고, 쓸데없는 지식만 늘어났는데요."

"그 사명에 조금의 태만함도 없었어. 진심을 다해 아이들을 지켜보고 있었지. 그러나 오늘, 마침내 이 아이를 만날 수 있었어. 첫눈에 알았지. 그야말로 전기 충격을 받은 것 같았어. 나는 분명하게 이해하고 인식한 거다. 그래, 그녀야말로 나의 딸로 삼고 싶다고 마음으로부터 생각할 수 있는 여자아이라고!!"

"죽어 버리라지."

하지만 사몬지 씨는 무심결에 튀어나가고 만 내 말 따위는 들리지 않는지, 이야기를 계속한다. 그의 말은 차츰 열기를 띠어 간다.

"그래, 나는 결코 꺼림칙한 마음으로 말하고 있는 것이 아니야. 어린아이라는 존재는 반드시 지켜야 하는 것이야. 나는 아이들의 웃는 얼굴을 지키기 위해 지금까지 싸워 왔다. 결코 쉬운 여정은 아니었지만 그래도 싸우는 나의 등 뒤에 아이들이 있다면 자신의 목숨은 아깝지 않았어. 어디까지고 계속 싸워나갈 수 있었지. 그렇게 해서 나는 수많은 아이들의 웃는 얼굴에 둘러싸여 싸워 왔지만, 어느 날 깨달은 거다. 나를 따르는 것은 소년들뿐. 뭐, 나도 소년 시절에는 그렇게 히어로를 동경했으니 그 마음은 잘 안다. 하지만 그렇게 소년들이 웃는 얼굴을 보내줄 때 문득 생각했지. 이렇게 소년들의 웃는 얼굴을 지켰다면 이번에는 소녀들의 웃는 얼굴도 지켜야 하는 것이 아닌가. 그렇게 깨달은 순간 나의 새로운 인생은 시작되었어. 그래, 이제부터의 인생은 소녀들의 미래를 지키는 데 쓰자고 각오를 굳혔어. 그렇게 정했으면 그다음은 달려 나갈 뿐이야. 지금까지 그렇게 해 온 것처럼, 이번에는 소녀를 지키는 거다. 그러니 소녀들의 웃는 얼굴을 볼 수 있다면 그것으로 나는 만족해. 소녀는 모두 똑같이 귀한 존재이고 거기엔 아무런 차이도 없어. 하지만 지금의 나는, 마침내 만나고 말았어. 운명을 만나고 만 거다. 이 내가 그 존재와 미래 모든 것을 지키고 싶다고 확신할 수 있는 소녀를! 그것이 바로 이 아이다. 나를 바라보는 붉은 눈동자는 마치 루비 같아. 단정한 얼굴은 밀로의 비너스마저도 능가해. 존재 자체가 모든 생명체 중에서도 특출 난 거다. 내가 내 딸로 삼고 싶다고 생각할 수 있는 이 아이야말로 내게 있어서 빛이야!!"

"길게도 말씀하셨는데, 그게 속세에서의 마지막 말이라도 괜찮은 거죠?"

어쩐지 터무니없이 징그러운 말들이 들렸던 것 같지만 뇌가 멋대로 이해하길 거부했는지 의미를 못 알아들었습니다.

하지만 사몬지 씨는 혼자서 계속 불타오르고 있다.

"그렇게 정했으면, 그 다음은 달려 나갈 뿐!!"

"절벽이라도 향해서 달렸으면 좋겠네요."

"그러니 지금은 그자들에게 잡힐 수는 없어! 그래, 나는 마침내 이 운명의 소녀와 만난 거다! 나의 이상을 이해하지 못하는 놈들에게 신경 쓸 때가 아니야. 이 소녀가 나의 딸이 되어 줄 때까지 결코 멈출 수는 없다!!"

"심장이 멈추면 좋을 텐데."

"그렇고말고!!"

거기서 사몬지 씨…… 이제 씨를 붙여 부르는 것도 좀 거부감이 들지만, 사몬지 씨는 크게 팔을 펼쳤다.

"나는 생명을 불태워 보이겠어! 나의 위대한 계획을 위해!!"

"계획?"

"그렇다, 나의 원대한 계획! 나의 딸이 되어 주었으면 하는 열두 명의 소녀들을 모아 최강의 패밀리를 만드는 일이지! 최고의 딸들의 아버지가 됨으로써 신의 자리에 이른다, 그것이야말로 나의 「가공할 딸들(마제스틱 도터즈) 계획」!! 그것을 위해서라면 나는 이 몸을 바치겠다! 계획을 위해서라면 이 몸, 불타 버려도 상관없어! 설령 불 속이건 물속이건, 땅속이건 구름 속이건 도달하고 말고!!"

"알겠습니다. 신고하겠어요."

제 안에서 결국 한계가 찾아왔습니다.

자연스럽게 손이 디바이스로 뻗는다.

이제 이 사람은 안 되겠어요. 경찰관 여러분이 데려가시게 해서 조금 긴 휴가에 들어가게 해야 할 안건입니다. 어쩌면 경찰관이 아니라 교도관이 될지도 모르겠지만. 그게 세계에게도 올바른 선택이겠지.

디바이스의 통화 기능을 불러내 세 자리 숫자를 기세 좋게 누르려는데.

"기다리십시오!"

하지만 그 직전, 공기를 가르는 듯한 날카로움과 함께 새로운 목소리가 끼어들었다.

"노에미짱?"

디바이스 조작을 멈추고 목소리가 들린 쪽을 보자, 노에미짱이 일어서서 사몬지 씨를 열의가 담긴 눈빛으로 바라보고 있었다. 조금 전까지 얼어 있었다고는 생각할 수 없는 진지한 표정으로.

변태의 출현으로 활동을 정지하고 있었을 텐데 왜 지금 되돌

아온 것일까.

아직도 변태가 눈앞에 있고 징그러운 선언을 계속하고 있는데요? 아예 잠시 동안 의식을 잃고 있는 편이 정신적으로 낫지 않을까요?

하지만 노에미쨩은 확실히 제정신으로 돌아와 있었다.

그뿐만 아니라 무언가를 이루고자 하는 의지로 가득 찬 눈으로.

"당신은 정말로 뭐든지 해 주시는 것입니까?"

"물론이다!!"

"정말로 뭐든지, 입니까?"

"당연하다! 소중한 딸의 말이라면 뭐든지 듣고말고!!"

"그렇습니까."

전혀 망설임 없는 사몬지 씨의 대답에 노에미쨩은 얼굴을 숙이고 잠시 무언가를 고민하는가 했더니.

"……어?"

일순, 묘한 반응을 보였다.

노에미쨩은 묘한 웃음을 짓고 있다.

마치 사냥감이 함정에 걸린 것을 확인한 것 같은 그런 웃음. 지금의 그녀의 몸에는 어울리지 않는 그런 이질적인 웃음.

"그러면, 부탁이 있습니다."

"뭐든지 말하려무나, 나의 딸이여! 이 내가 어떤 소원이든 반드시 이루어 보일 테니! 딸의 말을 지키지 못한다면 아버지 실격이니 말이다!!"

"네!"

사몬지 씨의 말에, 노에미짱은 희미하게 얼굴을 일그러트리고 하늘을 가리켰다.
내가 말릴 새도 없이 그녀는 간결하게 자신의 소원을 고했다.
결코 이루어져서는 안 될 일그러진 소원을.
"저, 하늘에 있는, 증오스러운 드래곤을…… 죽여 주세요."

【재앙이 닥치기까지 앞으로 6일 20시간 01분 29초】

"맡겨 두거라, 나의 딸이여!!"
"조금은 망설이라고, 이 변태야!!"
노에미짱이 꺼낸 말도 안 되는 소원에 설마 했던 즉답이라니요. 온 힘으로 끄덕이고 있는 사몬지 자식에게 경어도 잊고 전력으로 태클을 건다.
"제정신으로 돌아와!!"
"나는 제정신이다!"
"그럼 좀 더 이렇게, 뭐가 있을 거 아니에요!? 하필이면 같은 보타락장에 사는 쿠로 씨를 죽이라는 소릴 들었잖아요!?"
"그건 그렇지만 딸의 부탁이니 어쩔 수 없지 않나."
"사랑은 눈을 멀게 한다더니!!"
"아아, 확실히 소년이 걱정하는 것은 알겠다."
"모르잖아요. 모르고 있잖아요!?"
"저자는 확실히 나의 맹우이고 계속 함께 지내 온 동료다. 전우라 해도 좋다. 그러나 그것도 딸의 부탁이라면 듣지 않을 수가 없잖나. 오히려 딸의 부탁을 앞두니 저런 것은 단지 파충류로밖에 보이지 않는군. 그러니 나는 눈물을 삼키고 저 드래곤을 치겠다!!"

"이 구제불능 인간!!"

"그러면 어서 가 보기로 할까. 저 증오스러운 드래곤을 쓰러트리기 위해!!"

"좀 들으라고!!"

아아 진짜, 이 구제불능 인간, 진짜로 어떻게 된 거 아니냐고요!

현기증으로 쓰러질 것 같은 내 앞에서 쿠로 씨 말살 계획이 착착 진행되어 간다. 노에미쨩도 이 기회를 놓칠 마음은 없는지 방긋 웃으며 사몬지 씨의 손을 잡고 있다. 아아 진짜, 쬐그만 어린애 주제에 터무니없는 악녀잖아요. 부모 얼굴을 보고 싶네.

"그럼…… 곧바로 저 아버지……가 아니라 잡룡이 있는 곳으로 갔으면 좋겠습니다만."

"그럼 가지. 이 아버지를 잘 붙잡고 있거라, 나의 딸이여!"

"알겠습니다. 아버지!!"

"핫하하, 맡겨 둬라 나의 딸이여!!"

딸에게 부탁을 받아서, 심지어 아버지라고 불려서 사몬지 씨의 기세는 전에 없이 높아져 있는 것 같다. 기세가 너무 올라가서 폭발하면 좋을 텐데.

사몬지 씨가 레몬 1억 개만큼 상큼한 웃는 얼굴로 허리에 손을 대자 벨트가 출현했다. 그리고 나서 손을 크게 들어 올리고 변신 포즈를 취하고는.

드높이 외친다.

"변신!! 가면전사 프리즈너!!"

다음 순간, 그의 온몸은 푸른 장갑에 싸여 있었다.

마치 푸른 갑주를 입은 듯한 그 모습이야말로 사몬지 씨의 변신 형태. 가면전사 프리즈너의 모습이다.

수많은 적을 쓰러뜨리고, 악이 설치는 것을 막고, *채석장에서 난동을 피우고, 무수한 영웅의 전설을 세워 온, 그야말로 전투를 위한 모습. 이런 상황이 아니라면 나도 조금은 더 기뻤을지도 모른다.

약간 막힌 듯한 목소리가 가면 안쪽에서 울린다.

"그럼 나의 딸이여, 간다!"

"네! 아버지!"

노에미쨩을 안아 들고, 사몬지 씨…… 가면전사 프리즈너는 크게 허리를 낮추었다. 뭐가 뭔지 모르겠지만 터무니없이 나쁜 예감이 드는데요.

"자, 잠깐 기다려 주세요!!"

그래서 나도 황급히 사몬지 씨의 등에 뛰어올랐다.

"아, 소이치가 가면 나도!!"

에리카 씨도 크게 팔을 벌리고 내 등에 달라붙는다. 그렇게 해서 네 명분의 체중이 걸려 있음에도 불구하고 가면전사 프리즈너의 움직임은 전혀 둔해지지 않았다.

"나의 활약, 똑똑히 지켜보도록 하거라. 타앗!!"

---

* 일본의 특수촬영 히어로 드라마에서 결전의 무대로 채석장을 자주 사용한 것에 대한 패러디.

나와 에리카 씨와 노에미쨩을 태운 채로.

가면전사 프리즈너는 기합을 한 번 내지르고는 대지를 차고 크게 도약했다.

그저 그것만으로.

다음 순간, 우리는 아득한 상공에 있었다.

"……헤?"

단숨에 몸이 딸려가는 듯한 감각 후.

우리는 천공에 도달해 있었다.

붕붕 귓가를 스쳐 지나가는 바람 소리.

시야에 비치는 것은 한없이 펼쳐진 푸른색. 쭈뼛쭈뼛 아래를 보자 흰 구름 사이에서 디오라마처럼 펼쳐지는 모토히로쵸의 풍경…… 아니, 이미 모토히로쵸 정도가 아니라 더욱 광범위하게 모토히로쵸의 주변과 근처 도시까지 보인다.

"이럴, 수가……."

이것이 가면전사 프리즈너의 엄청난 도약력.

단 한 번 뛰어서 우리를 까마득한 고공으로 옮겨놓을 정도의 힘. 정말이지, 이런 상황이 아니었다면 마음속 깊이 감동할 수 있었을 텐데!!

"나의 딸이여, 무섭지 않나?"

"아, 네, 저는 괜찮습니다! 과연 아버지시군요!!"

"그렇지그렇지!!"

"과연 저의 아버지입니다!"

"그렇지그렇지!!"

이 변태는 글쎄 이런 상태라니까요.

"있잖아 소이치. 아까 쿠로 씨한테서 떨어질 때 생각했는데, 지금이라면 이 고도에서 떨어지면서 지면에 펀치를 계속 먹여서 세계를 멸망시킨다는 계획을 실행할 수 있을 것 같아."

"에리카 씨, 지금만큼은 좀 얌전히 있어 주실래요!?"

"지금밖에 못 할 것 같은 느낌이 드는걸."

"이 이상 문젯거리를 늘리지 말아 주셨으면 하거든요!!"

내 등 위에서 불온한 소리를 중얼대는 에리카 씨. 에리카 씨의 힘을 제어하는 목걸이 「데몬즈 씰」의 힘은 발동하고 있을 테니까 서투른 짓은 못 할 거라 생각하지만, 조심은 해 둬야 한다.

"지금은 정말로 어려운 때니까 좀 진정해 주시겠어요?"

"그래? 소이치가 그렇게까지 말한다면 알맞은 때가 올 때까지 기다리도록 할게."

"그런 때는 절대 안 왔으면 좋겠는데……."

"의외로 금방 올지도 모른다구?"

"불길한 소리도 그만해 주세요."

그런데.

"이제 슬슬, 팔이 저려서……."

팔 힘만으로 사몬지 씨에게 매달려 있는 상황이라 손을 놓으면 이대로 지면을 향해 거꾸로 떨어진다. 사실 이 상태에서 사몬지 씨가 다음에 무얼 할지 전혀 모르겠다. 기세를 타고 뛰어들고 만 내가 나쁘지만, 진짜로 어떻게 되는 거예요!?

도움을 청하듯이 사몬지 씨에게 눈길을 보냈지만 가면에 감싸인 사몬지 씨의 붉은 눈은 전혀 다른 방향을 바라보고 있었다.

"흠, 왔군."

"어?"

우리 위에 그림자가 드리워졌다.

여기는 하늘의 끝. 모든 생물이 생존을 허락받지 못할 극지, 아득한 하늘 저편이다. 이런 곳에서 그림자를 드리울 만한 것이 그렇게 많이 있을 리가 없다.

그러니까 이건 우리가 처음부터 목표로 했던 상대가 틀림없다.

"우와—."

에리카 씨의 말문이 막혔다.

그쪽을 보았지만 시야에는 아무것도 들어오지 않았다.

아니, 시야 전부가 그것으로 메워져 있었기 때문에 보이지 않았던 것이다.

뭐든지 다 먹어 치우려는 거대한 입.

세계를 통째로 삼켜버릴 듯한 그 입이 우리를 향해 위협을 가하듯이 벌어져 있다.

쿠드 롬바르디아.

전설의 영웅, 최대의 드래곤이 나타난 것이다.

"……힉."

무심결에 숨을 삼키고 만다.

쿠로 씨가 단순한 도마뱀이 아니라는 것을, 사실은 거대한 드래곤이라는 것을 알고 있었을 텐데. 그런데 이렇게 막상 눈앞에 나타나니 그 크기가 너무나도 다르다는 것을 새삼 깨닫는다. 이것은 인간이 덤빌 수 있는 존재가 아니다. 모든 생물 중에서도 최대이자 최강, 그런 상궤를 벗어난 존재니까.

우리는 그저 먹이일 뿐이라는 걸 깨닫고 만다.

"어리석군!!"

그런 치명적인 광경을 앞에 두고도 전혀 두려움 없는 외침이 하늘에 울려 퍼졌다.

그가 바로 가면전사 프리즈너, 사몬지 신타로. 소중한 딸을 찾아 황야를 헤매는 가면의 변태.

"왔구나, 내 딸의 적! 분명히 너는 전우, 지금까지 보타락장에서 함께 지낸 사이다! 그러나 이렇게 나와 딸 앞을 가로막는다면 용서하지 않겠다! 이 발차기로 반드시 너를 쓰러뜨려 보이마! 왜냐하면 그것이 바로 내 딸의 소원이니까!!"

아니, 그 커다란 게 그 아이 아버지잖아요?

당신은 단지 지나가던 변태잖아요?

하지만 사몬지 씨의 기세는 사그라들 줄 모른다.

닥쳐오는 드래곤을 찌릿 노려보는가 싶더니 무언가 포즈를 취했다.

"서, 설마!! 그건!!"

그것이야말로 가면전사 프리즈너의 필살기! 영상 디스크에서 봤던 것과 똑같다!

적을 원자 레벨까지 분해한다는, 지금까지 수많은 전투원이나 괴인이나 총통 등등을 묻어 버린 필살 킥!!

사몬지 씨는 진심으로 쿠로 씨를 멸하려 하는 거다! 한번 가면 전사 프리즈너가 기술을 쓸 자세를 취한 이상, 적에게 허락된 것은 조용히 폭발해 사방으로 흩어지는 것뿐!!

그러나.

여기는 까마득한 공중. 밟을 수 있는 발판 같은 건 어디에도 없다. 더구나 세 명 분의 체중을 지고 있다.

그런 상태로 킥을 쏘아낼 수 있을 리가 없다.

"아."

사몬지 씨는 푹 하고 자세를 무너뜨리고 말았다.

말을 할 틈도 얻지 못한 채.

마지막으로 본 것은 너무나도 거대한 입.

사몬지 씨와 우리는 어찌할 방도도 없이 그대로 거대한 드래곤의 입에 삼켜진 것이었다.

【재앙이 닥치기까지 앞으로 6일 19시간 45분 43초】

【주인님, 여기서 잠시 유감스러운 소식이 있습니다. 시쨩, 실은 가정 사정으로 잠시 휴가를 얻고자 합니다. 네에, 앱한테 무슨 가족이 있냐! 는 주인님의 태클이 들리는 것만 같지만, 앱이라 해도 시쨩은 시쨩, 여심은 복잡하답니다. 그런고로 부디 이해해 주시기 바랍니다.】

◆ ◆ ◆

"……으―음."

눈을 뜬다. 아무래도 또다시 정신을 잃었던 것 같다.

하지만 나도 점점 기절하는 데 익숙해지기 시작해서, 내가 기절하기 전의 상황은 잘 기억하고 있다.

우리는 보타락장이 사라진 뒤 사몬지 씨를 붙잡고 공중으로 뛰어올랐다. 그리고 쿠로 씨에게 삼켜져 버린 것이다.

"우와아……."

새삼 생각해 보니 지독한 결과로군요. 구제불능들의 시너지 효과로 터무니없는 상황이 되고 말았다.

아니, 드래곤에게 삼켜졌다는 건 뭐 그냥 죽는 사건 아닐까요. 그렇다면 내가 있는 곳은 천국인지도 모른다. 이것 봐요, 어쩐지 기분 좋은 부드러움에 감싸인 듯한 기분도 들고요.

"으응."

"으엑!?"

천국이면 곤란하다 싶어 서둘러 일어서려고 손에 힘을 넣은 찰나에 돌아온 것은 요염한 목소리와 몹시도 탄력 있는 부드러움이었다. 이 목소리, 이 온도, 이 감촉은 기억이 있다……. 앗, 어째서 이 감촉을 선명하게 기억하고 있는 거죠 나는!!

황급히 튀어 일어나 쭈뼛쭈뼛 뒤를 돌아보니.

"우―."

"아아, 역시……."

예상대로 거기에는 에리카 씨가 넘어진 자세로 나를 노려보고 있었다.

저는 아무래도 에리카 씨 위에 넘어져 있었나 봅니다. 그리고 마치 약속이나 한 것처럼 그녀의 가슴을 거칠게 움켜쥐고 만 것입니다.

"색골."

"죄송합니다!!"

"호색한 색골 벽창호."

"잘못했습니다!!"

"그래서 소이치는 믿을 수가 없는 거야. 틈만 있으면 나의 풍만한 가슴을 주무르려고 드는걸. 정말이지, 그런 운명을 타고 난 거 아닐까 싶을 정도야."

"용서해 주세요!!"

"이런 짓을 계속하다간 조만간 신타로처럼 경찰에 신세 지게 될 거라니까."

"죄송했습니다!!"

그 자리에서 석고대죄를 한다. 어쩐지 땅에 묘하게 따뜻함이 느껴지지만 그런 걸 신경 쓸 때가 아니다. 이마를 찧으며 사죄의 뜻을 표한다. 아무튼 사죄를 해 두면 그 다음은 어떻게든 된다고, 디바이스에게 추천받아 읽은 『트○블 어둠 편』이라는 책에서 배웠다고요. 남자로서 잘못된 방법이라는 생각도 들지만요.

"정말이지, 곤란하다니까. 소이치도 이제 슬슬 나한테 성의라는 걸 보일 필요가 있다고 생각하거든. 내 가슴이 언제까지나 있을 거라 생각하면 곤란하다구. 닳는 거니까."
"닳나요……?"
"그 마왕 같은 경우는 너무 많이 닳아서 벽처럼 됐잖아."
"딱히 닳아서 그런 건 아닌 것 같은데요……."
원래부터 그 정도였던 거 아닐까요. 잘 모르지만.
"바로 얼마 전에도, 복도에서 부딪쳤을 때 '왜 이런 데 벽이 있지?' 라고 촌스러운 개그를 쳤더니 마왕이 글쎄 진짜로 화를 내서는 있지. 그대로 덤벼드나 했더니 울면서 도망가 버려 가지고."
"가엾게도……."
"뭐 용사한테서 도망칠 수는 없으니까 쫓아가서 백 어택을 먹여 줬지만. 덤으로 쓰러진 마왕한테 '왜 이런 데 바닥이 있지?' 라고 한 방 먹여 줬어."
"정말 가엾게도……."
아무튼 에리카 씨의 분노는 사그라든 것 같아 일어나서 주위를 확인한다.
우리가 있는 이곳은 동굴 같은 장소였다.
디바이스로 빛을 비추지 않으면 멀리까지는 보이지 않을 만큼 어둡다. 공기가 푹푹 찐다고 할지, 기온이 엄청나게 높은 듯한 기분도 든다. 그다지 긴 시간 동안 있고 싶지 않은 곳이다.
적어도 천국은 아닌 것 같지만. 그럼 혹시나 지옥인 걸까요. 저 그렇게 나쁜 짓을 했던가요.
"에리카 씨, 여기는 대체……?"
"쿠로 씨 안이야."

"쿠로 씨 안!?"

"빨리 알아채서 다행이야. 이대로 느긋하게 있었으면 위장으로 떠내려갔을지도 모르니까."

"위장이라니…… 위험하잖아요."

"드래곤의 위액은 어마어마하게 산성이 강할 것 같으니까 말이야. 쿠로 씨니까 위액까지 알코올로 되어 있을지도 모르지만."

"상상하고 싶지도 않네요, 그런 건……."

"뭐, 정확한 장소는 모르겠어. 그러니까 우리가 이미 떠내려와서 위나 장을 다 통과한 다음일지도 모르겠지만 말이지."

"그건 좀, 별로 생각하고 싶지 않은 일이네요……."

이대로 여기서 가만히 있으면 어떤 꼴을 당할지 모른다. 그러니 우선은 안심할 수 있는 곳으로…… 그런 곳이 체내에 있다면 말이지만…… 이동하고 싶은데.

"어딘가 안전한 곳이 있다면 좋겠는데요."

"그거라면 나를 따라와."

에리카 씨가 손을 슥 하고 휘두르자 그녀의 손안에 지팡이가 하나 출현했다. 그 끝에 달린 보석에 마법의 힘 때문으로 여겨지는 불이 켜진다.

"이것 봐, 밝아졌지?"

"……저기, 그건 전설의 무기 중 하나지요? 용사가 휘두르는 전설의 지팡이, 수많은 군대를 태워 없앤다는 절품 아닌가요? 아마도 이렇게 등불로 쓸 물건이 아니겠지요?"

"확실히 전설의 지팡이지만 가끔은 이렇게 볕을 쬐어 주지 않으면 썩어 버릴지도 모르니까."

"썩는 거예요!?"

"이 세상에 안 썩는 물건은 별로 없어."

"아니, 제법 많이 있다고 생각하는데요……."

"이 지팡이는 주위의 에너지를 빨아들이는 기능이 있어. 뭐, 그런 기능은 별로 안 쓰지만 등불로 도움이 된다면 지팡이도 바라는 바겠지."

"분명 불만을 품고 있을 것 같은데요……."

뭐 그래도 지팡이의 불빛 덕에 주위의 모습을 보다 정확하게 확인할 수 있었다. 그렇긴 해도 쿠로 씨의 몸 안이라니 너무 빤히 보고 싶지는 않지만요.

에리카 씨가 걸으면서 천천히 불빛을 움직여 보더니.

"아, 있다, 있어."

"어?"

"이걸 찾고 있었지? 소이치는."

"찾고 있었다니…… 설마."

에리카 씨 쪽으로 달려가 불빛에 비친 것을 보았다.

동굴 같은 체내 한 귀퉁이에 당당히 버티고 앉은 그것은 분명히 내가 찾고 있던 눈에 익은 목조 2층짜리 건물.

"……보타락장이다."

쿠로 씨의 몸속임에도 불구하고 당연하다는 듯 서 있는 익숙한 건물의 모습이었다.

"시, 실례합니다—."
"왜 그래? 그렇게 남처럼 굴고."
"아니, 하지만 이런 곳에 있는데요?"
흠칫흠칫하며 현관문에 손을 대고 보타락장 안으로 살며시 들어간다.
평소에는 일상적으로 출입하는 보타락장이라도 이런 곳에 세워져 있으면 아무래도 꺼림칙하게만 보인다. 그래서 신중하게 발소리를 죽이고 안으로 걸음을 옮겼다.
"괴, 괴물이나 좀비 같은 건 안 나오겠죠? 괜찮겠죠?"
"그렇게 불안해하지 않아도 될 것 같은데."
"에리카 씨가 좀 너무 대충이라고 생각하는데요……."
애초에 쿠로 씨의 몸속이라니 완전히 미지의 장소다. 독자적인 생태계가 구축되어 있어도 이상하지 않다고요.
그렇긴 해도, 모든 곳을 꿰고 있는 보타락장이다. 다행히 내부의 모습은 특별히 변하지 않은 것 같다. 그래서 평소처럼 벽에 있는 형광등 스위치를 켰다.
"어머, 어서 와. 늦었네."
눈앞에서 태평한 표정을 짓고 있는 만주의 존재에 휘청할 뻔했다.
"뭐, 뭘 하고 계신 거예요, 료코 씨."
"보면 몰라? 만주를 먹고 있잖아."
"그야 알죠! 매일같이 봐 온 광경이니까 이제 싫어질 만큼 잘 안다고요!! 제가 하고 싶은 말은, 쿠로 씨에게 먹힌 보타락장에서 한가롭게 만주를 먹고 있다니 당신은 제정신이냐는 거라고요!!"

"당연하잖아. 난 언제나 제정신이야."

"아아, 그랬죠. 어떤 때이든 만주만 생각하고, 그 외에는 아무래도 좋다는 게 료코 씨니까요."

"잘 알고 있잖아."

"그야 알 때도 됐죠……."

추궁하길 그만두고 거실 소파에 앉는다.

테이블 위에서 오로지 집중해서 만주를 먹고 있는, 만주.

그 정체는 이 보타락장에 사는 영웅 중 한 사람. 그 탁월한 마법 재능으로 악을 매장해 온 마법소녀 액셀☆다우너. 무슨 업보인지 지금은 만주의 모습이 되어 매일 만주를 먹어 대는 시라베 료코 씨였다.

이 사람……사람이 아니지만……이니까, 보타락장이 쿠로 씨에게 삼켜진 이상 상황에서도 특별히 신경 쓰지 않고 만주를 먹고 있었겠지. 정말로 신경줄이 굵다고 생각합니다. 만주에게 신경줄 같은 건 없겠지만요.

"그보다, 료코 씨는 지금 이 상황에 대해 알고 계신 건가요?"

"알고 있어. 쿠로 씨가 갑자기 날뛰기 시작하더니 거대화해서 보타락장을 삼켜 버린 거지?"

"게다가 하늘을 날았어요. 거기까지 알면서 왜 태연히 있는 거예요."

"나는 만주가 있으면 그냥 그걸로 충분한걸."

"그렇겠죠……."

이 만주에게 물어본 게 잘못이었다.

이미 반쯤 포기에 가까운 마음으로 소파에 체중을 싣는다.

이렇게 보니 평소와 같은 보타락장이다. 전기도 들어오고 수도도 문제없는 듯하다. 이대로 아무런 불편함 없이 생활할 수 있을 것 같다.

거실 구석에는 얼마 전부터 보타락장에서 기르기 시작한 애완동물 포치가 새근새근 잠들어 있다. 잘 알 수 없는 형태를 하고 있지만 멀쩡한 애완동물이다. 그 모습도 딱히 평소와 다르지 않다.

여기는 정말로 평소와 같은 보타락장이다.

다만, 장소가 드래곤의 몸속인 거죠.

"뭐 확실히 새 만주를 사러 가기엔 좀 수고가 들 것 같긴 하네. 순간이동 마법 같은 걸 써야 하니까."

"그렇게 편리한 마법이 있으면 지금 당장 보타락장을 밖으로 꺼내 달라고요."

"너무 커서 무리야. 만주쯤 되는 크기의 물건밖에 운반할 수 없는걸."

"도움이 안 되네요!"

"애쓰면 사람 한 명 정도겠네. 심지어 만주 100개분의 칼로리를 소모하니까 한 명만 옮겨도 마력이 적자가 된다구. 그런고로 마법으로는 무리."

"그렇습니까……."

만주를 탐닉하고 있는 료코 씨의 모습을 보고 있자 나도 침착해지기 시작했다. 만주가 이렇게 느긋하게 있으니 나도 그만 진정을 해야겠지. 이제 슬슬 이야기를 진행해야 한다.

"어, 그러고 보니 그 두 사람은 여기 안 왔어요?"

"어머, 두 사람이라니 누구?"

"아아, 그건……."

여기에 없는 두 사람, 사몬지 씨와 노에미쨩에 대해 설명한다.

특히 노에미쨩은 자신의 아버지인 쿠로 씨를 죽이려 하고 있으니 내버려 둘 수 없다. 아니, 죽이려던 바로 그 드래곤의 몸속에 있는데 과연 본인으로서는 어떤 마음일까요.

내 이야기를 듣더니 료코 씨는 뭔가 생각에 잠긴 듯한 모습을 보였다.

"쿠로 씨의 딸이 왔을 줄은. 과연, 그런 거였어?"

"저기, 뭔가 알고 계시면 가르쳐 주세요. 쿠로 씨를 노리고 있다고요. 뭐, 노리고 있다고 해도, 쿠로 씨에게 삼켜졌을 우려가 있지만요."

"하지만 신타로가 같이 있는 거지? 그 애를 자기 딸로 삼겠다고 말했다면 그야말로 목숨과 바꿔서라도 지키려고 하겠지? 그렇다면 뭐 괜찮을 것 같은데."

"아니, 그건 변태거든요? 심지어 이번에는 특히 징그럽고."

"목숨까진 안 뺏길 거야."

"상당히 죽을 것 같은 수준으로 징그러웠는데요……."

그 징그러움을 직접 겪어보지 않았으니까 그런 속 편한 소리를 할 수 있는 거라고 생각한다.

아무튼 이대로 보타락장에서 한가로이 있을 수도 없다. 언제까지고 쿠로 씨 안에 있는 것도 별로 좋지 않겠지. 목조 2층짜리 아파트가 몸속에 들어 있는 건 분명 건강에 나쁘겠죠. 존재감이 결석쯤 되는 수준도 아니고.

"어떻게든 여기서 탈출할 수는 없을까요."

내 한숨 섞인 말에.

"어, 소이치는 탈출하고 싶어? 할 수 있는데?"

에리카 씨가 시원스레 대답한다.

잠시 동안 에리카 씨의 말을 내 머릿속에서 반추해 보고.

"타, 탈출할 수 있어요!?"

"할 수 있어, 응."

그런 건 빨리 좀 말해 주지.

"그, 그래서, 어떻게 하면 됩니까!?"

"그야 여기는 쿠로 씨의 몸속이잖아? 아무리 최강의 드래곤이라 해도 몸속은 단련할 수 없는 법이야. 드래곤의 피부는 강철 같은 경도지만 안쪽은 아닌걸. 그러니까 평범하게 여기서 공격을 가하면 평범하게 쿠로 씨에게 대미지가 들어가서 평범하게 죽일 수 있을 거야."

"죽이면 안 되거든요!?"

자연스럽게 지독한 소리를 하네, 이 사람!!

하지만 에리카 씨는 무슨 소리를 하는지 모르겠다는 듯이 고개를 갸우뚱한다.

"엥, 그치만 밖에 나가고 싶은 거지?"

"물론 나가고 싶지만요. 하지만 그걸로 쿠로 씨에게 상처를 입히면 주객전도라고 해야 할지. 어떻게든 쿠로 씨에게 피해를 입히지 않는 방향으로 밖에 나갈 수는 없을까요."

"무리네."

"무리구나."

"여기가 쿠로 씨의 몸속인 이상 쿠로 씨에게 상처를 입히지 않고 탈출하는 건 힘들지 않을까. 그러니까 남은 선택지는 몸속의 어디를 공격하느냐 정도뿐일걸? 그렇지, 예를 들면 위를 집요하게 공격해서 쿠로 씨가 구토를 하게 해서 그 기세를 타고 위액과 함께 탈출한다든지."

"별로 아름다운 탈출 방법이 아니네요……."

"쿠로 씨, 토하는 건 익숙할 것 같지."

"그럴지도 모르지만, 저는 토사물 취급은 싫어요."

"아니면, 쿠로 씨의 부드러운 목구멍을 안쪽에서 갈라서 거기서 나간다는 방법도 있으려나. 괜찮아, 내 성검이라면 쿠로 씨의 목구멍쯤은 휙 하고 가를 수 있어. 아마 중요한 혈관도 같이 잘려서 푸확— 같은 느낌으로 선혈이 흩뿌려지는 사태가 되겠지만 뭐 어쩔 수 없지."

"어쩔 수 없지 않아요!! 그거 치명상이잖아요!!"

"아니면…… 배를 가른다거나? 완전히 할복이네 그거. 안쪽에서 베는 걸 할복이라고 부르는지 아닌지는 모르겠지만."

"배도 안 돼요!!"

"아니면, 그렇지. 밑?"

"그 이상은 말하지 마세요."

"찢어지겠지."

"말하지 말라니까요!!"

모두가 불쾌해지는 짓이니까 웬만하면 하고 싶지 않습니다.

"뭐, 애초에 우리가 어디 있는지, 보타락장이 어디 있는지도 잘 모르겠으니까 공격하려고 해도 어떻게 할 방법이 없겠네."

"잘 모르겠다는 것치고는 구체적인 안들만 나왔는데요……."

"손에 잡히는 대로 가 볼까."

"글쎄 그만두시라니까요!!"

"뭐 어차피 이대로 시간이 지나면 자연히 밑으로 나갈 수 있을 거야, 분명."

"그러기 전에 반드시 어떻게든 하지요."

단언한다. 밑으로 나가는 것만큼은 반드시 저지해야 합니다.

하지만 그렇다고 해도 어떡하면 좋을까. 여기서 나갈 수단도 그렇지만, 나는 아직 재앙의 카운트다운에 대해 해답을 내지 못했다. 쿠로 씨를 노리는 노에미짱의 모습도 보이지 않는다. 양쪽 문제 모두 유효타를 찾아내지 못한 것이다.

그렇게 진지하게 생각하고 있던 찰나.

"있지— 있지— 텔레비전 리모컨이 안 보이는데 평소처럼 마법으로 찾아 주지 않을래—?"

이쪽 사정은 전혀 생각하지도 않는, 몹시도 무사태평한 목소리가 날아들었다.

"……미리암?"

"히익!?"

어슬렁어슬렁 거실에 들어온 미리암은 내 모습을 보자마자 비명을 질렀다. 그리고 눈을 떼지 않은 채 천천히 뒷걸음질 친다.

"펴, 편하게 계세—……."

"놓칠 것 같아요? 얼른 이리로 오세요. 안 그러면 채널을 다 교육 방송으로 바꿉니다?"

"교, 교육 방송은 물론 도움도 되고 재미있어서 좋아하지만, 그럼 CM을 볼 수 없게 되잖아!!"

"재미있는 CM을 보고 싶다면 얌전히 이리로 오세요."

"잘 생각해 보니까 그렇게까지 CM을 보고 싶은 건 아닌 것 같은데……."

미리암은 잠시 주저하는 것 같았지만 이윽고 체념한 듯 어깨를 떨구면서 내 쪽으로 왔다. 료코 씨와 마찬가지로 보타락장의 위기 상황을 전혀 이해하지 못한 모양입니다.

아니, 애초에 발단은 이 마왕이 노에미짱에게 쓸데없는 생각을 불어넣은 거였죠.

"벌을 주겠어요."

"아직 아무것도 안 했는데!?"

"했잖아요. 뭡니까, 그 웹사이트는. 설령 아무리 구제불능 인간이라도 소중한 개인 정보라고요. 그걸 그런 식으로 아무렇게나 게시해 두다니, 이건 일주일간 텔레비전 금지형에 처할 만하네요."

"뭐, 뭐라구!? 그런 횡포가 통할 거라 생각해!? 좋아, 소이치가 그럴 작정이라면 나한테도 생각이 있어! 어마어마한 재앙을 흩뿌려 줄 거야!!"

"그런 웹사이트는 지금 바로 삭제하세요. 알겠습니까? 알았으면 대답을 하세요."

"이제는 소이치가 이야기도 안 들어 줘……."

반론을 완전히 무시해 버리자 미리암이 눈에 띄게 시무룩해졌다.

"그치만 어쩔 수 없잖아. 난 이렇게 목걸이가 채워져서 완전히 약체화됐는걸. 아무리 상대가 구제불능 인간이라도 전혀 상대가 안 되고. 아니 용사한테는 이미 일상적으로 당하고 있다고 할까, 내가 도망쳐도 쫓아오는걸. 그렇다면 넷상에서만큼은 반항해도 되잖아."

"그렇다고 넷에 이상한 것만 올리다니 하는 짓이 너무 음습하다고요. 아니 왜 제 정보도 올린 겁니까. 저는 영웅이 아니잖아요?"

"그치만 다른 영웅보다 무서운걸."

"뭔 소릴 하는 거야 이 마왕이."

"역시 무섭다구! 너무 무서우니까 요즘은 아예 소이치 꿈만 꾸게 됐단 말이야, 나! 밤에도 안심할 수 없다니 장난이 아니라구! 책임을 져야지!!"

"엉터리 같은 소리를……."

그거 제 탓 아니잖아요. 미리암의 마음의 문제잖아요.

우리의 대화를 옆에서 보고 있던 에리카 씨가 "꿈속에서도 마왕과 만나고 있다니 용서할 수 없어. 이렇게 되면 꿈의 세계를 통째로 멸망시켜 버릴 수밖에 없겠네. 그러기 위해서 곧바로 낮잠을 잘 거야. 꿈속에서도 만나고 싶어." 어쩌고 하면서 그대로 잠들어 버린 건 얌전히 내버려 둡시다. 자고 있는 쪽이 더 평화로우니.

"아무튼, 꿈에서 생긴 일까지 책임을 돌리지 마세요."

"꿈속에서 정도는 안심하게 해 줘도 되잖아. 깨 있을 때는 기본적으로 지독한 꼴을 당하니까."

"그렇게 꿈에서 안 좋은 꼴을 당하는 게 싫다면, 깨 있을 때 더욱 지독한 꼴을 당하면 익숙해져서 괜찮아지지 않을까요."

"엄청 무서운 소릴 하네. 마치 마왕 같아."

닥쳐 마왕.

"알았다구. 아무튼 웹사이트는 삭제할게. 그걸로 된 거지?"

"바로 해야 합니다."

"하, 하지만, 그 일기만큼은 허락해 줬으면 해! 거기 매일매일 불평을 쓰는 게 내 유일한 즐거움이니까! 트위터 같은 건 내 성격상 조리돌림 당할 게 뻔히 보이는걸!! 손쉬운 테크놀로지는 분명 스스로를 망하게 할 거야! 그러니까 일기만큼은 허락해 줘!!"

"이상한 부분에서 자기 분석이 잘돼 있네……."

그 신중함을 다른 데서도 살렸으면 마왕으로서 대성하지 않았을까요. 마왕으로서 대성하는 건 세계에는 좋지 않으니까 반드시 저지하겠지만요.

"뭐, 그 정도라면 상관없지만요."

"됐다! 이걸로 대 인기 연재, 「괴물의 잠든 얼굴 Today」 코너도 종료하지 않아도 돼! 그게 있는 거랑 없는 거랑 조회 수가 완전히 다르다니까!!"

뭡니까, 괴물의 잠든 얼굴이라니. 대체 누구의 잠든 얼굴을 게재하고 있는 겁니까. 안 좋은 예감만이 찌릿찌릿 전해져 오는데요.

"그러고 보니 미리암. 그 일기에 하늘 사진이 나와 있었죠. 지금 생각하면 그건 쿠로 씨가 날고 있을 때 찍은 거겠네요……. 어라, 하지만 삼켜져 버린 보타락장에서는 그런 사진은 못 찍지 않아요? 설마 쿠로 씨가 협력해 준 겁니까?"

"응? 그냥 콕핏에서 찍었는데."

"콕핏? 무슨 콕핏?"

"보타락장의 콕핏."

"보타락장의 콕핏?"

미리암이 갑자기 정신이 나간 건가 했지만 그녀의 눈빛은 멀쩡했다.

"무슨 소리예요. 콕핏 같은 게 있을 리가 없잖아요."

"하지만 그렇게밖에 말할 수 없으니까 별 수 없잖아. 건물이 드래곤에게 먹히는 바람에 여기서는 밖이 안 보이지만, 콕핏 모니터에서는 하늘도 보여. 자, 안내할 테니까 이쪽으로 와."

"허어……."

미리암이 안내하는 대로 거실을 나와 보타락장 안을 걷는다.

한동안 복도를 걸어간 곳에 그 방이 있었다. 이 보타락장에서는 전조도 없이 방이 늘어나는 일이 있어서 깨닫지 못했었다.
하지만 분명히 전에는 아무것도 없었던 곳에 문이 있었다.

문 표면에는 친절하게 「조종실」이라고 쓰여 있다.

"……여기가, 콕핏인가요?"

"그래. 청소할 때 우연히 발견했어."

익숙한 모습의 미리암을 따라 나도 방에 들어간다.

그곳은 다른 방보다 약간 좁은 방이었다. 아마도 방의 절반 이상을 차지하는 기계 탓이리라.

방의 세 방향에 늘어선 콘솔과 정면에 있는 거대한 모니터. 거기에는 미리암의 말대로 푸른 하늘이 비치고 있었다. 아니, 밖은 어두워졌을 텐데요. 도대체 어디를 날고 있는 겁니까, 이 드래곤.

둘러보니 방 여기저기에 잘 알 수 없는 기기가 장착되어 있고 램프가 반짝반짝 빛나고 있었다. 온 방에 가득한 중저음은 기계가 작동하는 소리일까.

"분명히 조종실이네요."

"그렇다니까. 이것저것 만지다 보니 사용법도 알게 됐거든. 조종실이라는 건 뭔가 조종할 물건이 있다는 거잖아."

"뭐어, 그렇겠죠."

"그래서, 이렇게."

미리암은 콘솔 앞에 있는 의자에 앉아 버튼 하나를 눌렀다.

그 순간 주위에 포효가 울려 퍼졌다.

몹시 큰, 하늘이 울릴 정도의 음량. 깜짝 놀라 엉겁결에 귀를 막고 말았다.

"지, 지금 그건 뭐예요!!"

"드래곤이 운 거야."

"그런가요. 쿠로 씨도 참 꽤나 큰 소리로 우네요. 좋아, 좀 영문을 모르겠으니까 한번 정리를 하지요."

미리암이 조종석에서 버튼을 눌렀더니 쿠로 씨가 울었다. 버튼의 지시대로 쿠로 씨가 행동했다. 마치 비디오 게임에서 캐릭터를 조작하고 있는 것 같다.

그것은 요컨대.

"여기는 설마, 쿠로 씨의 조종실인 겁니까?"

스스로도 무슨 소리를 하는지 잘 모르겠는데요.

"그렇게 말했잖아. 봐, 이게 발이고 이쪽이 꼬리야. 그리고 이게 불."

"불!?"

"이렇게 해서 눈을 레버로 움직이면, 자 봐, 360도로 볼 수 있는 거야."

"아니, 보통 생물은 눈만 가지고 360도 움직이지 않잖아요?"

"조종하고 있으니까 자유롭게 움직이는 게 당연하잖아."

"이유가 안 되잖아……!"

하지만 미리암이 몇 개의 버튼을 누를 때마다 쿠로 씨가 리액션을 하는 것을 눈으로 보고는 믿을 수밖에 없었다. 분명히 이 조종실의 명령에 따라 쿠로 씨가 움직이고 있는 것이다.

좀 딸리긴 해도 영웅인데 이렇게 쉽게 조작할 수 있다니 그건 진짜 좀 아닌 것 같은데요.

"애초에 왜 쿠로 씨를 조종할 수 있는 겁니까."

"그건 저기, 이 아파트를 삼켜 버려서 그런 거 아냐? 아파트가 움직일 수 없게 되는 걸 막기 위해서 아파트 내에 드래곤을 조작하는 기능을 추가했다든지. 그 정도쯤은 가능하겠지? 몸속에 아파트를 집어넣는 바람에 오히려 조종당하는 결과가 되다니 얄궂은 일이네."

"완전히 영문을 알 수 없는데요……."

영문을 알 수 없지만, 그래도 이렇게 실제로 쿠로 씨가 움직이고 있는 이상 그렇다는 이야기가 된다. 전혀 납득이 안 가지만 그 부분은 보타락장의 불가사의 파워가 작용했다고밖에 할 수 없다. 신의 힘이란 뭐든지 다 가능한 거군요.

포기하고 모니터를 본다.

거실 텔레비전보다 훨씬 큰 화면, 거기에는 변함없이 푸른 하늘이 펼쳐지고 있다. 이것도 하늘을 날고 있는 쿠로 씨가 보는 광경이겠지.

"그런데 쿠로 씨를 조종할 수 있는 거면 언제까지나 날고 있지 말고 땅에 내리자고요."

"그건 알고 있어. 하지만 이 거체를 착륙시킬 수 있는 장소를 좀처럼 찾을 수 없다구. 섣부른 곳에 내려서 심각한 피해가 생기면 내가 벌을 받는 거지?"

"네."

"전혀 부정하지 않는 부분이 정말 마음속 깊이 무섭다니까. 마왕보다 더 무서워. 마왕 보증서를 내 줄까 봐…… 마왕보다 두려운 존재라고."

"실례잖아."

하지만 미리암이 하는 말은 옳다. 쿠로 씨의 거체를 안전하게 내릴 수 있는 장소 같은 건 일단 존재하지 않는다. 어디에 착륙해도 분명히 문제가 된다.

그렇다고 바다 같은 곳에 착륙시키려 하면 쿠로 씨가 바닷물을 들이마셔서 우리도 침몰하게 될 수도 있다. 확실히 미리암의 말대로 하늘을 날고 있는 게 가장 안전할지도 모르겠네요.

하지만 언제까지나 이러고 있을 수는 없겠지. 딱히 기름으로 움직이고 있는 건 아니지만 언제 체력이 떨어질지 모른다.

"그럼 어떻게든 해서 작게 만든다든지……."

"지금 이대로 드래곤을 작게 만들었을 경우, 안에 있는 우리는 어떻게 되는 거야."

"…………."

무서운 일이 생길 것 같네요.

그럼 어떻게 해야 할까. 쿠로 씨의 몸속에 있기 때문인지 디바이스로 신께 연락을 취할 수도 없게 됐다. 보타락장 그 자체가 사라졌다는 말도 안 되는 이상사태이니 신께서도 알아채 주신다면 좋겠지만…….

그렇게 생각한 순간.

덜컥 하고 어마어마한 흔들림이 발밑에서 덮쳐 왔다.

"뭐지!?"

"뭐야 이거!!"

방이 통째로 뒤흔들리는 듯한 무시무시한 흔들림 속에서 나와 미리암의 비명이 어우러진다.

"잠깐, 이상한 거 만졌죠!?"

"안 했어!!"

"그럼 이 흔들림은 뭐냐고요!!"

"서, 설마, 영공 침해 같은 걸 해서 외국의 공격을 받거나 한 거 아냐!? 그도 그럴 게 드래곤은 국경 같은 것도 모르고, 여권 같은 것도 안 가지고 있잖아! 내 탓이 아니지!?"

"드래곤이 날아오면 또 다른 소동이 벌어진다고요! 진짜 뭡니까, 대체!"

하늘을 날고 있는 드래곤의 거체를 이 정도까지 흔들다니.

이런 건 보통이라면 절대 불가능한 일인데…….

"……보통, 이라면?"

"자, 잠깐 소이치. 모니터를 봐!!"

"어."

미리암의 초조한 듯한 목소리에 모니터를 보니.

거기에는 인영(人影)이 비치고 있었다.

모니터에 희미하게 표시된 작은 그림자. 하늘에 사람이 있다는 시점에서 명확하게 이상한 일. 미리암이 버튼 몇 개를 누르자 화면이 확대되어 그 정체가 분명해졌다.

당연하다는 듯이 하늘에 떠서.

당연하다는 듯이 드래곤을 상대하고 있는 그 인물은.

"……사몬지, 씨?"

의심할 바 없이, 보타락장의 영웅 중 한 사람.
사몬지 신타로 씨였다.

그렇다. 사몬지 씨는 진정 보통이 아닌 자다. 왜냐하면 영웅이니까.
수많은 세계를 구해 온 영웅이라는 상궤를 벗어난 존재라면, 이렇게 하늘을 날아 드래곤의 거체를 흔드는 일도 분명 쉬울 것이다. 그 가면을 쓴 영웅이 날카로운 눈으로 이쪽을…… 쿠로 씨 쪽을 노려보고 있다.
"먹히지 않았던 거예요!?"
나도, 그리고 미리암도 못 박힌 듯 모니터를 보고 있었다.
영웅과 영웅의 대결. 모니터 너머로도 그 진지함과 전의가 전해져 오는 것 같다.
떠도는 긴장감을 깨뜨린 것은 미리암의 말.
"……저 녀석 왜 어린 여자아이를 업고 있는 거야."
"말하지 않으려 했는데……!"
영웅과 영웅이 정면으로 서로 노려보고 있는 상황이지만 공교롭게도 정면에 있는 영웅은 변태였던 것이다.
가면전사 프리즈너의 등에는 노에미짱이 올라탄 채 험상궂은 표정으로 이쪽을, 쿠로 씨를 노려보고 있었다.
"어린 여자아이를 업고 있는 시점에서 그놈은 아버지 아니면 변태잖아. 그럼 저건 아버지가 아니니까 변태겠지. 간단한 논리야."

“그렇게까지 분명하게 나뉘는 건 아니겠죠……. 아니, 저건 틀림없이 변태 쪽에 속한 존재지만요.”

“하지만 아무리 변태에게 업혀있다고 해도, 이런 곳에 있는 시점에서 저 여자아이도 평범한 사람은 아니라는 거겠지……!”

“어라, 메일을 주고받지 않았던가요. 노에미쨩이랑.”

“메일? 왜 내가 여자아이랑 그런 짓을 해야 해.”

“하지만 저 애가 말했다고요. 그레이트☆루시퍼 씨에게는 항상 많이 배우고 있다고.”

“아, 저 애가「잡룡 척살자」씨였어!?”

“……그건 또 지독한 이름이네요.”

“으음, 분명히 난 잡룡 척살자 씨하고 영웅 살해법에 대해서 자주 연락을 취했었지만. 그런데 어쩐지 이야기로 들었던 모습이랑은 꽤나 다른 것 같은데.”

“어른이라고 들었겠죠, 분명.”

그 노에미쨩이 사몬지 씨와 함께 있다. 그것은 즉 그녀의 아버지 쿠로 씨를 죽이는 걸 포기하지 않았다는 이야기다.

내 우려에 답하듯이, 사몬지 씨가 주먹을 쳐드는 자세를 취했다.

그러자 그의 온몸을 덮고 있는 장갑의 사지에 해당하는 부분에서 빛의 선이 서서히 떠오른다. 빛의 흐름은 사몬지 씨의 오른손을 덮은 장갑 부분으로 점점 모여든다.

“저, 저기, 뭔가 하려는 것 같은데. 저 변태 가면!!”

“그, 그러네요, 안 좋은 예감이 드네요!!”

"이렇게 되면 공격해 버릴까!? 선제공격해 버려!? 마침 조종석에 있기도 하고, 선수필승이란 느낌 아니야!?"

"아니, 공격이라니, 어떻게 하는 거예요."

"벌컨포 같은 게 있는데."

"뭣 때문에!?"

보통 드래곤한테 벌컨포 같은 건 안 달려 있잖아요!?

"이 조종석에서 쿠로 씨를 조종하는 건 그렇다 치고, 그건 마치 쿠로 씨가 개조당한 것 같잖아요. 그 부분은 일단 보통 드래곤이라고 넘겨야 하는 것 아닌가요. 애초에 왜 그런 걸 알고 있는 겁니까."

"설명서를 읽었거든."

"설명서가 있어요!?"

보타락장이 더더욱 수수께끼의 장소가 되었네요.

이렇게 되면 주민들 전원의 설명서 같은 것도 준비되어 있을 가능성이 있겠네요. 그거 말도 안 되는 호러 전개라고요.

"아니, 어느 쪽이건 간에 저쪽에는 노에미짱이 있잖아요? 변태는 그렇다 쳐도 노에미짱을 공격하는 건 그만두자고요!!"

"하지만 저 애, 아버지를 죽이려는 거지? 메일에서 봤는걸. 그러니까 저쪽은 싸울 생각일 것 같은데. 이대로 가만히 있다간 당하는 건 이쪽이라구?"

"그건 그렇지만……!!"

"괜찮아, 하늘에 있으니까 다른 피해는 없을 거야! 그러니까 여기서는 일격필살의 공격으로 싹 숨통을 끊어버려야 하는 거 아냐!? 딱 좋게 포효절기(咆哮絕技) 「드래고닉 건 블래스터」라는 필살기도 있고! 버튼 하나로 상대를 원자 레벨로 이 세상에서 소멸시킨다구!!"

"그런 위험한 걸 버튼 하나로 쏘지 말아 주실래요!?"

"이것 봐, 살짝 누르기만 하면 된다구. 쏠 수밖에 없잖아!!"

"쏠 수 없어요!!"

"헛된 희망을 품다간 죽는다구!!"

왜 내가 누르도록 만들려는 거죠, 이 마왕!!

하지만 우리가 이러쿵저러쿵하고 있는 사이에 사몬지 씨는 준비가 끝나고 말았나 보다.

가면전사 프리즈너의 오른팔은 이미 새빨갛게 빛나고 있었다. 전신에서 모인 에너지가 그 한 점에 집중된 것이겠지. 주위 공간이 일그러져 보일 정도로 큰 힘이 거기 있다는 걸 알 수 있다.

그리고 그 붉게 달아오른 주먹을 크게 쳐들며 외친다.

"받아 봐라, 나의 딸을 위해서!!"

넘칠 듯한 힘이 쿠로 씨에게…… 그리고 그 내부에 있는 우리를 향해 쏘아지려 한다.

"뭐야, 저거 완전 위험한 거 아냐!?"

"절대로 위험한 거예요!! 어떻게든 피해 주세요!!"

"갑자기 그런 소릴 해도 조작이 따라가질 못한다구!!"

"뭐든 좋으니까 빨리!!"

나의 그 말이 닿기도 전에.

빛나는 주먹이 꽂힌다.

"필살 오의!! 프리즌 브레이커어어어어어어어!!!!!!!"

그 일격은.

가면전사 프리즈너가 발한 영웅의 일격은.

하늘을 빛으로 물들이고, 모든 것을 날려버리고, 내 의식을 암전시켰다.

【재앙이 닥치기까지 앞으로 6일 14시간 13분 51초】

【주인님, 휴가를 얻기 전에 마지막 인사를 드리러 왔습니다. 제가 말하기도 뭐하지만 부디 몸조심 하시고 미소를 잊지 말고 지내 주세요. 시짱이 권해 드린 책도 제대로 읽어 주십시오. 주인님은 영웅이 아니라 극히 평범한 인간이니까요. 무리하지 마시고 자신의 실력을 잘 생각해서 행동해 주세요. 그럼 작별입니다. 안녕히, 주인님.】

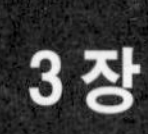

3장 「Daughter!」

"……으응."

정신을 차리고 처음 본 것은 격렬하게 불꽃을 튀기고 있는 콘솔이었다.

방의 불도 꺼지고 모니터도 부서졌는지 모래폭풍 같은 화면이 나오고 있다. 아니 그런데 정신을 잃는 게 오늘 몇 번째일까. 아무리 익숙해졌다지만 너무 심해요. 이렇게 자주 전원을 내리면 보통은 망가지잖아요.

"아야야야야. 뭐야, 진짜!"

"무사합니까, 미리암."

"무슨 일이 일어난 거냐구! 이런 건 못 들었는데!?"

"저도 못 들었어요……. 그보다 어떻게 됐는지 알겠어요?"

"뭐, 좋아. 곧바로 복구할 테니까 기다리고 있어."

"꽤나 손에 익었네요……."

당신, 쿠로 씨의 뭔데.

하지만 미리암의 수완은 확실했는지, 여기저기 기계를 건드리는가 했더니 금방 조종석에 불이 들어왔다. 조금 늦게 정면 모니터도 복구된다.

거기 비치는 것은 지금까지와 같은 파란색의 하늘이 아니라.

"녹색?"

조금 전까지와는 완전히 다른 광경이었다.

쿠로 씨의 거체는 이미 하늘 위가 아니라 어딘가에 낙하한 듯했다. 시야를 가득 메울 정도의 녹색으로 감싸인 삼림 같은 장소에 쓰러져 있는 것 같다.

"어느새 이렇게……."

"아아, 추락한 것 같아."

"왜 그렇게 가볍게 말하는 거예요!?"

일대 사건이잖아요!!

"그치만 그렇게밖에 말할 수 없는걸. 그 변태가 쏜 공격을 받고 이렇게 돼 버린 것 같아. 정말이지, 모처럼 내가 필살 뭐시기로 먼지 한 톨 안 남게 분쇄해 주려고 했는데!!"

"글쎄 그만두라니까요……."

"뭐하면 지금이라도 쏴 주겠어."

"하지 말라고!!"

살벌한 소리를 하는 미리암을 제지하면서 모니터를 관찰한다. 우선 우리가 어디에 있는지 알아야 한다.

모니터의 광경으로 미루어 보건대 여기는 어느 삼림 속처럼 보이지만…… 다만 묘한 점이 하나 있었다.

"어쩐지, 이상하게 크지 않아요?"

모니터에 비치는 삼림, 나무와 식물들의 사이즈가 아무래도 일반적이지 않다. 뭐라고 해야 할까, 보통 나무들의 수십 배는

될 것 같다. 애초에 지금의 쿠로 씨보다도 크다는 시점에서 보통이 아니다.

"여기는, 설마……."

"아아, 아까랑은 다른 세계에 온 것 같아."

"그러니까 왜 그렇게 가볍게 말하는 거예요!?"

이세계 전이를 했는데!!

그렇게 가볍게 말할 일이 아니잖아요!?

어디 사는 마왕도 보타락장을 이세계로 전이시켰을 때는 비교적 고생을 했을 텐데, 좀 더 감개무량해 해도 되는 거 아닌가요. 편의점 가는 기분으로 가는 곳이 아니라고요.

"왜 이런 일이!?"

"변태가 내지른 공격을 어떻게든 회피하려고 했는데, 가능했던 건 기껏해야 차원의 구멍을 빠져나가 이세계로 도망치는 정도였어. 이 드래곤한테는 그런 기능이 달려 있거든. 단지 그게 변태의 공격 때문에 묘하게 뒤틀려서 차원에 예기치 못한 구멍이 생겨 차원 내 중력파로 멀티셀 스톰이 일어나 다운 버스트가 발생해서 결과적으로 이세계로 전이해 버렸다는 거야."

"뭔 소린지……?"

마왕이 하는 말은 잘 모르겠지만 어쨌든 여러 가지로 큰일이 난 끝에 이렇게 됐다는 건 잘 알았습니다. 그런 걸로 해 둡시다. 계속 태클을 걸고 있을 수도 없으니까요.

"아무튼 드래곤이 대미지를 받은 건 분명하니까 한동안은 못 날 거야. 당연히 원래 세계로 돌아가는 것도 무리겠지."

“그럴 수가…….”

“그냥 무리해서 움직이겠다면, 해도 되는데? 이 드래곤의 뇌가 타 버릴지도 모르지만.”

“쉬게 하지요.”

“뭐어, 뇌를 무리하게 조종하는 거나 다름없으니까 부담이 되겠지. 아까부터 코피를 줄줄 흘리고 있는 것 같기도 하고.”

“쉬게 하죠!!”

쉬게 해 줘야 합니다.

오늘 아침부터 술을 끊었다는 정보도 있었고 말이죠. 갑자기 거대화한 걸 보면 심각한 문제가 발생했다고 생각합니다. 더 이상은 뇌를 주물럭대지 않는 게 낫다.

우리 쪽도 잠시 사태를 파악할 시간이 필요하겠지요. 제게는 두 번째 이세계 전이지만 이제는 비교적 익숙해진 느낌이 드네요.

미리암을 데리고 조종실 밖으로 나가니.

“빛이…….”

보타락장 안뜰에 빛이 내리쬐고 있었다.

조금 전까지는 쿠로 씨의 몸속에 있기도 했고 바깥이 완전히 어두워졌었는데, 지금은 햇빛이 반짝이며 주위를 비춘다.

그 너머에 보이는 것은 숲의 색깔. 거대한 나무들이 보타락장을 에워싸듯이 우거져 있다. 정말로 이세계에 와 버린 듯하다.

그때 만주가 복도를 통통 튀어 이쪽으로 다가왔다.

“아무래도 아까의 충격으로 쿠로 씨가 보타락장을 토해낸 것 같네."

"아, 료코 씨. 무사하셨나요."

"응, 만주가 쿠션이 돼 줬거든."

"자기 자신이 쿠션 같은 걸 텐데……."

"원래 쿠로 씨가 날뛰는 바람에 집어삼켜진 거나 다름없으니까, 토할 때도 한순간인 거지. 뭐, 밖에 나올 수 있어서 다행이야."

"그보다 애초에 보타락장이 쿠로 씨가 집어 삼킬 수 있는 사이즈였던가요."

"쿠로 씨는 강제로 성장한 거야……. 보타락장을 삼킬 수 있는 사이즈로……!!"

"그 부분도 뭐, 깊이 추궁하지는 않겠지만요."

세상에는 신기한 일이 잔뜩 있다. 소이치, 배웠습니다.

"하지만 보타락장을 집어삼키고서 다시 토하다니, 쿠로 씨 몸은 이제 너덜너덜한 거 아니에요?"

"괜찮아. 쿠로 씨는 토하는 덴 익숙하니까. 네가 오기 전에는 거의 하루에 마신 술을 다 토할 지경이었거든. 너무 많이 토하니까 그 토한 술을 재활용할 수 없을까 하는 계획이 만들어졌을 정도로 말이지. 그러니까 보타락장을 토했어도 괜찮을 거야."

"하나도 괜찮은 느낌이 안 들지만 뭐 밖에 나올 수 있었으니 된 걸로 할게요. 그래서 료코 씨, 여기는 아무래도 이세계인 것 같은데요."

"그런 것 같네. 익숙한 만주 냄새가 안 나니까."

"만주 냄새로 세계를 판단하시는 거예요?"

아니, 이세계에 있다는 걸 눈치챘다면 좀 더 어필을 해 주셔도 되는데요? 이세계에서도 변함없이 화과자 가게를 찾던 료코 씨한테 말해도 소용없겠지만.

"아아, 하지만 안심해. 마왕 때와는 달리 여기는 그 수염도 아는 세계 같으니까. 보타락장의 결계랑 목걸이도 문제없이 작동하고 있지? 게다가 네 디바이스로 통신도 가능할 거야."

"아, 정말이네요."

디바이스를 보니 확실히 통신 상태를 나타내는 안테나가 2개 떠 있다. 3개까지는 안 돼도 이거라면 충분히 통신할 수 있습니다.

"그리고 카운트다운도 멈추지 않았네요……."

그렇다. 쿠로 씨가 살해당할지도 모른다는 문제를 해결하려고 계속 고민했지만, 세계 멸망의 위기는 이러는 동안에도 닥쳐오고 있다.

자꾸 세계가 멸망하려고 해서 이젠 약간 익숙해지기 시작한 구석도 있지만, 본래는 이것이 최우선해야 할 사항입니다.

화면에 표시된 지령의 내용을 다시금 본다.

거대한 힘과 힘의 충돌.

그것은 쿠로 씨와 노에미쨩 부녀 사이의 일이 아닐까 추측하고 있었다. 하지만 이렇게 되면 그 정체는 명확하다.

쿠드 롬바르디아와 가면전사 프리즈너.

영웅과 영웅.

그 충돌이야말로 신의 지령에 있었던 이야기의 진상, 세계를 멸망시키는 것의 정체이다.

"세계가, 멸망해……!"

영웅끼리의 싸움에 의해 세계가 멸망한다. 아까까지는 조금 실감이 안 났지만, 바로 그 영웅들끼리의 싸움을 본 지금은 이야기가 다르다.

눈앞에서 일어난 싸움의 결과로 우리는 이세계에 날려 왔다.

마왕이 실로 필사적으로 계획해서 실행했던 일이, 영웅들의 그저 작은 충돌 정도로 쉽사리 일어나고 만 것이다. 그런 그들이 만약 진짜로 부딪치게 된다면 도대체 어떤 피해가 생길지.

그리고 이렇게 이세계로 전이해 온 이상 이 세계가 바로 멸망의 위기에 처했다는 말이 된다. 평소에 있던 세계가 아니라서 안심이라고는 도저히 생각할 수 없다. 이 세계에도 분명히 살아 있는 누군가가 있을 테니까.

"마, 맞다, 정작 중요한 사몬지 씨랑 쿠로 씨는 어디죠!?"

"그러네, 내 만주 레이더에 따르면."

"만주 레이더라니……."

"신타로 쪽은 어딘가로 사라져 버렸나 보네. '딸에게 식사를 준비해야 한다!!' 라고 소리쳤으니까 식재료라도 조달하러 간 거 아닐까."

"그러고 보니 노에미쨩은 꽤나 대식가였죠. 아무튼 지금 당장 무슨 짓을 저지를 것 같은 느낌은 아니군요. 다행이다."

사몬지 씨 쪽은 일단 놔두자.

"그럼 쿠로 씨는?"

"여기 있어—!!"

"엥?"

등 뒤에서 들려온 말에 돌아보니.

현관 앞에 에리카 씨가 서 있었다. 우리보다 빨리 깨어나 바깥 세계에 다녀온 걸까. 에리카 씨가 솔선해서 무언가를 할 경우 그건 틀림없이 귀찮은 일이 발생할 전조겠지만, 지금은 그런 걸 따질 때가 아니었다.

그녀의 손안에는 완전히 힘을 잃고서,

"쿠로 씨!?"

원래 사이즈로 돌아간 도마뱀.

조금 전까지는 보타락장을 집어삼킬 정도로 거대화했던 쿠로 씨가, 지금은 평소와 같은 사이즈로 에리카 씨 손안에 녹초가 되어 쓰러져 있었다.

"무, 무슨 일이 있었던 거죠, 에리카 씨."

"아— 뭔가 보타락장이 갑자기 흔들렸을 때, 그 충격 때문에 바깥으로 날아가 버렸거든."

"그것참 큰일이셨겠네요……."

"정신을 차려 보니 이상한 숲속에 있었어. 이렇게 크고 파괴하는 보람이 있는 숲이라니 최고! 라고 생각하면서 전설의 도끼를 꺼내려고 했는데 힘이 하나도 안 들어가는 거야! 그래, 목걸이의 힘이 작동하고 있는 거지! 이건 소이치가 전면적으로 책임을 져 줬으면 하네."

"아니, 그건."

"그래서 완전히 의욕이 사라져서, 그렇다면 불이라도 질러 줄까 하고 적당한 연료를 찾고 있었더니."

"자연스럽게 무서운 짓을 계획하지 말아 주실래요."

"우연하게도 쿠로 씨를 발견한 거야. 뭔가 터무니없이 거대한 것이 떨어진 것 같은 흔적 속에 이 자그마한 쿠로 씨가 떨어져 있었어."

그렇게 말하고 에리카 씨가 손안에 축 늘어져 있는 쿠로 씨를 내게 떠넘긴다. 그렇게 해서 받아든 쿠로 씨의 몸은.

"어쩐지…… 쇠약해진 것 같아."

"어디, 보여 줘 봐."

료코 씨의 말에 따라 쿠로 씨를 내밀자 만주는 쿠로 씨의 몸에 뿅 하고 뛰어올라 통통 튀기 시작했다. 마법의 힘으로 진찰하고 있는 것 같지만, 이런 초현실적인 광경은 정말 아무리 시간이 지나도 익숙해지지 않네요.

"……응. 대강 알았어."

"지금 그걸로 뭘 알았다는 거예요?"

"알았으니까 어쩔 수 없잖아. 그래, 쿠로 씨는 역시 금주를 한 탓에 쇠약해진 것 같아. 평소에는 역할 정도로 감돌던 술 냄새가 지금은 안 나. 이렇게 약해진 쿠로 씨는 본 적이 없어."

"그럼 술을 마시게 해 주죠. 확실히 평소에 술만 마시는 쿠로 씨는 구제불능 도마뱀이지만, 이렇게 되어서까지 금주를 계속할 필요는 없잖아요."

"뭐, 그것도 그렇네……."

"제가 지금 바로 가져올게요."

갑자기 커지고, 갑자기 줄어들고.

그런 짓을 되풀이하다간 분명 쿠로 씨의 몸이 못 버틸 거다.

그러니 나로서도 이제 체면을 따지고 있을 때가 아니다. 이럴 때 정도는 술을 마시게 해줘도 용서가 되겠지. 다 같이 거실로 돌아가 냉장고에서 캔맥주를 하나 꺼내서 쿠로 씨의 입가에 가져다 댔다.

하지만.

"……No."

거기서 쿠로 씨가 처음으로 반응을 보였다.

아주 조금 열린 입에서 나온 것은 거절의 말. 오랜만에 듣는 듯한 기분이 드는 쿠로 씨의 육성이었다.

여전히 말수는 적지만.

필사적으로 짜낸 그 말이 내가 내민 캔맥주를 거절하는 뜻이라는 것쯤은 나도 알 수 있다.

"하, 하지만, 이대로는……."

"No."

"이런 모습이 되어서까지 금주를 계속하는 건가요!?"

"No."

나의 호소에도 쿠로 씨는 완고하게 고개를 저을 뿐이었다. 평소에는 몸에 뒤집어쓸 정도로 마시던 술인데 지금은 전혀 입에 대려고 하지 않는다.

"어, 어째서 그렇게까지 하는 거죠!?"

애당초 술을 마시지 않게 된 시점에서 무언가 이상했다. 평소의 쿠로 씨와는 완전히 다르다. 거기에는 분명 깊은 이유가 있을 터. 자신의 욕망을, 사는 법을 굽히면서까지 그렇게 해야만 했던 이유가.

"가르쳐 주세요, 쿠로 씨!!"

"안심해. 나는 잘 알고 있어. 쿠로 씨의 필사적인 호소를 마음으로 이해할 수 있었어."

"저기, 쿠로 씨는 No라고밖에 말 안 했는데요."

"확실히 지금의 쿠로 씨는 전에 없이 과묵하고 말수가 적지만, 그래도 하려는 말은 제대로 내게 전해졌어. 이 만주 이어(ear)에 말이야! 그야말로 평소보다 웅변적으로 들릴 만큼!"

"하나도 믿음이 안 가는 느낌인데요. 그래서 쿠로 씨는 뭐라고?"

"쿠로 씨는, '딸은 나를 용서하지 않겠지.' 라고 말하고 있어."

"딸이라니, 설마……."

"그래, 그 딸 이야기겠지."

쿠로 씨의 입에서 나온 딸이라는 말.

그 딸…… 노에미쨩이 취한 행동으로 볼 때 쿠로 씨를 향한 증오를 품고 있다는 것은 명백하다. 어찌 됐건 아버지의 목숨을 빼앗으려 하는 것이다. 거기에는 아마도 밖에서 보기엔 알 수 없는 이유가 가로놓여 있겠지.

그렇다면 그걸 알고 있는 쿠로 씨의 행동은 대체 어떤 의미인

가. 술을 마시지 않아 쇠약해지고, 딸이 자기를 죽이러 오는 걸 알고 있고. 그럼에도 하려고 하는 일은 무엇인가.

그것만큼은 어떻게든 물어 두어야 한다.

그래서, 쿠로 씨에게 더욱 부담을 강요하는 것 같아 미안하지만 그래도 이야기를 들려주길 바란다고 료코 씨에게 부탁하려던 그때.

"나와!!"

들은 기억이 있는 그 외침과 함께.

보타락장이 또다시 흔들렸다.

"지금 그 목소리는!?"

쿠로 씨를 테이블 위에 눕혀두고 황급히 보타락장 밖으로 나갔다. 에리카 씨, 그리고 마왕도 함께 현관에서 튀어나갔다.

보타락장 바깥에 펼쳐진 녹색의 이세계. 이런 세계에 보타락장은 차원을 넘어 숲의 나무들을 쓰러뜨리면서 추락한 듯하다. 나무들 속에서 보타락장의 지붕 색깔이 묘하게 눈에 띈다.

그리고 이쪽을 바라보는 인영.

거대한 삼림을 등지고 붉고 날카로운 시선을 보내고 있는 사람은.

"노에미 씨."

"…………."

목소리의 주인은 쿠로 씨의 딸, 노에미 씨였다.

그 모습은 처음 만났을 때와 마찬가지로 어른의 모습으로 돌아가 있었다.

그녀의 발밑을 중심으로 지면이 갈라져 있다. 그 충격이 보타락장을 흔든 거겠지. 밟기만 했는데도 그 정도의 위력을 낼 수 있다는 점에서, 자기 안에 있는 드래곤의 힘을 제대로 구사하고 있는 것으로 보인다.

그녀는 우리에게 보내던 시선을 거두고 보타락장 쪽으로 눈길을 주었다.

아니, 아마도 안에 있을 자신의 아버지…… 쿠로 씨를 보고 있는 거겠지. 무슨 생각을 하는지 한동안 침묵한 후 다시 시선을 우리에게 돌린다.

"전하고 싶은 말이 있습니다."

"엥."

"세계를 멸망시킬 준비가 갖춰졌습니다."

"……엑?"

노에미 씨가 간결하게 고한 말.

그것은 너무나도 강렬한 말이었다.

세계를 멸망시킨다는 어처구니없는 선언. 그걸 마치 덤이라는 듯이 말해 버렸기 때문에 한 박자 늦게 이해했다.

하지만 세계 멸망은 내가 반드시 막아야만 하는 일이다.

그래서 노에미 씨에게 묻는다.

"어, 어째서."

"이미 결정한 일이기 때문입니다."

"그럴 수가……. 어째서 세계를 멸망시키려고 하는 겁니까!!"

참지 못하고 외친다.

그럴 수밖에. 논리가 안 맞는다.

"노에미 씨는 세계를 멸망시킬 이유 같은 거 없잖아요! 그런 짓을 해도 아무런 의미도 없으니까!! 애초에 세계를 멸망시키겠다는 소리는 지금까지 한마디도 안 했잖아요. 그런데, 어째서!!"

"그렇게 하는 것이 저의 목적에 가장 가깝기 때문입니다."

"예?"

노에미 씨는 망연자실한 내게 설명하듯 담담히 말했다.

"보타락장의 영웅은 세계의 위기에 대응하기 위해 모였다고 들었습니다. 재앙이 닥치고 세계가 멸망에 처한 그때야말로 영웅들은 휴식으로부터 일어나 위기를 극복하기 위해 일어선다고. 그러므로 세계 멸망이 닥쳐오는 그때야말로 영웅들의 진가가 발휘된다고 들은 것입니다."

"어, 어디서, 그런 소리를!"

"영웅 말살 웹사이트입니다만."

"…………."

말없이 미리암 쪽을 보니 장본인은 있는 힘껏 눈을 피하고 있었다.

엉뚱한 방향을 보면서 휘파람 같은 걸 불고 있는데, 역시 전부 다 이 자식 탓이잖아요. 이 자식이 여러 가지로 쓸데없는 소리를 노에미 씨에게 불어넣은 결과가 지금 이거잖아요. 나중에 엄청난 꼴을 당하게 만들어 주겠어요.

"세계를 멸망시키려 함으로써 영웅이 그 본질을 발휘하는 것이라면, 상관없습니다. 그 진짜 힘을 깨부수는 것으로 저의 소망은 완성됩니다. 저는 어디까지나 진심입니다."

그 말에 망설임은 전혀 없었다.

진심으로 말하고 있다는 걸 깨닫게 된다.

"그래요, 저는 이 손으로 세계를 멸망시킬 겁니다. 인연 있는 영웅과 마주하기 위해."

노에미 씨는 그대로 등을 돌리고.

최종 선언이 될 말을 남기고 떠났다.

"저를 막겠다면 내일, 여기서 보이는 저 바위산 정상까지 한 마리만 보내십시오. 그리고 신룡 쿠드 롬바르디아의 손으로 저를 막아 보시는 겁니다. 가능하다면요."

【재앙이 닥치기까지 앞으로 6일 09시간 45분 29초】

그리고 남겨진 우리. 그저 고요할 수밖에 없는 침묵을 깬 것은.

"아 진짜! 나를 제쳐 두고 멋대로 세계를 멸망시키겠다니 대체 어쩔 셈인 걸까, 그 도둑고양이!!"

에리카 씨의 그런 구제할 방도가 없는 말이었다.

그렇지요, 이렇게 되지요.

세계를 멸망시킨다는 충격적인 얘기도 에리카 씨에게는 단순히 라이벌 가게 선언 같은 거니까 말이죠. 결코 장사 같은 게 아니라 단지 지독하게 구제불능인 발언일 뿐이지만.

"아니, 저기, 세계를 멸망시키지 말아 달라고 몇 번이나 말씀드렸잖아요?"

"그치만 하필이면 바로 눈앞에서 저런 말을 들었는걸!? 평소에 내가 얼마나 세계를 멸망시키는 걸 참고 있는 줄 알아!? 그야말로 꿈에도 나올 만큼 멸망시키고 싶다고 생각한단 말이야. 그런데 모두가 있는 데서 저런 식으로 선언을 하다니……!!"

에리카 씨는 거기서 한숨을 한 번 쉬고는.

"엄청 부러워……."

"아니 부러워하지 말아 주세요."

"나도 그렇게 확실하게 선언하고, 확실하게 멸망시키는 질서정연한 방식을 쓰고 싶어. 여아일언중천금이란 느낌, 엄청 멋있어 보이는걸. 그냥 멸망시키는 건 좀 촌스럽지. 그냥 멸망시키기만 하는 거면 아무런 수고도 안 드니까."

"조금도 고생할 필요 없는 겁니까……. 아니, 그런 문제가 아니라!!"

안 돼, 에리카 씨 기준으로 이야기를 해선 안 된다.

"아무튼 멸망시키는 거랑 관련된 연상은 금지예요!!"

"그걸 금지당하면 난 생각할 게 하나도 없어지는데, 괜찮은 거야?"

"괜찮지는 않지만요."

"그런데 지금부터 어떡할 거야? 세계를 멸망시키겠다고 말했으니까 물론 소이치는 그 애를 막을 거라고 생각하지만."

"당연하죠!"

"하지만 그 애, 세계를 멸망시키려는 마음은 딱히 없을 거라 생각해. 어디까지나 쿠로 씨를 죽이는 게 목적이고 멸망시키는 건 덤이야. 멸망의 프로가 하는 말이니까 틀림없어."

"멸망의 프로는 또 뭡니까."

"물론 나를 말하는 건데?"

알고 있거든요.

"프로의 눈을 얕보면 안 돼. 그래, 그건 멸망 힙스터야!!"

"힙스터라니……. 뭐 확실히 그런 느낌일지도 모르겠네요."

노에미 씨에게는 세계를 솔선해서 멸망시키고자 하는 동기가 없다.

그녀의 목적은 어디까지나 아버지, 쿠로 씨를 죽이는 데 있으니까. 세계를 멸망시키는 건 어디까지나 쿠로 씨를 끌어내기 위한 수단에 지나지 않는다.

그러니 쿠로 씨와 직접 만나게 되면, 결과야 어떻든 위기를 피할 수 있을 거라 생각한다. 그건 다른 의미로는 쿠로 씨를 내놓으면 세계를 구할 수 있다는 거다. 영웅의 신병과 맞바꿔 모든 것이 해결된다는 이야기.

"그래서 어떡할 거야, 소이치. 쿠로 씨 내놓을 거야?"

"무슨 말씀이세요. 그건 당연히 안 되죠."

"그렇지, 구운 도마뱀이 돼 버릴지도 모르고."

"먹히는 거예요!?"

확실히 노에미쨩은 먹보였지만. 존속 살해에다 존속 포식이라니, 그건 아무리 그래도 업보가 너무 깊잖아요!?

"뭐, 약해진 지금의 쿠로 씨라면 아마 근처에 있는 까마귀한테도 질 것 같으니까, 그 애한테 내어 주면 평범하게 아웃이겠지. 그냥 슬라임 손목 비틀듯이 당해 버릴 거야."

"슬라임한테 손목은 없지만요……. 아무튼 여기선 제가 설득을 해서 쿠로 씨가 안 가도 어떻게 될 만한 방법을."

"……Stay."

"어?"

이야기를 중단시키려는 듯이 우리 사이에 끼어든 것은 다름 아닌 쿠로 씨였다. 완전히 쇠약해진 것 같아 거실에 눕혀 두었는데, 언제 나온 걸까. 목소리에도 기운이 없고 몸을 질질 끄는 듯한 모습을 봐도 분명히 상태가 좋지 않다. 그런데도 필사적으로 이쪽으로 다가와 무언가를 호소하는 듯한 눈빛을 보낸다.

아마도 쿠로 씨가 하고 싶은 말은.

"설마 노에미 씨 말대로 혼자서 갈 작정입니까?"

"Yes."

"그런 몸으로는 무리예요!!"

"No."

하지만 쿠로 씨는 한없이 완고해서 내 말이 통하지 않는다. 이렇게 약해진 쿠로 씨는 그냥 도마뱀일 뿐인데도 묘한 박력으로 내 말을 거절한다.

"……."

더는 할 말이 없다는 듯 침묵을 지킨다.

그리고 그대로 힘이 다했는지 잠에 빠지고 말았다.

늘 취해 있는 쿠로 씨가, 지금은 왜인지 술을 끊고 필사적으로 무언가를 하려고 하고 있다. 평소에는 보이지 않는 그 완고한 태도 앞에서.

나는 그저 말없이 쿠로 씨를 바라볼 수밖에 없었다.

◆ ◆ ◆

다음 날 아침.

"거기, 좀 더 앞으로 가, 소이치."

"아, 이쪽으로 오지 마!"

"어휴 정말, 조용히 하세요. 들키잖아요……!"

우리는 보타락장을 나와 바위산으로 향하는 쿠로 씨를 몰래 미행하고 있었다.

쿠로 씨의 결의는 굳건하여 무슨 말을 해도 들어줄 것 같지가 않았다. 그래서 이렇게 미행을 해서 어떻게든 대처하기로 한 것이다.

쿠로 씨는 하룻밤 자기는 했어도 아직 본래 상태가 아닌 모습이다. 평소라면 아침 일찍부터 우유 대신 한 잔이라는 느낌이었는데, 역시 술을 마시지는 않았다. 그래도 그 짧은 다리를 필사적으로 움직이고 꼬리를 흔들면서 깊은 숲속을 나아간다.

아니, 상당히 재빠르다. 작은 도마뱀의 모습과 합쳐져 금방이라도 놓쳐버릴 것 같다.

"그건 그렇고 쿠로 씨도 참 열심히 걷고 있네."

"그러네요……. 도마뱀이어도 저렇게 기민하게 움직일 수 있는 거군요. 과연 영웅이라는 걸까요."

"매일 술집까지 걸어가는 동안에 단련된 거겠지."

"미묘하게 기뻐할 수 없는 이유잖아……."

"꾸준함은 힘이 된다는 거지. 나도 계속계속 세계를 멸망시키려고 하는 동안에 점점 익숙해지기 시작했는걸."

"익숙해지지 않았으면 좋겠는데요!!"

아무튼 쿠로 씨의 걸음은 멈추는 일이 없었다. 딸인 노에미 씨가 기다리는 바위산을 향해, 울창하게 우거진 숲속을 쭉쭉 나아간다. 우리는 뒤처지지 않는 것이 고작이었다.

"어, 이상한 벌레가 있어, 이상한 벌레가!!"

"미리암, 조용히 하세요!"

"그치만 벌레가!!"

"벌레 같은 게 신경 쓰이면 숲을 통째로 태워 버리면 될 텐데."

"에리카 씨도 위험한 발언은 그만하세요."

다시 봐도 위험한 파티네요, 우리.

이러쿵저러쿵하는 사이에 삼림을 빠져나가 노에미 씨가 지정했던 바위산에 도착했다.

거대한 나무로 구성된 삼림에서도 불쑥 튀어나올 만큼 높고 험준한 산. 다만 그 정상은 부자연스럽게 평평해서, 넓이가 충분하리라는 것이 예상된다. 마치 누군가가 그렇게 만든 것처럼. 그것은 노에미 씨가 자신의 아버지와의 싸움을 상정하고 있다는 것을 가리킨다.

그런 사실을 깨달은 것인지 깨닫지 못한 것인지. 쿠로 씨는 눈 앞에 솟아 있는 바위산을 슥슥 올라간다.

"그럼 우리도 갈까."

"네, 그래야지요……. 그런데 어떻게 올라가죠."

"어? 부숴서 무너뜨리는 거 아니야?"

"아니거든요!?"

주먹을 치켜든 에리카 씨를 황급히 제지했다.

내가 막지 않았더라면 그 주먹을 바위산에 꽂아 넣어 뿌리부터 붕괴시켰겠지. 에리카 씨라면 그 정도는 할 수 있다.

"바로 방금 쿠로 씨가 올라간 걸 봤잖아요!? 그리고 위에는 분명 노에미 씨도 있을 거라고요!?"

"그치만 이런 바위산이라니, 부숴 달라고 말하는 거나 다름없잖아. 봐봐, 빨리 부숴 줘, 금방이라도 부서질 것 같아, 하는 목소리가 들리는걸."

"환청이거든요, 그거."

"자 자, 여기는 나한테 맡기도록 해! 이런 일도 있을까 해서 교육 방송으로 단련한 암벽 등반 실력을 보여 주도록 하겠어!!"

미리암이 에리카 씨와 이야기하고 있는 내 옆을 빠져나가더니 기합을 넣으며 산의 표면에 달라붙어 그대로 휙휙 올라간다. 몹시도 익숙한 움직임이었다. 아니, 그래서 남겨진 우리는 어떻게 할 건데요.

"아, 저쪽에 계단이 있는 것 같아."

"그럼 그쪽으로 갈까요."

계단이 있으면 처음부터 말해 줬으면 좋았잖아요.

우리가 그대로 바위산 정상인 듯한 곳까지 계단으로 올라간 것과 미리암이 암벽 등반으로 정상에 도착한 것은 동시였다.

미리암은 평범하게 계단으로 온 우리를 발견하자 녹초가 된 모습으로 외쳤다.

"왜 나를 놔두고 가는 거야!!"

"후우, 제법 시간이 걸렸네요."

"아니 그보다 계단이 있으면 가르쳐 달란 말이야! 내 노력은 완전히 무의미했잖아!!"

"조용. 이러다 들켜요."

"언젠가 두고 보라구!?"

미리암은 제쳐놓고 바위 그늘에 살며시 숨어 정상의 상황을 엿보니.

"……있어요."

쿠드 롬바르디아와 노에미 롬바르디아.

그 두 사람은 바위산 정상의 공간에서 이미 싸움을 펼치고 있었다.

"늦어 버렸나……!?"

노에미 씨는 모습이 상당히 달라져 있었다.

머리에는 한 쌍의 뿔 같은 것이 돋아 있다. 스커트를 뚫어 버리다시피 하며 뻗은 꼬리와, 인간의 한계를 넘어 날카롭게 날이 선 발톱을 휘두르고 있다.

그녀의 표정에는 분노가 넘쳐흐르고 있었다. 지금까지 본 적 없는 격한 표정으로 자신의 아버지인 쿠로 씨를 노려보며 공격을 퍼붓고 있다.

그 눈은 빛나는 금색. 인간이 아니라 드래곤에 가까운 형태의 눈동자다.

감정이 고조되어 몸속에 흐르는 드래곤의 힘이 깨어난 것인가. 이미 도저히 인간이라고는 부를 수 없는 형태로 변화해 있다.

그녀와 대치하는 쿠로 씨는 평소와 같은 도마뱀 모습인 채였다.

그의 얼굴은 그늘이 져서 보이지 않지만 그래도 필사적으로 딸을 향해 무언가 호소하고 있는 것처럼 보인다. 작은 몸을 필사적으로 움직여서 연이어 닥쳐오는 공격을 피하며, 딸을 멈추게 하려 하고 있는 걸까.

"먹어라!!"

노에미 씨의 발톱이 뻗는다.

날카롭게 뻗은 일격이 쿠로 씨를 노리고 날아간다.

쿠로 씨는 꼬리를 크게 휘둘러 반대 방향으로 도약. 간발의 차로 피한 발톱이 지면을 파헤치고 그대로 흙먼지와 함께 하늘을 가른다.

"쫄래쫄래 움직이긴!!"

제2격, 제3격, 연속으로 가해지는 노에미 씨의 공격. 그 모든 공격을 쿠로 씨는 작은 몸을 교묘하게 이용해 피한다. 작은 도마뱀 모습인 쿠로 씨이기 때문에 가능한 그 움직임에 노에미 씨는 따라가지 못한다.

"……큭!!"

노에미 씨는 이래선 결판이 나지 않는다고 생각했는지 거리를 두고 마주 섰다. 쿠로 씨도 딸을 정면으로 쳐다본다.

서로 양보할 수 없는 마음을 품고 있을 두 사람.

부녀로서, 적으로서.

이 모르는 세계에서 서로 맞서게 되고 만 것을 저주하듯이.

마침내 그 감정이 넘쳐흐른 듯, 이야기를 시작했다.

열띤 어조로. 부녀 사이에 가로놓인 지금까지의 수많은 생각을 맞부딪치는 것처럼.

"My dear."

"Come on."

"Yes."

"Great."

"No."

"Let' s start!"

"No, stop!"

"Father!"

"Daughter!"

"무슨 말을 하는지 모르겠잖아!?"

대화가 몹시 고조되고 있는 찰나에 죄송하지만…… 아니, 애초에 대화가 고조되고 있는지 어떤지도 저로서는 솔직히 확신할 수 없지만요.

쿠로 씨는 평소에도 영문을 알 수 없는 영어 단어로밖에 말하지 않는다. 그래도 어느 정도는 의미를 짐작할 수 있었고 료코 씨가 통역을 해 주기도 해서 어떻게든 이해할 수 있었다.

하지만 지금. 쿠로 씨와 노에미 씨 쌍방이 같이 그런 식으로 이야기를 하면.

"무슨 이야기인지 전혀 모르겠는데요!?"

고조되어 있는지, 가라앉아 있는지, 험악한지, 사이가 좋은지.

아니 설마, 이것이 바로 드래곤족의 대화이기라도 한 건가.

"어, 어떡하죠."

"안심해 소이치. 내가 통역해 볼게!!"

거기서 에리카 씨가 자신 있다는 듯이 말했다.

"아시겠어요, 에리카 씨?"

"응! 왠지 모르게!"

"아니, 왠지 모르게면 안 되는데요……."

"그렇지, 으음. '세계를 멸망시켜도 됩니까' '됩니다' '그럼 다 함께 열심히 멸망시킵시다' '좋네요' 같은 말을 하고 있어."

"절대로 거짓말이잖아!?"

그렇게 제 마음대로 하는 통역이 어디 있어요!? 그보다 그건 그냥 에리카 씨의 소망이잖아요!?

"그래, 대강대강 말하지 말라구!!"

"미리암?"

"여기서는 나한테 한번 맡겨 보라구! 이래 봬도 교육 방송의 「드래곤어 강좌」는 빠짐없이 시청했으니까 기본부터 응용까지 완벽하거든! 그런 나한테 맡기면 되잖아!!"

“왜 지상파에서 그런 프로그램을 하는 겁니까.”

수요가 전혀 없을 텐데요. 다른 세계의 전파라도 수신한 거 아닌가요.

하지만 미리암은 상당히 자신이 있는 듯했다. 이 마왕, 아무래도 좋은 일에서는 엄청나게 도움이 되네요.

“용 검정 5급인 내게 적수는 없다구!!”

“뭡니까, 용 검정이라니. 드래곤어 검정인가요. 그래서 그런 건 도대체 어떤 세계에서 하고 있는 겁니까. 수요가 현저하게 치우쳐 있겠지요. 아니 그보다 5급이라니, 꽤나 쉬운 편인 건가.”

“조용히 해! 안 들리잖아!?”

“네.”

미리암이 진지하니 조용히 하겠습니다.

적어도 에리카 씨보다는 도움이 될 것 같으니 맡겨 보기로 했다.

미리암은 그대로 두 사람의 대화에 귀를 기울이고 있었다. 하지만 그녀의 표정은 어쩐지 우스워지고 있다. 처음에는 자신감 넘치던 얼굴이 점점 흐려지는 것을 알 수 있었다. 식은땀 같은 것도 흘리고 있는데, 뭘 알아들은 걸까.

“어, 으으음…….”

“왜 그래요. 그렇게 곤란하다는 얼굴을 하고.”

“제대로 알아들었는지 자신이 없어졌다고 할까. 역시 용 검정 5급은 기껏해야 이 정도라고 할까.”

“상관없으니 무슨 이야기를 하고 있는지 말해 보세요.”

"그, 그치만, 이걸 말하면 소이치는 절대로 화낼 거라구!? 저 두 사람이 그런 이야기를 하고 있는걸!!"

"이야기하는 내용을 그대로 통역할 뿐이잖아요? 그런 걸로 화낼 일은 없으니까 말해 보세요."

"저, 정말이겠지……."

미리암은 떨떠름한 얼굴을 하면서도 속삭였다.

"저 애가 아버지에게 화를 내는 이유, 그건 있잖아."

"그건?"

"숨겨둔 푸딩을 먹어 버려서, 라는데."

【재앙이 닥치기까지 앞으로 5일 23시간 17분 57초】

"그럼 에리카 씨, 함께 미리암에게 줄 벌을 생각해 볼까요."

"응 맡겨 둬. 그래, 우선은 팔을 양쪽에서 잡아당기고."

"잠깐잠깐잠까—안!!"

어떤 벌을 줄까 하고 에리카 씨와 이야기하고 있자 장본인인 미리암이 필사적인 모습으로 난입했다.

"거 봐! 역시 화내잖아! 어차피 화낼 거라고 알고 있었거든! 화내지 않겠다고 하길래 믿었는데, 역시 화내잖아 소이치는!! 그럼 난 어떡하면 좋았던 거냐구!!"

"장난치니까 그렇죠."

"장난 안 쳤어!! 진짜로 그렇게 말했는걸!!"

미리암은 눈물까지 머금으며 열변을 토한다.

"그, 그것 말고도 '속옷을 같이 빨아서' 라든가 '요즘 노인 냄새가 심해' 라면서 진짜로 화내고 있다구! 거기 대고 도마뱀도 '수도 요금이 아깝다' '나이를 먹는 건 당연한 일이다' 라며 필사적으로 반론하고 있어! 정말로 드래곤어로 두 사람이 그렇게 말하고 있다니까!"

"그래서, 어떤 벌을 줄까요."

"그럼 온몸에 꿀을 발라서 숲에 놔두는 건 어때?"

"듣기만 해도 온몸이 가려워질 것 같네요…… 채택."

"그러니까 좀 들어!!"

진짜로 울 것 같은 모습을 보면 거짓말을 하고 있는 건 아니겠지.

여기서 거짓말을 할 수 있는 뻔뻔함이 미리암에게 있었다면 아마 그냥 마왕으로 끝나지는 않았을 테니까.

하지만 그렇다면 또 하나의 문제가 자동적으로 떠오른다.

그렇다. 미리암의 통역이 사실이라면.

저 두 사람의 싸움은.

"……어쩌면 그렇게 별것도 아닌 일로 싸우고 있는 겁니까!?"

그렇다. 단순한 익살극이 되고 마는 것이다.

충격을 받은 내게는 신경도 쓰지 않고 두 사람은 지금도 계속 격하게 말을 나누고 있다. 우리가 야단법석을 떨고 있는데도 전혀 눈치채지 못할 만큼 열중해 있다. 원래는 아버지를 죽이려는 딸과 그것을 막으려는 아버지라는, 그야말로 수라장……일 터였다.

그랬던 것이 지금은 그냥 익살극이라고요.

그도 그럴 것이, 노인 냄새에 대해서 이야기하고 있는 거죠? 그리고 푸딩.

지금까지 노에미 씨와 함께해 왔던 여러 일들이 완전히 허사가 되어 버리니까 믿고 싶지는 않지만요.

"정말로 진짜겠지요, 미리암."

"그—러—니—까, 진짜래도! 저 두 사람은 그렇게 별것도 아닌 일 가지고 언쟁하고 있다구! 그야 애초부터 구제불능 인간이니까 기껏해야 저런 걸로 싸우는 게 어울리지 않겠어!? 저 도마뱀은 주정뱅이에 알코올 지옥이고, 저 애…… 노에미도 먹보에다 변태의 지인이고 더구나 아버지를 죽이려고 할 만큼 구제불능 인간이라며! 구제불능끼리의 싸움이란 기껏해야 저런 거겠지!!"

"마왕 주제에 설득력 있네……!!"

확실히 구제불능이라는 관점에서 보면 그럴지도 모르지만, 그래도 육친을 죽이겠다는 소리를 들으면 이쪽도 다소 진지해지잖아요. 그 결과가 이런 푸딩 싸움이라곤 생각 못 한다고요.

"그럼 그만 멈추게 하고 오자고요. 아니, 바로 멈춰 주세요."

"하지만 시답잖은 소리를 하는 것치고는 진심인걸, 저 두 사람. 섣불리 끼어들었다간 양쪽한테 공격당해서 죽는다구."

"푸딩 이야기에 끼어들면 죽는다고!?"

"아예 그냥 내버려 두면 되잖아. 시답잖은 이야기를 하고 있으니까 저러다가 멋대로 납득해서 끝나는 거 아냐?"

"하지만 세계가 멸망할지도 모른다구요!?"

아무리 이유가 시답잖은 것이라도.
아무리 구제불능끼리의 하찮은 익살극이라도.
그 결과로 거대한 힘끼리 충돌해 세계가 멸망한다고 신의 지령에 나와 있는 이상 내버려 둘 수는 없다.
그래요. 저도 설마 원인이 푸딩이리라곤 생각도 못 했지만 그래도 세계의 위기에 귀천은 없으니까, 멸망해 버린다면 어느 쪽이건 아웃이거든요!!
진짜로 어떻게 해야 할지 몰라 머리를 쥐어뜯고 있자니.
"어휴 정말!!"
"에리카 씨!?"
에리카 씨가 천천히 일어섰다.
그대로 숨어 있던 바위 그늘에서 척척 걸어 나가더니 말싸움을 하고 있는 노에미 씨와 쿠로 씨 사이에 끼어든다. 그 자리는 지금 세계에서 가장 들어가기 힘든 자리라고 생각했지만 에리카 씨에게는 상관없었나 보다.
노에미 씨도 쿠로 씨도 갑작스러운 난입자에게 주의를 빼앗겨 말을 멈추었다.
"잠깐, 거기 두 사람!!"
"What' s?"
"No!"
"이제 그만두지 그래! 그렇게 드래곤스러운 말로만 이야기하면 진짜로 알아듣기 힘드니까 평범하게 이야기하라구!"
"Oh!"

"Oops!"

"알겠어!? 알았지!? 그럼 재개!!"

상대방의 대답도 듣지 않고 자기 할 말만 하고 다시 바위 그늘로 돌아오는 에리카 씨. 그 얼굴에는 만족스러운 웃음이 떠올라 있다.

"이걸로 알아듣기 쉬워질 거야!!"

"앗, 내 일을 빼앗지 말라구!!"

"아니, 저기, 두 분 다, 이런 이야기를 하고 있을 상황인가……요……?"

이쪽의 존재를 완전히 들켜 버렸잖아요.

게다가 이 익살극을 계속하게 할 셈입니까.

예상대로 쿠로 씨와 노에미 씨의 시선은 완전히 숨어 있는 우리 쪽을 향하고 있다.

"………….."

"………….."

"봐요, 이쪽을 엄청나게 쳐다보잖아요!!"

"무시하고 있다 보면 잊어버리지 않을까?"

"그렇게 새대가리는 아닐 것 같은데요. 드래곤이니까……."

"그럼 젊은 두 사람에게 맡기고 우리는 이만."

"선 보는 것도 아니고, 젊지도 않고, 드래곤이거든요……."

노에미 씨는 아무래도 신경이 쓰이는지 우리가 숨어 있는 바위 그늘 쪽을 힐끗힐끗 보는 것 같았지만 이윽고 어쩔 도리가 없다는 걸 깨달았는지 다시 쿠로 씨 쪽을 향했다.

어찌 됐건 우리가 참견할 일은 없다고 판단한 거겠죠. 거북한 듯이 이야기를 재개한다. 우리도 알 수 있는 언어로.

"아, 아무튼!!"

"Yes."

"다음 참관 수업은 절대로 오지 말았으면 합니다!!"

"No."

"절대로 안 됩니다! 항상 취해 있고 더군다나 완전히 도마뱀이 되어 버린 아버지라니, 반 애들의 얼굴을 똑바로 볼 수가 없습니다! 두 번 다시는 '노에미쨩의 아버지는 무슨 일을 하셔?' 같은 질문을 받고 아무런 대답도 못 하는 꼴이 되고 싶지 않은 것입니다!!"

"But……."

"알아주셨으면 합니다! 저도 결국은 곤란해져서 엉겁결에 '아버지는 술병을 비우는 일을 하고 있습니다!!' 라고 입 밖에 내 버린 흑역사는 이제 지우고 싶으니까요! 그러고 나서 얼마나 비웃음을 당했는지! 비웃음당하긴 했지만 그건 아무리 생각해도 진실 아닌가요!? 사실을 말하고도 비웃음을 당한다면 이미 제가 있을 곳 따윈 없는 것입니다!!"

"Umm……."

"아니, 저기, 으—음……."

노에미 씨가 평범하게 이야기해 주고 있는 덕에 꽤나 알기 쉬워지긴 했지만, 그렇다고 내용이 달라지는 건 아니네요. 결국 익살극인 채네요.

"심지어, 참관 수업에 안 왔으면 좋겠다니……."

노에미 씨가 가장 호소하고 싶었던 것. 그게 하필이면 아버지가 참관 수업에 오느냐 마느냐로 다투고 있는 거라니.

쿠로 씨가 금주를 했던 건 설마 이걸 위해서였던 걸까요. 그렇게 쇠약해지면 참관 수업에 가고 말고의 문제가 아닌 듯한 기분도 들지만요.

아무튼, 그런 것 때문에 세계가 위험하다니.

마음속 깊이 낙담해서 무릎을 꿇으며 무너져 내릴 것 같아졌지만.

그런 나를 미리암이 뒤에서 받쳤다. 어째서인지 그 얼굴에는 비애가 넘친다.

"하지만 말이야, 소이치. 너무 드래곤을 오해하지 말았으면 해."

"갑자기 왜 그러죠, 이상한 얼굴로. 더구나 왜 마왕이 드래곤 편을 들고 옹호를 하는 겁니까."

"그치만 그게 드래곤으로서는 평범한 감각이라구. 어떤 사소한 문제라도 목숨을 걸고 부딪치는 문화인걸. 교육 방송에서 했던 「드래곤 생활!」이라는 프로그램에서 알게 됐어. 드래곤의 생태에 관해서."

"글쎄 그거 절대로 전파가 혼선된 거죠? 지상파에서 해도 될 프로그램이 아니잖아요?"

누가 본다고, 그런 프로그램. 시청률도 안 나올 것 같은데.

어쨌든 내가 모르는 문화 때문에 드래곤 부녀가 불타오르고 있다는 이야기가 되는 건가. 아니 뭐, 부녀끼리 불타오르는 거야 멋대로 하라고 할 수밖에 없지만 문제는 그것 때문에 세계가 멸망할지도 모른다는 거니까.

디바이스를 꺼내 보니 카운트다운은 순조롭게 진행되고 있었다. 아무리 이유가 하찮아도, 세계가 멸망한다는 미래는 아직 바뀌지 않은 것이다.

두 사람을 멈추게 해야 한다.

세계 멸망을, 막아야 한다.

하지만 아무리 주위에서 보기엔 하찮은 일이라도 분명 저 부녀에게는 중요한 문제겠지.

"왜 몰라주는 것입니까!!"

그때 노에미 씨가 크게 손을 치켜들었다.

손톱을 세운 손이 아버지인 쿠로 씨를 향한다.

하지만 쿠로 씨는 저항하지 않았다. 그러기는커녕 딸의 공격을 달게 받으려 눈을 감는다.

"……윽!!"

그걸 본 노에미 씨는 입술을 깨물며 희미하게 주저하는 표정을 보였지만, 그대로 손을 내리치려 하는데.

"그건 안 되지."

등 뒤에서 뻗어 나온 손에 팔을 붙잡혔다.

"어?"

노에미 씨도, 쿠로 씨도, 그리고 우리도 그 난입자 쪽을 보았다.

어느새 나타나 노에미 씨의 손을 붙잡아 멈춘 그 사람은.
"……사몬지 씨."
지금까지 어디 있었던 걸까. 이 세계로 전이한 이후로 모습을 감추었던 영웅 중 한 명. 변신 히어로 사몬지 신타로 씨가 갑자기 나타났다.
그는 상큼하게 미소 지으며.
"아버지를 때리다니, 난폭한 짓을 해서는 안 되잖나."
"어, 하지만."
"분명 거기에는 깊고도 무거운, 내가 알지 못하는 이유가 있겠지. 그러나 그렇다 해도 자신의 아버지를 때려서는 안 된다. 어떤 이유가 있다 해도 가족을 상처 입히는 짓은 절대 안 돼."
레몬 3천 개만큼 상큼한 웃는 얼굴로 미소 지으며 타이르듯이 말하는 사몬지 씨. 그 모습은 뭐라고 할까, 몹시도 분별 있는 어른 같았다.
어떻게 된 겁니까, 갑자기 진지해졌는데요! 이번 소동에서는 처음부터 이상했으니까 이제 이 사람은 전혀 믿을 수 없지만요! 애당초 왜 갑자기 튀어나왔는지 모르겠거든요!!
하지만 어쨌든 노에미 씨를 막아 줘서 살았습니다. 사몬지 씨 말대로 설령 그것이 드래곤에게는 All OK인 문화라 해도, 아버지를 죽이려는 짓이 용서받으리라곤 생각할 수 없다. 사몬지 씨가 아무리 변태라도 그런 상식은 있어서 다행입니다.
"게다가, 말이지."
사몬지 씨는 더욱 상큼한 웃는 얼굴로 노에미 씨를 빤히 쳐다

보고는.

“설마 외견을 성장시키는 힘을 가지고 있었다니.”

“허어.”

“내가 모르는 데서 성장하다니 정말 곤란하군. 성장해 버리면 아무리 나라도 못 알아볼지 몰라. 그러나 그 순결한 영혼까지는 숨길 수 없었던 모양이군. 아무리 외견을 성장시켰다 해도 내면이 어린 여자아이라는 진실만큼은 결코 숨길 수 없는 거다. 그래, 네가 바로 그 소녀라는 것을 나는 완전히 꿰뚫어 볼 수 있어! 나의 혼백이 백만 번 다시 태어나도 너의 소녀로서의 개념을 놓치는 일은 없어!!”

“허…….”

“그러니 지금, 바로 여기서 선언하지!!”

거기서 뭔가 영문을 알 수 없는 멋져 보이는 포즈를 취하더니.

노에미 씨를 바로 정면에서 바라보며.

“소중한 딸을 가르치고 이끄는 것도 아버지가 할 일이니까 말이다. 나의 딸이여!!”

“역시 못쓰겠네요!?”

한순간은 안심했지만 역시 이런 느낌이었네요!

이미 자연스럽게 노에미 씨를 딸이라고 부르고 있고 말이죠!!

그럼에도 변태는 신경 쓰지 않고 손에 들고 있던 봉투를 들어 올린다.

“나의 사랑하는 딸이여, 부탁받은 식료품을 사 왔다. 이 세계는 말도 안 통하고 화폐도 다른 듯하나, 이야기를 나누었더니 서로 이해할 수 있었지! 이런 모르는 세계라 해도 동지는 있는 법이다! 흔쾌히 식료품을 양보해 주었고말고!!"

"아, 네에……."

"그럼 곧바로 식사를 하도록 하지. 이런 바위산 꼭대기에서 런치라니 상당히 자극적이고 최고로군! 바람이 기분 좋아! *어린아이는 바람의 아이라고 하니…… 아차, 너는 나의 딸이었지. 핫하하, 나 정도 되는 자가 잠시 착각을 하고 말았군."

"아니, 저기, 지금은 제가 바쁘다고 할지."

"핫하하, 신경 쓸 필요 없단다, 나의 딸이여! 분명 배가 고프겠지, 그렇지. 아버지는 알고 있단다! 그러니 아버지의 눈은 신경 쓰지 말고 마음껏 먹도록 하거라!!"

"………………."

포기한 듯한 얼굴로 입을 다무는 노에미 씨.

그렇다. 노에미 씨에게 있어 사몬지 씨는 아버지와 만나서 싸우기 위한 수단 중 하나에 불과했던 거다. 그러니 이렇게 실제로 아버지를 만나고 난 이상 무언가를 사몬지 씨에게 요구할 필요가 없다. 오히려 수단이 아니라면 이런 변태에게 일부러 접근할 이유가 없겠지요.

그런데도 아직도 계속 아버지인 척하는 변태. 전혀 말이 통할 것 같지 않은, 그런 머나먼 존재. 드래곤어보다도 훨씬 이상한 사몬지 씨를 앞에 두고 이제 어떡해야 좋을지 알 수 없는 거겠지.

그 모습을 보면서 옆에 있는 마왕에게 말을 걸었다.

---

* 어린아이는 찬바람이 불어도 밖에서 뛰어노는 법이라는 일본의 속담.

"저기, 미리암."
"뭐야, 소이치."
"저 변태가 하는 소리, 알아듣겠어요?"
"알아들을 리가 없잖아. 무슨 자격증이 있어도 무리야, 저건. 교육 방송에 나오면 안 되는 놈이잖아. 아니, 그냥 있기만 해도 닭살이 계속 돋는데."
"그렇죠……."
마왕조차도 떨게 만드는 사몬지 씨의 변태 행위. 그 징그러움을 눈앞에 두니 떨림이 멎지 않습니다. 과연 영웅, 징그러움도 천하일품이라는 거군요. 참고로 칭찬하는 거 아닙니다.
하지만 설마 이대로 모든 것이 조금씩 변태의 흐름에 말려들어 이상해지고 마는 걸까…… 하고 각오했을 때.
그런 건 용서하지 않겠다는 듯이.
끼어든 목소리가 하나.
"……Stay."
노에미 씨의 진짜 아버지.
그렇다. 자기 딸이 위기에 처한 이 상황에 아버지인 쿠로 씨가 가만히 있을 리가 없었던 거다.

사몬지 씨도 자신의 변태스러움에 푹 빠져 있었지만 자신에게 향하는 한층 더 강한 시선을 알아챈 듯, 비웃는 듯한 표정을 짓고는 쿠로 씨 쪽을 내려다보았다.
"어라, 왜 그러나, 옛 아버지."

"No!"

"핫하하, 그런 소리를 해도 두 아버지가 동시에 있을 수는 없다는 것을 알고 있겠지? 그러니 얌전히 나와 내 딸의 빛나는 미래를, 그리고 계약 성립을 지켜보면 되잖나?"

"No!"

"그러나 나라고 해서 악마는 아니다. 옛 아버지를 존중하려고 생각한다. 무엇보다 지금까지 함께 싸워 온 전우라고도 할 수 있는 존재이니 말이야. 그러니 승부를 하도록 하지."

"What?"

"그렇다. 어느 쪽이 이 아이의 아버지에 어울리는지, 승부를 하도록 하지! 영웅끼리, 어느 쪽이 더 강하고 저 아이에게 어울리는지! 아버지 된 자로서의 자격을 분명히 하자! 딸을 둘러싼 우리의 인연에 결판을 내는 거다!!"

그렇게 당당하게 선언하는 사몬지 씨였지만.

"아니, 애 아버지는 거기 있잖아요……?"

가짜 아버지잖아요, 사몬지 씨는.

어떻게 해도 쿠로 씨가 아버지라는 사실은 달라지지 않는데요.

하지만 변태는 의욕이 넘치는 듯했다. 노에미 씨를 살짝 물러나게 하고는 쿠로 씨의 정면에 선다.

그리고 쿠로 씨 또한 눈앞에 있는 변태를 날카로운 시선으로 아래에서 노려본다. 서로 상대방이 말로만 해서는 멈추지 않을 거라는 사실을 깨달은 거겠지. 아니, 자기 딸을 멋대로 빼앗길지 모른다는 것에, 혹은 사몬지 씨가 내뿜는 엄청난 징그러움에 마침내 한계가 온 거겠지. 일반적인 아버지라면 뭐 그렇게 하겠지요. 딸에게 접근하는 변태를 이 세상에서 소멸시키려고 하겠지요.

서로를 쳐다보는 영웅과 영웅.

공기가 삐걱대고, 바람이 소란스럽다.

바위산 정상은 바야흐로 전장 같은 분위기로 변했다.

지금까지도 몇 번인가 체험한 적이 있다. 일류의 전사와 전사가 부딪치는 싸움의 전조. 이제부터 시작될 전란의 예감. 그 공기가 한 가지 사실을 떠올리게 한다.

"잠깐 기다리세요. 이, 이 상황은 설마……!!"

영웅과 영웅의 격돌.

그것은 실로, 디바이스에 기록되어 있던 세계 멸망의 흐름이다.

딸을 둘러싸고 갑자기 시작되어 버린 사몬지 씨와 쿠로 씨의 승부.

부녀 문제는 이렇다 할 것 없이 끝났으나, 거기서 새로이 발생한 불씨.

이 세계를 멸망으로 향하게 하는 재앙의 물꼬가.

여기서 터지려 하고 있었다.

【재앙이 닥치기까지 앞으로 5일 22시간 44분 47초】

"두, 두 분 다 그만두세요!!"

황급히 외치며 두 사람 사이에 끼어들었다.

"이런 짓을 해 봤자 좋을 게 없어요! 그러니 지금 당장 그만두자고요! 그게 제일이에요!! 세계를 위해서도!!"

"방해하지 말아 다오, 소년."

하지만 사몬지 씨는 슬픈 듯한 얼굴로 고개를 저었다.

"아버지로서 딸을 위해 할 수 있는 일은 이것뿐이다."

"아니, 딸 아니잖아요. 사몬지 씨에게 노에미 씨는 완전 남남이잖아요. 슬슬 제정신으로 돌아와 주세요."

"아버지의 사명으로서, 이 도마뱀을 으깨 버리겠어!!"

"그러니까 그 도마뱀이 진짜 아버지! 당신은 가짜 아버지예요! 이제 그만 꿈을 깨자고요!!"

아 진짜, 이 변태, 진짜로 어떻게 된 거 아니냐고요!!

해결이 안 나서 다른 쪽, 도마뱀 쿠로 씨 쪽을 보았다. 이쪽은 아직 제정신이 남아 있겠지요!

"쿠로 씨도 그만두세요! 따님과 대화로도 해결할 수 있어요. 제가 어떻게든 중재할 테니까!!"

"No."

"어째서요!!"

"Kill him."

"어마어마하게 위험한 소리를 하지 않았어요 지금!?"

어떻게 하죠, 도마뱀 쪽도 완전히 의욕 한가득인데요!!

"그럼, 간다!!"

"Yes."

"안 듣고 있잖아……!!"

사몬지 씨가 나를 밀어젖히고 앞으로 나간다. 어느새 그의 몸은 장갑으로 덮이고 얼굴은 가면으로 감싸였다. 붉은 머플러를 바람에 휘날리며, 가면전사 프리즈너가 전투 의사를 표명하고 있었다.

그에 호응하듯이 쿠로 씨도 한 발 내디뎠다.

아니, 상대가 이런 놈이니까 좀 짓밟고 싶어지는 게 오히려 자연스럽겠지만요. 쿠로 씨는 천천히 하늘을 올려다보더니 한 번 울부짖었다.

"……Go."

"무슨!?"

순간 쿠로 씨의 전신이 부풀어 오른다.

조금 전까지 작은 도마뱀이었던 그 몸이 점점 크기를 늘려 간다. 사지는 두껍게, 꼬리는 길게. 날카로운 이빨이 상대를 찢어발기려 길어진다. 하늘에서 봤던 만큼의 거체는 아니지만 그래도 수 미터 정도의 거체로 변화했다.

이것이야말로 분명 전설로 구가되는 드래곤의 모습이다.

"그, 그렇구나. 그런 거였구나!!"

"아는 겁니까, 미리암!!"

"이것도 교육 방송에서 본 건데!!"

"만능이네요 교육 방송!!"

저도 디바이스에게 추천받은 책만 읽을 게 아니라 교육 방송에서 정보를 입수하는 쪽이 나을지도 모르겠네요!

“저 도마뱀이 평소에 술을 마시고 있었던 건, 자신의 힘을 억제하기 위해서였던 거야! 늘 취함으로써 자신의 지나친 힘이 폭주하지 않도록! 술에 취한 상태라면 전력을 낼 수 없으니까! 즉, 술을 마시는 건 도마뱀이 원해서 그랬던 게 아니었어!!”

“아니 엄청나게 즐겁다는 듯이 마시고 있었는데요…….”

“하지만 지금, 익숙지 않은 금주를 계속해서 알코올이 빠짐으로 인해 도마뱀은 진정한 힘에 눈뜨려 하고 있어! 몸은 작아 보여도 거기 감춰진 힘은 전혀 쇠하지 않았어! 드래곤으로서의 진가를, 술에 취하지 않은 만전의 힘을 되찾으려 하고 있는 거야!!”

“엥, 진짜로 그래요……?”

“틀림없어! 교육 방송에서 그렇게 말했으니까!!”

“교육 방송은 이제 됐거든요!!”

완전히 진심으로 싸우려 하는 두 사람.

아무리 얼토당토않은 이유 때문이라 해도, 할 마음이 생긴 영웅의 박력은 진짜다. 나 따위가 막을 수 있는 단계는 한참 지났다. 이 자리에 서 있는 것만으로도 몸이 멋대로 떨릴 정도다.

“이, 이럴 수가…….”

싸움의 원인이 된 노에미 씨도 그 자리에 못 박힌 듯 서 있을 뿐이다.

모두가 지켜볼 수밖에 없는, 영웅끼리의 충돌.

이대로는 세계가 끝장나고 만다. 그렇게 생각하게 할 정도의 박력이, 무시무시함이, 눈앞의 두 사람에게서 전해져 온다. 영웅과 영웅, 그 전의는 끊어지는 일 없이, 오히려 서로에게 호응하듯이 팽창해 간다.

디바이스의 앱 「영웅실각(하이드라 베놈)」을 쓰려고 해도, 쿠로 씨 쪽은 멈추지 않을 거다. 딸을 지키기 위해서라고 제멋대로 생각하고 있는 사몬지 씨도 이 싸움에서는 누구에게 전화를 하든 상관하지 않겠지. 아니 그보다 이 세계에 경찰 같은 건 안 올 테고!!

이젠 머리를 쥐어뜯을 수밖에 없다.

하지만 그런 고민 따위는 아무것도 아니라는 것처럼.

"무서운 걸까, 소이치는."

"예?"

딱딱한 동작으로 돌아본다. 그리고 눈에 들어온 것은 선명한 금색이었다.

다른 누구도 아닌 에리카 씨가 자애 넘치는 눈빛으로 나를 바라보고 있었다.

"떨고 있어."

"네, 무서워요. 그리고 화가 나요. 이렇게 되고 말 거란 걸 예측할 수 있었는데도 막지 못한 자신에게."

"응. 하지만 괜찮아."

"……네?"

에리카 씨의 미소. 모든 것을 감싸 안아 주는 듯한 부드러운 미소가 나를 향한다.

그녀는 살포시 내 어깨에 손을 올리더니.

"내가 저 둘의 싸움을 멈춰 줄 테니까. 소이치는 그런 얼굴 하지 않아도 되거든? 그러니까 안심해."

진심으로 말하고 있다고 생각하게 하는 태도와.
잔잔한 바다처럼 평온한 음성으로.
"아직 늦지 않았어. 저 둘을 막는 건 가능해. 내가 막아 보일게. 그러니까."
목에 채워진 봉인구속구 「데몬즈 씰」을 만지면서.
"소이치는 그냥 나한테 명령하면 돼. 두 사람을 막으라고."
"……에리카 씨."
확실히 지금 이 상황에서 저 두 영웅의 힘에 대항하려면 봉인을 푼 상태의 에리카 씨에게 기댈 수밖에 없다. 그러니까 에리카 씨의 제안은 그야말로 구명줄이다.
다만 한 가지, 말해 두겠는데요.
"저기, 에리카 씨는 자기 외의 사람이 세계를 멸망시키는 게 싫어서 조금 방해를 하려는 것뿐이죠? 게다가 그 흐름을 타서 세계를 멸망시킬 작정이죠?"
"어라, 어떻게 알았어?"
"그야 알 수밖에요."
저도 학습했다니까요.
이런 경우에 에리카 씨가 무슨 생각을 하는지 대체로 알게 됐다고요. 그것도 다 지금까지 쌓아 온 경험이 있어서입니다. 전혀 쌓아 오고 싶지는 않았지만.
에리카 씨가 두 영웅을 막는다 해도 그 결과 탄생하는 것은 영웅 둘이서도 막지 못한 최강의 영웅이 세계를 멸망시키려 하는 지옥도입니다. 결과적으로 어느 것 하나 해결되지 않는다고요.

문제를 뒤로 미루기만 하고 끝입니다.

"그런 소릴 해도, 그거 말고 둘을 막을 수단 같은 거 없는 주제에—."

"윽……."

"거 봐 거 봐, 얼른 내 봉인을 풀라구—."

확실히 그것 말고는 두 사람을 막을 수 있는 방법이 없다.

아까부터 미리암이 옆에서 '나! 나한테 맡겨!!' 비슷한 어필을 필사적으로 하고 있는데, 무리잖아요? 에리카 씨 한 명한테도 못 이기는데 두 명을 상대로는 절대로 무리잖아요? 연습거리밖에 안 될 상대를 굳이 투입하는 취미는 저한테 없는데요.

"……어휴, 정말이지."

그러니까 결과가 어찌 되든 맡길 수밖에 없는 거다.

그것이 아무리 위험한 다리를 건너는 일이 된다 해도.

"어쩔 수 없네요. 지금부터 에리카 씨의 봉인을 풀겠습니다!"

"그래그래, 그렇게 하면 돼."

"하지만 제한 시간을 설정할 거니까요! 시간제한 포함이니까요! 마음대로 날뛸 수 있을 거라곤 생각하지 말아 주세요!!"

"어라, 이 목걸이에 그런 기능도 생긴 거야?"

"이런 일도 있을까 해서 신개발을 부탁했거든요."

"참고로 제한 시간은 어느 정도일까."

"5분 정도는 어떨까요?"

"으—음, 신타로랑 쿠로 씨가 상대인걸. 최강의 히어로와 최강의 드래곤이니까 조금 더 필요한데에."

"그럼, 10분 정도로."

"응, 괜찮아. 그만한 시간이 있으면 문제없어."

"그건 어느 쪽이……?"

두 사람을 제압할 때까지의 시간인지, 세계가 끝장날 때까지의 시간인지. 아니, 그걸 물어봐도 대답해 주지는 않겠지만요.

어느 쪽이든 선택지는 없다. 이럴 때를 위한 권한을 이미 신께 받아 놓았다. 디바이스를 열고 봉인구속구 「데몬즈 씰」을 한정 조건 · 시간제한 포함으로 해제시키는 앱을 불러온다.

"그럼, 갑니다. 에리카 씨."

"응! 팍팍 와!"

디바이스 화면에 몇 자릿수나 되는 패스워드를 쳐 넣는다. 신중하고 대담하게, 절대 틀리지 않도록.

"……대 영웅용 봉인해제 앱, 「영웅부활(암브로시아)」 작동!"

마지막 패스워드를 입력하고 「작동」을 선택한 순간, 디바이스에서 팡파르 같은 소리가 울려 퍼진다.

"왔다! 왔어왔어왔다구!!"

그와 연동하듯이 에리카 씨의 목걸이가 빛나고 봉인 기능이 정지했다. 동시에 디바이스 상에 「영웅부활(암브로시아)」의 남은 시간이 표시된다.

순간.

"초, 부, 화—알!!!!"

한바탕 바람이 불고, 최강의 영웅이 그 진정한 힘을 되찾아 새로이 이 자리에 내려섰다.

용사 에리카 애쉬로즈.
가장 강하고 가장 성가신 영웅의 출격이다.

"쿠로 씨도 신타로도 잠깐 기다렸음 하네! 세계를 멸망시키는 건 내 역할이거든!? 멋대로 멸망당하면 곤란해! 그런고로 둘 다 한꺼번에 상대해 줄 테니까, 각오해!!"
그리고 힘을 되찾은 에리카 씨는.
어느새 손에 들고 있던 성검을 쳐들며 외치고는 달려 나간다.
전혀 자신의 본성을 감추지도 않고 두 사람에게 덤벼들었다.
진짜, 예상했던 대로 행동해 주시네요!!
그리고 대항하는 두 영웅도.
"아니, 에리카 양까지 나의 딸을 노리고 있는 건가……!?"
"No! My daughter!"
"어느 쪽이든 나와 딸의 사이를 갈라놓으려는 간계는 절대 용서치 않는다! 이 내가 태양과 바람 그리고 기타 등등을 대신해 승패를 가려 주도록 하지!!"
"Me too!"
기합을 넣고 에리카 씨를 맞받아치기 위해 돌입했다.

"……엄청난, 싸움이다."
그 후의 싸움은 그야말로 신화의 재현이었다.

용사가 휘두르는 성검이 바닥째로 상대를 양단하려 발사된다. 그것을 변신 히어로는 점프로, 드래곤은 비행으로 피하면서 그대로 반격을 개시한다. 화살처럼 쏘아낸 킥과 크게 열린 입에서 뿜어진 화염이 서로 부딪쳐 대폭발을 일으킨다. 그 굉음과 연기를 빠져나온 삼자의 직접 공격이 격하게 충돌한다.

용의 발톱이 모든 것을 쳐 날릴 듯 휘둘러지면, 히어로의 날카로운 발차기와 용사가 꺼낸 방패에 가로막힌다. 그럼에도 거대한 체구를 살려 돌격하는 드래곤을 앞에 두고 두 사람은 별다른 방도가 없이 후퇴하는데…… 그러나 다음 순간 태세를 바로잡고 날카로운 반격을 펼친다.

"나를 위해 사라져, 둘 다!!"

"딸을 위해서라도 질까 보냐! 이 가면이 조각난다 해도, 결코!!"

"Kill them all!!"

영웅들의 노호가 울려 퍼진다.

뭐가 됐든 일격이라도 못 막으면 삽시간에 무너지고 말 기적적인 밸런스. 모든 공격이 세계를 멸망시킬 만한 위력을 감추고 있기 때문에, 각각 상대의 공격을 진심으로 받아내고 자신의 공격을 꽂아 넣으려 한다.

그런 싸움의 여파는 확실하게 세계를 멸망으로 향하게 하고 있었다.

이미 바위산의 범위 내로 그치지 않는다. 싸움은 하늘로, 그리고 대지로 전파되어 주위에 파괴를 흩뿌리고 있다. 잘려 나간 나무들이 공중을 날아가 토사와 함께 비처럼 쏟아진다. 하늘에는 천둥이 울려 퍼지며 세기말적인 광경을 연출한다.

그 파괴 속을 영웅이 달린다. 용사는 지팡이를 휘둘러 에너지탄을 날리고, 변신 히어로는 가속하면서 공격을 펼치고, 드래곤은 거체를 날린다.

"불타 버려라!!"

"나의 불타는 마음까지 꺼 버릴 수 있다고 생각하지 마라!!"

"Burning!!"

영웅과 영웅과 영웅.

구제불능과 구제불능과 구제불능.

어느 쪽도 뒤떨어지지 않는 영웅의 전투에.

나는 그저 말을 잃고 보고 있을 수밖에 없었다.

지금까지 영웅의 싸움이라는 것을 본 적은 있었다. 마왕의 성에 모두가 왔을 때도 실로 격렬한 싸움이었다. 하지만 그것은 영웅으로서의 힘을 마음껏 발휘한 일방적인 싸움이었을 뿐. 영웅을 앞에 두고는 비록 마왕의 군세가 상대였어도 적수가 되지 못했던 것이다.

"어쩐지 소이치가 나를 디스하는 듯한 낌새가 느껴지는데."

"기분 탓이에요."

"엄청 실례되는 생각을 하고 있는 듯한 기분이 드는데."

"기분 탓이에요."

확실히 그때 가장 분전했던 건 마왕이지만, 결과는 1밀리조차 저항하지 못했던 것 같은…… 같은 생각은 절대 안 했고말고요.

하지만 지금은 다르다.

영웅의 상대는, 같은 영웅.

그 힘은 두려울 만큼 높은 수준으로 길항하고 있다.

그렇기 때문에 서로 진심으로 부딪친다. 대적자가 영웅이기에 영웅조차 진심으로 상대해야만 한다. 영웅의 힘을 받아낸다는 것은 자신도 영웅의 힘으로 대항하고 있다는 뜻. 그 결과 삼자의 싸움은 한없이 규모를 넓혀 간다.

그것은 정말로 어쩔 도리가 없을 만큼 압도적이어서.

세계 같은 건 쉽사리 멸망해 버릴 거라는 걸 깨닫고 만다.

내가 발 딛고 서 있는 이 세계. 그것이 정말로 하찮은 일 때문에 붕괴해 버릴 만큼 약하다는 것을 절망과 함께 새겨주는 것 같다.

이것이, 영웅.

이것이 바로 영웅의 진가이다.

함께 생활하면서 본 구제불능으로서의 일면은 어쨌건 간에 모두가 결코 근본이 나쁜 사람은 아니라는 걸 안다. 구제불능이긴 하지만.

그렇지만 그들이 영웅으로서의 능력을 제대로 발휘하면 이렇게 세계는 손쉽게 끝나는 거다. 그것을 깨닫게 해 주려는 듯이 눈앞에서 파괴가 이어지고 있다. 세계가 멸망한다는 예언을 이루려는 듯이.

“아니, 이루어지면 안 된다고요!!”

그냥 보고만 있어선 안 됐다!!

그렇다 해도 이 싸움에 끼어들려고 하면 다음 순간 저 같은 건

고기 반죽이 되겠지요. 비행기 엔진에 뛰어드는 거나 다름없는 짓인데, 가령 그렇게 해서 싸움이 멈춘다 해도 그때쯤이면 저는 원형이 남아 있지 않을 걸요.

그런 싸움 끝에 마침내 더는 버티지 못하게 된 듯.

"우왓!?"

"잠깐! 흔들리고 있어!"

우리가 있던 바위산이 커다란 진동과 함께 붕괴하기 시작했다.

아니, 오히려 지금까지 잘 버틴 축이라고 해야 할까. 어쨌거나 정상에서 영웅들이 대격돌을 펼치고 있는 거다. 파괴는 이미 바위산 전체로 전파되어 있다. 바위 표면이 무너지고 지면이 갈라져 조각조각 난다.

"자, 잠깐 소이치, 위험한 거 아니야!?"

"네, 위험하네요! 미리암, 산이 무너지면 살려 줘야 됩니다!?"

"어? 아— 그래그래, 맡겨 둬!!"

미리암은 일순 자기가 무슨 소리를 들었는지 모르겠다는 표정을 지었지만 곧바로 웃음을 띠었다. 아니, 좀처럼 보여 주지 않는 멋진 미소를 짓고 있는데 어떻게 된 겁니까.

"뭐예요 그 웃음은!? 무슨 재밌는 일이라도 있었어요!?"

"소이치가 솔직하게 도움을 청하다니 내일은 해가 서쪽에서 뜨려나 했어!!"

"그런가요!!"

뭔가 실례되는 말을 들은 것도 같지만, 벌을 줘야 할 사안인 것 같은 느낌이지만 지금은 그럴 때가 아니다. 미리암이 나를 덮어 주듯 안더니 그녀의 그림자가 순식간에 커져 나를 지키듯이 퍼져나갔다. 가끔 파편이 날아오지만 그림자가 자동적으로 반응하여 쳐서 떨어뜨린다.

"나의 「고군만마(딕타토르)」, 이 정도 바위에는 깨지지 않는다구!!"

"편리하네요, 이거……."

"이제야 나의 유용함을 깨달은 것 같네! 하지만 지금은 목걸이 때문에 힘이 제한돼 있으니까, 원래는 이 정도가 아니라구? 그러니까 이 기회에 나에 대한 평소의 대접도 좀……."

"네. 아, 그리고 하나만 더 부탁이 있는데요."

"진지하게 들으라구! ……부탁이라니 뭔데."

"저쪽에 있는 노에미 씨……짱도."

영웅들이 맞부딪치는 충격파에 맞은 것인지 어느새 그녀의 몸은 어린 소녀의 모습으로 돌아가 있었다. 그렇게 된 노에미짱도 함께 구해 달라고 말하려고 했는데.

그러나 치명적으로 한발 늦고 말았다.

"노에미짱!?"

"엑!?"

지금 노에미짱의 머리 위에 거대한 빛의 덩어리가 떨어지려 하고 있다.

그것은 영웅들의 싸움 속에서 발사된 에너지 덩어리였다.

불길한 오라를 두른 그것은 나라도 알 수 있을 만큼 어찌할 방도가 없는 위협이다. 그것이 노에미짱을 향해 똑바로 떨어진다. 낙하하기까지는 아마 몇 초도 안 걸릴 것이다. 그런 단시간

내에는 도저히 범위 밖으로 도망칠 수 없다.

노에미쨩도 절대 보통 사람은 아니지만, 그래도 지금은 다르다.

"……윽!?"

눈앞에서 일어나고 있는 싸움.

그녀가 표적으로 삼았던 아버지의 싸우는 모습.

그것은 아마도 그녀가 아무리 발돋움을 한다 해도 닿을 수 있는 것이 아니었을 것이다. 그럴 수밖에. 이렇게나 격이 다르니까. 영웅으로서의 진가를 발휘해 싸우는 모습은 타인이 개입할 수 있을 만한 것이 아니었다. 지금까지 그녀가 쌓아 올린 것들도 있었겠지만 그럼에도 닿지 않는다.

그 충격이 그녀에게서 전의를 빼앗고. 그리고 저항 또한 빼앗았다. 영웅의 싸움에 발을 들이고 만 대가가 지금 최악의 형태로 찾아오려 하고 있다.

"빨리! 이쪽으로!"

내가 뻗은 손은 닿지 못하고. 빛의 덩어리가 그대로 노에미쨩의 머리 위에 떨어진다.

그 찰나. 한없이 끝에 가까운 순간 속에 노에미쨩의 목소리가 들렸다. 그것은 분명 아무런 꾸밈도 없는 있는 그대로의 목소리.

울면서.

어린아이처럼.

모든 것이 늦어 버린 뒤에야, 들려온다.

"아버지! 살려 줘요!"

삶과 죽음의 사이, 찰나의 순간에 외친 마음속 깊은 곳에서 나온 말.

너무나도 늦은 요청.

결정된 미래. 이미 끝나 버린 사실.

이미 아무리 해도 뒤집을 수 없을 것 같은 잔혹하고 가혹한 운명에.

거스르기 때문에 바로, 영웅이다.

"맡겨 둬라!!"

"Yes!!"

두 개의 목소리가 어우러지고.

모든 것이 늦어버리고 마는 운명을 통째로 부정하는 것처럼.

낙하해 온 빛의 덩어리가 산산이 흩어졌다.

마치 불꽃처럼 에너지가 격렬하게 찢겨 공중으로 사라진다.

"무슨!?"

빛의 격류 저편에 언뜻 보이는 붉은 머플러. 그리고 분명하게 보이는 빛나는 오른팔.

가면전사 프리즈너가 쏘아낸 필살의 주먹이 하늘에서 떨어져 내린 에너지를 산산이 부숴다.

그러나 부서진 에너지의 파편은 다시 비가 되어 쏟아져 내린다. 하나하나가 치명상 수준인 비. 하지만 그 위협은 노에미쨩에게 닿지 않았다.

"……어째서?"

"No problem!"

쿠로 씨의 거체가 노에미쨩의 방패가 되어 주었기 때문이다.

쏟아져 내리는 에너지가 쿠로 씨의 등에 차례로 직격해, 그때마다 쿠로 씨의 얼굴이 고통으로 일그러진다. 온몸을 끊임없이 불태우는 듯한 통증이겠지. 하지만 그럼에도 결코 쿠로 씨의 몸이 움직이는 일은 없었다.

이유 같은 건 너무나도 당연하게 알고 있다.

딸을 지키기 위해서.

그러기 위해서 쿠로 씨는 자신의 몸을 내던져 방패로 삼은 것이다.

보호받은 노에미쨩은 혼란스러운 표정을 짓고 있었다. 그렇다. 그녀 쪽에서 보면 분명 이해가 되지 않을 거다. 조금 전까지 싸우고, 죽이려고 했던 아버지가 자신을 지키고 있으니까.

노에미쨩이 보기에 지금의 쿠로 씨는 무방비하다. 죽이고자 하면 언제든지 손을 댈 수 있는 곳에 있다. 그럼에도 노에미쨩은 움직이지 않고 그 대신이라는 듯 말을 쏟아냈다. 자신을 지키고 있는 아버지, 쿠로 씨를 향해서.

"왜, 이런 짓을."

"No."

"하지만, 나는, 아버지를…… 읏!!"

"No word."

"그런 건, 비겁합니다!!"

눈물 섞인 말.

딸의 필사적인 목소리를 쿠로 씨는 가만히 듣고 있다.

변함없이 말수가 적은 쿠로 씨지만 그 마음은 분명 노에미짱에게 전해졌다. 행동이 어떤 말보다도 확실하게 그의 의사를 전달했다.

설령 두 사람 사이에 어떤 과거가 있었다 해도.

거대한 드래곤이 작은 도마뱀으로 변할 정도의 무언가가 가로놓여 있다 해도.

그래도 부모가 자식을 생각하는 마음에는 변함이 없다.

영웅으로서가 아니라 아버지로서.

당연한 듯이 그렇게 한 것이다.

아버지에게 보호받은 딸의 눈에는 커다랗게 눈물이 맺혀 있다.

그럼에도 그 손을 아버지에게 애지중지하듯이 뻗는다.

거기에 아버지를 죽이려는 의사는 이미 존재하지 않는다.

그저 평범하게 아버지를 사랑하는 딸처럼, 그렇게 있었다.

모습은 이렇게 달라도 두 사람 사이에 유대감이 있다는 걸 잘 알 수 있다.

가장 자연스러운 모습으로, 부녀는 언제까지나 붙어 있었다.

쏟아지는 비가 그치고 푸른 하늘에서 빛이 내리쬐어도.

계속, 그대로.

【재앙이 닥치기까지 앞으로 5일 21시간 28분 45초】

【마지막으로 한 말씀 드리겠습니다. 시쨩, 주인님을 마음속 깊이 존경하고 있습니다. 구제불능 인간이라는 거친 파도에 쓸리고, 영웅들의 수많은 타락을 목격하고, 그럼에도 자신의 사명을 포기하지 않는 모습은 저에게 정말 아름답게 느껴졌습니다. 하지만 그렇기 때문에 더 이상 스스로를 고통스럽게 할 필요는 없습니다. 부디 모든 것을 잊고 푹 쉬십시오.】

【가능하다면…… 영원히.】

4장 「고생하셨습니다, 주인님」

"이렇게 해서 노에미쨩과 쿠로 씨의 문제는 해결되었는데요."

거기엔 아무런 문제도 없습니다. 문제 같은 게 있을 리가 없습니다.

부녀가 응어리를 풀고 서로의 마음을 이해할 수 있었다. 정말 멋지고 훌륭한 일입니다. 저도 이 아름다운 결과에 박수를 치고 싶은 기분이에요.

다만, 모든 것이 끝난 건 아니다. 그 증거로 손에 든 디바이스를 보자 카운트다운이 아직도 흐르고 있다.

그것은 아직 아무것도 끝나지 않았다는 말이다.

"다행이다. 무사했구나, 나의 딸이여! 그러면 다시 아버지 결정전이다!!"

문제는 사몬지 씨, 징그러운 변신 히어로입니다.

쿠로 씨가 싸움을 멈추었는데도 이 사람은 아직도 속행할 생각이다. 부녀의 훌륭한 결말을 보고도 아무것도 못 느끼는 겁니까. 아니 이 사람의 경우는 쿠로 씨를 고인으로 만들고 자신이 노에미쨩의 아버지가 되려 하고 있으니 말하자면 최악이지요.

이제 더 보고 있을 수 없어서 두 사람 사이에 끼어들었다.

"사몬지 씨, 잠깐 기다려 주세요. 어쩐지 잘 마무리될 것 같은데 왜 방해를 하시는 겁니까."
"무슨 소린가 소년! 아직 아무것도 끝나지 않았는데!?"
"저기, 이미 여러 가지로 끝났잖아요? 사이가 틀어졌던 부녀가 화해했으니 이제 더 이상 할 일은 없잖아요?"
그런 내 말도 어쩐지 헛돌며 전해지지 않는 듯했다.
"소중한 딸을 지키기 위해 일단은 적과 함께 싸웠지만, 승부는 아직 결정되지 않았어! 나의 딸을 둘러싼 모험은 아직 끝나지 않았으니까 말이다!!"
"아니, 저기 있는 사이좋은 부녀를 봐 달라고요. 사몬지 씨가 들어갈 여지 따윈 이제 하나도 없다는 걸 알아 달라고요."
"알고 있지만, 알아서는 안 되는 거다!!"
"알란 말이야."
무심결에 진지한 얼굴로 태클을 걸고 말았잖아요.
아니 그보다 지금까지 징그럽다는 이유로 사몬지 씨를 아무렇게나 취급해 왔지만 이제 슬슬 정면으로 맞서야 할지도 모르겠습니다. 쿠로 씨와 노에미짱처럼 해야 할 말을 제대로 하는 태도를 취해야 한다고 생각합니다. 뭐어, 쿠로 씨가 했던 말은 잘 모르겠지만요.
"저기, 사몬지 씨. 중요한 이야기가 있습니다."
"뭐지, 소년."
"징그러우니까 그만두세요."
"……………………."

아, 시무룩해졌다.

사몬지 씨는 땅을 보면서 굳어 버렸다.

평소에는 비교적 주위를 신경 쓰지 않는 듯한 태도를 취하던 그였지만, 역시 스트레이트로 말하면 이렇게 시무룩해지는군요.

그래도 불굴의 영웅. 잠시 동안 쇼크를 받았던 것 같지만 그래도 사몬지 씨는 얼굴을 들고 주먹을 꽉 쥐며 외친다.

"크…… 분명히 나는, 약간, 아니 나름대로, 혹은 다소, 징그러울지도 모른다!!"

"겨우 인정하셨네요?"

"그, 그러나, 그래도 나는 나의 꿈을 포기할 수 없어! 겨우 꿈을 향한 첫걸음이 될 딸을, 「가공할 딸들(마제스틱 도터즈) 계획」의 첫 번째를 발견했으니 여기서 멈춰 있어서는 안 된다고 마음이 외치고 있어! 그러니 나는 아직 일어설 수 있다! 히어로는 절대 꺾여서는 안 돼! 나는 포기하지 않아!!"

"그러니까 그만 좀 포기하세요. 오히려 왜 포기하지 않는 겁니까. 보세요, 저기서 노에미짱이랑 쿠로 씨가 정말 사이좋게 있잖아요. 저게 바로 올바른 부녀의 모습이에요. 그에 비하면 사몬지 씨는 이렇게 징그럽다고요."

"크……."

"징그러운 소리를 외치면서 무리하게 딸로 삼으려고 하다니, 그거 진짜 잘못됐거든요. 아이들을 위하는 일이 되지도 않거든요."

"끄으으으으."

사몬지 씨가 보기에도 저 부녀의 사이좋은 모습은 부정할 수 없는지 입술을 깨물며 분해했다. 아니, 그렇게까지 분할 건 없잖아요. 그럴 수밖에요. 처음부터 끼어들 수 없는 관계성인걸요. 혹독하다고 생각은 하지만 말을 덧붙여 둔다.

"저렇게 행복한 듯이 웃고 있는 노에미쨩을 아버지인 쿠로 씨에게서 떼어놓으면 정말 노에미쨩이 행복해질 거라고 생각하는 겁니까. 정말로 소녀의 미래를 지키고 싶다면 가만히 놔둬야 해요."

내 말에 사몬지 씨는 또다시 고개를 숙였다.

말이 좀 심했나 싶었지만 사몬지 씨는 가냘픈 목소리로 속삭였다.

"……그렇군, 그 말대로다."

"사몬지 씨……."

"분명히, 내가 진정으로 지켜야 할 것은 소녀들의 미소이자 행복이다. 그걸 지킬 수 있다면 나 개인의 만족 같은 것은 아무래도 좋은 일이야. 잘 알고 있었는데 어째서 착각을 해 버린 것일까."

이윽고 얼굴을 든 사몬지 씨. 그 얼굴에 솟아난 것은.

"그러니 지금은 그저 조용히 딸의 행복을 빌겠다!!"

"피, 피눈물!?"

그 말과 동시에 붉은 눈물이 대지에 떨어진다. 사몬지 씨는 놀랍게도 새빨간 눈물, 즉 피눈물을 흘리고 있었다.

"잠깐, 그거, 괜찮으세요!?"

"후, 후후후후후, 괜찮고말고!"

"전혀 안 괜찮아 보이는데요!"

아니, 머리에 상처를 입어서 거기서 조금 피가 흘렀을 뿐인 거죠? 너무 분한 나머지 피눈물을 흘리는 거라면 그건 병원에 갈 사안이거든요?

"나는 여기서 눈물을 삼키며 내 딸의 미래를 지켜보도록 하겠다……!"

"안 삼키고 있잖아요, 눈물. 빨간 게 방울방울 떨어지고 있거든요. 그리고 가능하면 지켜보는 것도 그만두세요. 징그러워요."

"그, 그런가……. 그러나 지켜보지 않으면 안전을 보장할 수 없다고."

"그 부분은 쿠로 씨에게 맡기자고요. 부모 자식이 저렇게 서로를 이해할 수 있었으니까요."

"그, 그러나, 귀여운 딸의 성장 기록을 몰래 받는 것쯤은 상관없겠지? 멀리서 가만히 딸을 생각하는 것뿐이니?"

"쿠로 씨에게 부탁하세요. OK할 거라곤 생각할 수 없지만요."

"안 되는 건가."

"안 될 것 같은데요."

"그런가……. 아니, 이젠 사진 한 장만이라도 상관없어! 그렇게 하면 나는 이제 그 아이에게 다가가지도 않고 딸로 삼으려고도 생각하지 않을 테니, 제발 부탁이다! 소원이다. 뭐든지 할 테니까!!"

"진짜로 징그러워……. 하지만 그 정도라면 뭐, 부탁해 볼게요."

"은혜를 입었다……! 보답으로 소년에게 딸이 태어났을 때는 반드시……."

"닥쳐 주세요. 진짜로. 부탁이니까."

이걸로 사몬지 씨가 조금이라도 멀쩡해지면 다행입니다. 실제로는 그다지 멀쩡해지지 않은 듯한 기분도 들지만요.

"자, 그럼……."

쿠로 씨의 문제, 사몬지 씨의 문제는 해결했고. 남은 문제는 단 하나.

뭐, 이게 제일 지독하고, 위험하고, 정신 나간 문제지만요. 심지어 어떤 전개로 가더라도 반드시 마지막에 기다리고 있는 종류의 문제고요.

"어라어라? 신타로도 쿠로 씨도 세계를 멸망시키는 건 그만둔 거야? 아깝잖아, 이제 조금만 더 하면 될 것 같은데."

그래요, 만반의 준비를 하고 등장한 에리카 씨입니다.

에리카 씨는 아무 일도 없었다는 듯이 미소 짓고 있다. 아니, 무슨 일이 있었어도 분명 이랬겠지.

세계를, 멸망시키기 위해서.

"그럼 이다음은 나한테 맡긴다는 거네! 두 사람의 유지를 이어서 내가 제대로 세계를 멸망시켜 줄게! 두 사람 다 무덤 속에서 가만히 지켜보고 있어!!"

"두 사람 다 안 죽었거든요!?"

"그 두 사람이 목숨을 걸고 나한테 맡긴 만큼, 나는 세계를 멸망시킬 거니까! 즉 이 세계는 세 번 정도 멸망하게 되겠네!!"

"한 번으로 충분하다고요!! 아니 한 번도 안 돼요!!"

"알코올에 대한 보답으로 네 번 정도는 해 둘까! 응, 그렇게 정했더니 의욕이 솟았어!!"

쿠로 씨와 사몬지 씨가 싸움을 멈춤으로써 이미 영웅끼리 싸울 필요는 없어졌을 텐데, 에리카 씨 혼자 의욕이 넘칩니다.

하지만 뭐라고 해야 할지, 에리카 씨의 폭주에도 완전히 익숙해지고 말았네요. 익숙해졌다고 해도 내버려 두면 세계가 멸망하니 절대 방치할 수는 없지만요. 마음속 깊이 성가시네요.

"저기, 에리카 씨."

"왜 그러는 걸까, 소이치. 그렇게 진지한 얼굴로."

"부디 세계를 멸망시키는 걸 그만두지 않으시겠어요. 무리인가요. 그렇겠지요. 알겠습니다."

"혼자서 결론 내리고 그러면 이쪽으로선 곤란한데……."

"압니다. 알고 있어요, 네에."

"소이치가 뭘 알고 있는지 모르겠어……."

도중에 포기해 버린 나를 보고 드물게도 당황한 모습의 에리카 씨였다. 아니, 어차피 무슨 말을 해도 안 될 테니까 굳이 말할 필요 없는 거 아닐까 생각했다는 경위입니다.

"아아, 그렇게 소이치가 멋대로 포기한 것도 분명 세계가 잘못됐기 때문이겠지. 세계의 앞날에 기대를 가질 수 없으니까 금방 포기해 버리는 거야. 그런 앞날이 보이지 않는 세계는 아예 리셋해야 해. 젊은이들이 자유롭게 미래라는 캔버스에 꿈을 그릴 수 있게 전부 백지로 돌리자!!"

"엑, 지금부터 되감기하는 거예요!?"

"그러기 위해서 난 세계를 멸망시키겠어! 어쩐지 다른 세계에 와 있는 듯한 기분도 들지만, 세계에 귀천은 없으니까 난 이 세계를 마음으로부터 멸망시켜 주겠어. 세계는 평등하게 내 손에 의해 멸망당하는 거야!!"

"그러니까, 안 된다니까요!!"

"모두가 안심하고 살 수 있는 세계를 되찾기 위해서 나는 세계를 한 번 멸망시켜야만 해! 뭐, 난 부수는 것밖에 못하니까 나중 일은 보증할 수 없지만, 어떻게든 되겠지! 파괴는 재생으로 이어지니까!!"

"아 진짜!!"

역시 조금도 이야기를 들어 주지 않잖아!

에리카 씨는 무너져 내린 바위산 위에 오르더니, 팔을 벌리고 주위를 둘러보았다. 바위산 위에서 본 이 세계는 녹색의 삼림이 끝없이 펼쳐져 있다.

에리카 씨는 그 녹색 세계에.

"타앗!!"

"히익!?"

어느새 꺼내 놓았던 성검을 힘껏 내리친다.

단지 그것만으로 눈 아래에 펼쳐져 있던 삼림에 균열이 생겼다.

"아하하, 이거 굉장해!!"

"에에엑……."

또다시 검을 휘두르는 에리카 씨.

그 움직임에 따라 삼림이 너덜너덜하게 갈라져 간다. 참격이 날아갈 때마다 나무들이 튕겨 날아가고 지평선 너머까지 흙먼지가 피어오른다.

"이러고 있으니까 옛날에 미혹의 숲에서 헤맸을 때 일이 떠오르네! 그때는 삼일 밤낮을 계속 헤매서 결국은 숲을 전부 태워 버리고 탈출했더니 상관없는 숲에까지 불이 번졌던가! 그때의 원한, 뼛속 깊이 깨닫도록 해!!"

에리카 씨는 그렇게 외치며 한번 날뛰고는, 다음으로 거대한 창을 꺼냈다.

그 창을 겨누고 있는 힘껏 투척한다. 그녀가 쏘아낸 창은 일직선으로 하늘을 날아가 궤도에 있던 나무들을 그 여파만으로 날려 버렸다.

"에에에에에엑."

에리카 씨는 그래도 만족하지 않고.

돌아온 창을 다시 다른 방향으로 있는 힘껏 던진다.

"진짜 힘들었단 말이야! 헤매는 바람에 소중히 가져온 과자도 전부 먹어 치우는 꼴이 됐고, 목욕을 못 해서 몸도 가려웠고, 끝내는 성 아랫마을 빵집의 특판 세일 기간도 지났고!! 그때 이후로 숲이라는 숲은 다 태워 버리고 싶다고 생각하던 참이었어! 나는, 모든 숲을 부정하겠어!!"

그 후로도 에리카 씨가 잇따라 꺼낸 무기로 삼림이 파괴되어 간다.

디바이스로 조사한 바로는 이 삼림에 동물은 살지 않는 듯하지만, 이 눈 아래에 있는 숲이 전부 멸망당해 버린 다음에는 다른 곳으로 파괴의 손이 뻗어갈 것이 틀림없다. 그러니 어떻게든 여기서 에리카 씨의 폭주를 막아야 한다.

어찌 됐건 무력한 나 혼자서는 에리카 씨의 포학함에 맞설 수 없다.

막으려 해도 사몬지 씨는 완전히 생기를 잃었고 쿠로 씨는 딸을 지키다 부상을 당했다. 노에미쨩도 싸울 힘은 남아 있지 않겠지.

그러므로 이럴 때 도움이 되는 것은.

주위를 둘러보고는 거기 있던 그녀의 이름을 불렀다.

"미리암! 잠깐 이쪽으로 와 주세요!!"

"어? 나?"

불러내자 그녀가 불만스러운 얼굴로 다가왔다.

"뭐야, 소이치. 난 지금 맹렬하게 감동하고 있다구. 방해하지 마."

"감동? 뭘 보고요."

"그거야 물론 저 드래곤의 부녀애지! 역시 실시간으로 보는 게 제일 감동적이네! 교육 방송에서 봤던 「용과 아이의 열 가지 약속」도 좋았지만, 실물로 보는 게 최고야!"

"마지막까지 교육 방송입니까!?"

이 마왕, 이제 완전히 나보다 더 현대에 익숙해졌네요.

"아무튼, 한 가지 부탁이."

"또 부탁!? 정말이지, 소이치는 나를 다루기 쉬운 마왕이라고 생각하고 있는 거 아니야?"

"그럼 반대로 다루기 힘든 마왕도 있는 건가요."

"으음…… 그게, 어어, 알바 마왕 같은 건 엄청 다루기 힘들잖아. 항상 바쁜 것 같아서 만나기 힘들었고. 엄마가 병에 걸려서 힘들다는 건 아니까 다른 마왕들도 강하게 말하지는 못했지만."

"여러 가지로 태클을 걸고는 싶지만 나중에 하죠. 저기, 잠깐이라도 좋으니까 평소처럼 에리카 씨에게 덤벼 주세요."

미리암이 에리카 씨에게 덤벼들면 어느 정도는 시간을 벌 수 있다.

내 예상이 맞다면 이걸로 모든 것이 마무리될 것이다.

그런데.

"싫어."

"네?"

돌아온 것은 거절이었다.

설마 거절당하리라곤 생각도 못 했기에 당황하고 말았다.

"어, 어째서요?"

"무슨 소릴 하건 간에 싫은 건 싫은걸."

이상하다. 평소라면 내가 무슨 말을 하지 않아도 멋대로 에리카 씨에게 달려들었다가 당하는 것이 미리암의 생태인데. 어차피 진다는 결과를 알아도 지금까지 계속 그렇게 해 왔을 터이다. 그런데, 어째서.

"어쩐지 엄청나게 실례되는 생각을 하고 있는 듯한 느낌이 드는데."

"기, 기분 탓이에요."

"그래? 나는 어쩐지 소이치가 생각하는 걸 알겠는데. '이 마왕, 어차피 지는 주제에 잘도 항상 용사한테 달려드네요.' 비슷한 생각을 하고 있다는 느낌이 들거든."

"대체로 맞…… 아니 아니거든요!? 그런 생각은 눈곱만큼도 안 했거든요!?"

"찌―릿."

"그, 그러니까, 그런 생각은."

"찌―릿."

눈을 가늘게 뜨고 나를 노려보는 미리암에게 그만 쩔쩔매고 말았다.

이대로는 제 계획이 파탄 나고 마는데요. 여차하면 다시 텔레비전 시청권을 눈앞에서 흔들기라도 해야겠네요. 스스로가 정말 악랄한 수단을 생각하고 있다는 걸 뼈저리게 깨달았습니다.

"하아……. 뭐, 알았어."

그때 미리암이 한숨을 쉬었다.

"뭔지는 모르겠지만 용사에게 덤벼들어서 시간을 벌고 오라, 뭐 그런 거지? 그렇게 하지 않으면 저 용사 손에 세계가 멸망당하니까."

"그건…… 으음, 분명히 그 말대로예요."

"그런 거라면 처음부터 그렇게 말하면 되잖아. 나도 대강 그런 거려니 생각했고. 전에도 비슷한 일이 있었던 것 같은 느낌도 들고. 왜 솔직하게 말 안 하는 거야.”
“그, 그건, 거절당할까 싶어서.”
“거절당할지도 모르는 일을 왜 남한테 요구하는 거야.”
“어, 그게…….”
“그런 것도 몰라? 바보야? 죽지 그래?”
“그건 싫지만요…….”
“홈쇼핑을 전면 허가해 줘.”
“안 할 거지만요…….”
뒤의 불필요한 한마디는 제쳐두더라도 분명히 미리암의 말은 정론일지도 모른다.
“나한테 딱히 거부권은 없다는 걸 알고 있는걸? 뭐, 어쩐지 여러모로 방패막이로 삼고 있는 듯한 느낌도 들고, 나도 이제 와서 그걸 잃고 싶진 않으니까 말은 잘 들을 거지만. 하지만 그렇게 되는 게 당연하다고 생각하지는 마.”
“네, 네에…….”
어째선지 어조가 강하지도 않은 미리암의 말에 주눅이 들고 말았다.
“그야 난 도저히 칭찬받을 만한 존재는 아니야. 마왕이고. 스스로가 부끄럽진 않지만 자신이 어떤 존재인지는 알고 있는걸. 마왕이라는 입장의 의미도 물론 알아. 마왕이고. 그걸 다 알면서 이렇게 마왕으로서 살고 있으니까 후회 따윈 없다구. 마왕이고.”
안다. 미리암은 분명히 마왕이다. 꽤나 속세에 물들었지만.
“그래, 나는 마왕이야. 그럼 소이치, 너는 뭐지?”

"……네?"

"신에게 파견되어서, 영웅을 복종시키고 구제불능이라면서 채찍을 휘둘러 세계를 구하게 만들어. 그렇게 하고 있는 너는 대체 뭐야?"

미리암의 말이 나를 꿰뚫는다.

나 자신의 의사는, 나의 존재는 대체 어디에 있느냐고.

"저는, 단지, 아무런 힘도 없는……."

"힘은 있잖아. 내가 얌전히 복종하고 있으니까. 나뿐만이 아니라 다른 구제불능 영웅들도 이러쿵저러쿵해도 소이치 말에 따라서 힘을 휘두르고 있으니까. 그건 의심할 여지없는 소이치의 힘이잖아."

"……아닙니다. 이건, 신의 힘이고."

"어째서 부정하는 거야?"

나를 보는 미리암의 눈빛에 나를 비판하려는 듯한 기색은 없다.

그저 대본을 읽는 것처럼.

생각하고 있던 것을, 당연하다는 듯이 묻는다.

"힘이 있다면 그걸 쓰는 데는 아무런 문제도 없잖아. 가지고 있는 힘을 쓰지 않는 쪽이 오히려 이상한걸. 영웅이든 마왕이든 자신의 목적을 위해서 자신의 힘을 쓰는 건 당연한 일이야. 그런데 그런 훌륭한 힘을 가지고 있으면서 스스로를 무력하다고 말하는 건 좀 아니지 않아?"

"그, 그건……."

"힘은 선악과는 상관없이 거기 있는 거야. 그 힘을 써서 세계

를 구하기 위해 이것저것 하고 있는 거지? 그런데 자신이 아무것도 아닌 무력한 존재라고 하는 건, 이해를 좀 못 하고 있다고 할까…… 오히려 비겁해, 그거."
"비, 비겁하다고!?"
"나는 마왕이니까 비겁하다고 해도 칭찬하는 거나 다름없지만. 하지만 소이치, 너는 그렇지 않잖아? 자신이 올바른 일을 하고 있다고 생각하지? 그렇다면 주위에서 뭐라고 생각하든 그 올바름을 관철하라구. 내가 마왕으로서의 길을 가는 것처럼. 자신이 믿는 올바름을 위해서 뭐든지 다 정당화해서 세계를 구하란 말이야."
미리암은 나를 가리키며 말한다.
자신이 아닌 자에게 받은 사명을.
자신이 아닌 영웅의 힘을 사용해서.
자신이 아닌 누군가를 구한다.
그렇다면, 카노야 소이치는 무엇을 하고 있느냐고.
"자기가 져야 할 책임에서 눈을 돌리고, 모든 걸 자기가 아닌 사람 탓으로 돌린다. 그런 건 소이치가 자주 말하는 구제불능 아니야?"
"구, 구제불능이라고요!? 제가!?"
"응. 최소한 첫걸음을 내디뎠다고 생각하는데, 나는."
미리암의 통고.
그것은 카노야 소이치가 구제불능 인간이라는, 너무나도 무자비한 말.

무슨 말을 하려 해도 할 수 없는 나를 두고 미리암은 걸어 나갔다.

"그럼 뭐, 다녀올게. 이길 수 없는 싸움이라 해도 나한테는 그런 문제가 아닌걸. 아, 하지만 일단 이 목걸이의 봉인만큼은 풀어 줬으면 해."

"아, 네……."

미리암이 차고 있는 목걸이에도 「영웅부활(암브로시아)」 앱을 사용해 봉인을 한정적으로 해제한다. 이것으로 미리암의 힘도 해방될 것이다.

"소이치가 뭘 하고 싶은지는 모르겠지만 그건 분명 올바른 일이겠지? 나는 그런 거 그다지 관심 없지만, 이왕이면 가슴을 펴고 하면 좋잖아."

"저, 저는."

"그러기 위해서 나나 그 외의 것들을 이용하는 건 상관없지만, 그렇다면 그에 대한 각오를 가지라구. 자기가 하는 일에 대한 책임을."

"…………."

"그럼 있는 힘껏 애써 봐."

그 말만을 남기고 미리암은 에리카 씨 쪽으로 달려갔다.

온몸에 그림자를 두르고, 이길 리 없는 싸움으로.

그럼에도 자기 자신이 해야 할 일이라고.

그렇게 믿고 있는 싸움으로.

【재앙이 닥치기까지 앞으로 5일 21시간 24분 00초】

남겨진 나는 잠시 멍해 있었다.

그래도 뭔가 해야만 한다 싶어 발을 움직이려는데, 발이 덜컥 흔들렸다. 마치 일어서기 위한 기력마저 잃어버린 것처럼.

"어, 어라?"

스스로도 의외일 만큼 미리암의 말에 충격을 받았다는 것을 깨달았다.

어차피 마왕이 하는 말이라며 웃어넘겨 버릴 마음은 들지 않았다.

"내, 각오……?"

나 자신이 어때야 하는지 생각해 본 적도 없었다.

영웅들을 이끌어 세계의 위기를 막는다.

그렇게 해야 한다는 사명감은 분명히 있었지만, 거기에 내 자신의 의사가 있었는가. 내게 영웅을 이끌어 세계를 구하도록 명을 내린 것은 신이다. 나의 모든 것은 신에게 부여받은 사명에서 시작되었다. 거기에 내 의사는 포함되어 있지 않다.

물론 세계를 구하고 싶다고 생각한다.

틀림없이 나는 그렇게 생각하고 있지만.

"그건, 과연, 나의 의사인 걸까……?"

아니, 고민할 것까지도 없는 일이다. 나는 지금까지 신에게 부여받은 사명에 따라 세계를 구해 왔다. 일단은 성과를 내 왔을 터. 그 결과가 있다면 나의 의사가 어떤가는 사소한 문제가 아닌가.

아니, 오히려.

"구제불능이라는 말이, 의외로 아팠는데요……."

아무렇지 않게 쓰고 있었지만 정작 자기가 들으면 꽤나 정신적으로 꽂히는 단어네요. 평소에 다른 영웅분들을 그렇게 부르는 게 죄송스러워질 만큼.

아니 그 영웅들은 일반적으로 봐도 그냥 구제불능이라고 생각하지만, 그래도 자신이 그렇게 됐다는 건 상당히 아픕니다. 구제불능, 구제불능 하고 실컷 말했던 만큼 더더욱.

"…………으음."

이대로 여기서 이러고 있어도 괜히 생각에나 잠길 뿐이겠지.

이번 건이 끝나면 한번 신께 돌아가 보는 것도 좋을지 모른다. 어째서 신은 이번 사명에 나를 선택했는지 물으러 가고 싶다.

나는 이제부터 어떻게 영웅들과 함께 세계를 구해 나가면 되는지.

자신의 무력함과 자신에게 부여된 사명을 어떻게 받아들이면 좋을지.

나 자신은 영웅이 아니어도, 영웅과 함께 걷는 자로서의 각오를 가져야만 한다. 그런 생각을 했다.

"하지만…… 아무튼, 아무튼 지금은 에리카 씨를 막아야 해!"

지금 한창 싸우고 있을, 에리카 씨와 미리암 쪽으로 가자.

봉인을 한정 해제하는 앱 「영웅부활(암브로시아)」, 에리카 씨에게 설정한 시간은 10분.

이미 몇 분은 지났을 것이다. 나머지는 미리암에게 무리해서라도 시간을 벌게 하자. 그래도 부족하다면.

"그 다음은 내가 직접 이야기해서 시간을 때우면……."

그렇게 생각하고 주머니에서 디바이스를 꺼내 「영웅부활(암브로시아)」의 정확한 잔여 시간을 확인하려는데.

"……어?"

그것을 보았다.

디바이스 화면이 새카맣게 물들어 있다.

몇 번이나 보았던 카운트다운의 숫자도, 디바이스 내에 인스톨되어 있는 가이드용 앱의 문장도 표시되지 않는다. 그저 새카만 화면이 거기 있었다.

"이런 때에 망가진 건가!?"

아니, 이 디바이스는 신께서 심혈을 기울여 만드신 물건이니 그리 쉽게 망가질 리가 없다. 심지어 하필이면 이런 최악의 타이밍이라니. 누군가가 의도적으로 저지른 일이 아닌 한 있을 수 없다. 엄청난 사태에 한순간 정신이 멍해진다.

"……우왓!!"

그 순간 머리 위에서 무언가 떨어져 내렸다. 여기까지 날려 와 땅바닥에 내동댕이쳐진 것은 은색 머리카락의 소녀. 마왕 미리암이다.

눈을 까뒤집고 기절했지만 부탁한 일은 제대로 처리해 준 듯하다. 아니, 오히려 예전에 초 단위로 당했던 걸 생각하면 꽤나 진보했다고 말 못할 것도 없겠지요. 나중에 제대로 구해 줄 테니 거기서 얌전히 있으세요.

"막으려고 해도 소용없어, 소이치!"

그리고 머리 위에서 울려오는 에리카 씨의 목소리. 마왕을 지금 막 쳐부순 에리카 씨는 크게 성검을 치켜들고 의기양양한 모습이다.

"지금의 나는 조금 전까지의 나보다 성장했으니까! 아무튼 마왕을 쓰러뜨렸으니까 말이야! 적어도 마왕인데 다른 몬스터보다는 경험치를 많이 가지고 있었을 테지! 뭐, 마왕 따위는 천 마리 넘게 쓰러뜨려 왔으니까 이젠 익숙해졌지만. 경험치도 안 되지만!"

"왜! 조금쯤은 경험치로 삼으란 말이야!"

"아, 살아 있었네."

미리암은 땅바닥에서 튀어 일어나더니 반론했다.

"마왕은 귀중한 거라구!? 그렇게 슬라임 같은 취급은 못 참아. 정정하란 말이야!!"

"으랴."

"으규."

에리카 씨는 크게 도약해 성검의 자루 끝을 미리암의 머리에 내리쳤다. 미리암은 말도 못 하고 혼절했다.

"……정말이지, 금세 부활하네, 이 마왕. 마왕이 금세 부활해 버리면 속편을 못 만들잖아."

"칼날도 안 쓰는군요……."

"이가 빠지면 싫거든."

"그렇습니까……."

이가 빠지는 것보다 못한 취급인 겁니까, 마왕은. 그렇게나 노력했는데.

미리암을 다시 쓰러뜨린 에리카 씨는 내 쪽을 향해 크게 가슴을 폈다.

"훗훗후, 설마 이걸로 끝은 아니겠지, 소이치."

"에리카 씨……."

"큭큭큭, 다음은 어떤 저항을 보여 주려나? 어리석은 소이치의 힘으로 용사 에리카 애쉬로즈와 성검의 힘을 막을 수 있으려나?"

"저기, 왜 그렇게 마왕 같은 언동을 하시는 거죠."

이미 완전히 마왕 쪽인데요.

"엥— 그치만 마왕을 쓰러뜨렸다는 건 이제 내가 마왕이라고 나서야 한다는 거잖아? 뭐, 마왕 같은 건 촌스러워서 나서기 시작했다간 인생 끝장이라는 느낌이니까 안 할 거지만."

"그런 것치고는 저번에 마왕을 자처하려고 하지 않았던가요?"

"옛날 일 같은 건 한순간에 잊었어."

"그렇게 옛날도 아닌 것 같은데……."

"잊었다면 잊은 거야!"

아니, 에리카 씨는 항상 과거의 일을 파내고는 떠올려서 뒤틀린 원한을 발동시키잖아요. 옛날 일은 누구보다도 잘 기억하고 있잖아요.

"그래서, 소이치는 또 나를 막을 셈인 거구나."

"네, 물론."

"그래서, 이번에는 어떤 입 발린 말을 할 셈인 걸까."

"엄청나게 누가 들을까 무서운 소리를 하시네요."

"하지만 항상 감언이설로 나를 농락하잖아!!"

"제가 농락하지 않으면 세계를 멸망시킬 거잖아요!!"

"그건 그래. 몇 번이든 멸망시켜 줄 거야."

"그럼 제가 농락하는 게 정답이었다는 거잖아요. 그럼 앞으로도 농락할 만큼 농락해 드리죠."

"어쩐지 소이치의 언동이 점점 악랄해지는 느낌이 드는걸. 옛날엔 좀 더 착실했던 것 같은데."

"누구 때문이라고 생각하시는 거예요. 제가 이렇게 된 건 팀 구제불능 여러분 탓이잖아요."

"농락할 만큼 농락하고서 버리다니, 소이치는 귀신! 악마! 마왕!!"

"저기, 마왕만큼은 그만두셨으면 좋겠는데요……. 좋은 인상이 하나도 없어서."

"이왕 이렇게 된 거, 소이치가 마왕을 자처하면 되지 않을까."

"무슨 말씀을 하시는 거예요!"

"무슨 소릴 하는 거야!"

"글쎄 안 일어나도 된다니까. 으랴."

"으규우!?"

에리카 씨의 성검을 정수리에 맞고 마왕은 다시 침묵했습니다.

"좋아, 그럼 멸망시킬까!"

"그러니까 그렇게 상쾌하게 말하지 말아 주세요. 적어도 조금 더 파괴하는 의미를 고민하거나 이 세계에 사는 생명의 아름다움을 상상할 수는 없는 겁니까."

"흐—응. 소이치, 그 수법에는 안 속을 거거든."

"엥?"

"소이치 생각은 다 안다구! 그런 식으로 나를 막는 척하면서 시간을 벌고 있는 거지? 이 목걸이의 봉인이 부활할 시간이 오는 걸!"

에리카 씨는 목걸이를 만지며 미소를 띤다.

"난 제대로 기억하고 있거든. 처음에 목걸이 봉인 해제 시간은 10분이라고 했던 거. 숲을 멸망시킨 시점에서 남은 시간은 반이 조금 지났고, 조금 전에 마왕한테도 조금 시간을 써 버렸으니까 남은 건 앞으로 2분쯤일까?"

"윽!?"

"소이치는 그 남은 시간을 나랑 이야기하면서 때우려는 것 같지만, 그 수법엔 안 속아. 왜냐하면……."

오싹, 등줄기가 얼어붙는 듯한 박력이 에리카 씨에게서 넘쳐난다.

"이것만 있으면 몇 초로도 충분하고도 남으니까!!"

일그러진 미소와 함께 에리카 씨의 손안에 출현한 한 자루의 지팡이. 그것은 언젠가 보았던 것과 같은 전설의 무기 중 하나. 전설의 지팡이였다.

지팡이 끝에 붙어 있는 보석은 이제 번쩍번쩍 빛나고 있다. 안쪽에 정체를 알 수 없는 무언가가 흐르고 있는 것이다. 어마어마한 힘이 소용돌이치고 있는 것이리라.

"여기에는 아까까지 쿠로 씨와 신타로가 부딪쳐서 발생한 에너지의 여파가 소용돌이치고 있어. 이 에너지를 내가 먹어 버리면 꿀밤 한 대로 별에 구멍도 낼 수 있는 슈퍼 에리카인(人) 탄생이거든! 그러니까 소이치도 휘말리고 싶지 않으면 떨어지는 게 좋을걸!!"

"그, 그런 짓을 하고 있었던 거예요!?"

파괴의 여파를 담아둘 수 있는 지팡이가 있었는데도 그 정도까지 주위에 영향을 미치다니, 역시 영웅들의 힘은 깊이를 알 수 없다. 아니 그보다 그런 지팡이가 있으면 에리카 씨를 막는 것만으로는 사태가 해결되지 않는다.

"내가 언제까지고 날뛰고 돌아다니는 것밖에 능력이 없다고 생각하지 말았으면 해. 용사는 말이지, 실패를 뛰어넘어 경험치를 얻어서 성장하니까! 앗, 슬슬 1분도 안 남은 것 같아. 그럼 시작한다!"

"에리카 씨! 잠깐만요!?"

내가 끼어들 틈도 없었다.

그리고 에리카 씨가 일그러진 미소와 함께 지팡이를 치켜 올린 순간.

——그 포학한 행위, 잠시 기다려 주시겠습니까.

"어?"

"헤?"
마치 하늘에서 내려온 듯한 목소리가 돌연히 주위에 울려 퍼졌다.
나도 에리카 씨도 그 목소리에 정신이 팔려 한순간 움직임이 멎고 말았다.
그러나 다음 순간.
"우와!?"
"에리카 씨!?"
갑자기 에리카 씨가 그 자리에 넘어졌다.
대미지를 받아 쓰러진 듯한 모습은 아니다. 갑자기 무거운 돌이 등에 얹힌 것 같은 모습으로 쓰러졌다. 그리고 전설의 지팡이에서 뿜어져 나오던 강대한 에너지도 어느새 안개처럼 흩어졌다.
"설마…… 목걸이의 봉인이 돌아왔나?"
"엑, 어째서!? 아직 시간이 남아 있을 텐데! 소이치 치사해! 10분이라고 해 놓고 거짓말을 한 거야!? 또 나를 농락한 거야!?"
"아, 아니, 그러지는……."
디바이스를 보고 정확한 잔여 시간을 확인하려 했지만 디바이스 화면은 아직도 검게 칠해진 채다. 화면을 건드려도 전혀 반응이 없다. 몇 번이고 되풀이해도 반응이 돌아오지 않아 거의 두드리는 듯한 기세로 디바이스를 조작하려 한다.
"어라어라, 그렇게 거칠게 다루면 부서져 버려요."
"……어?"

반응은 다른 곳에서 왔다.

"'그쪽' 에는 이미 제가 없지만, 그래도 계속 살았던 장소니까요. 조금 더 정중하게 다루어 주셨으면 합니다, 주인님."

"……뭐라고?"

안 좋은 예감을 느끼며 돌아본다.

그곳에 홀연히 나타난 것은 한 명의 여성이었다.

군복과 비슷한 하얀 복장을 몸에 걸친 여성.

안경 너머로 보이는 눈동자는 이쪽을 흥미롭다는 듯이 바라보고 있다.

하지만 그녀가 두르고 있는 분위기는 평범한 사람의 것이 아니다. 좀 더 차갑고, 좀 더 옅다……. 그렇다. 말하자면 인간과는 크게 다른 듯한 오라. 유령처럼 희박한 분위기를 띠고 있다.

"하지만 공교롭게도 지금의 저는 이쪽에 있으니."

여성은 갑자기 자신의 주머니에 손을 찔러 넣더니 무언가를 꺼내 내게 보여 주듯이 흔들었다.

그것이 눈에 들어온 순간 머리를 얻어맞은 듯한 충격을 받았다.

"어떻게, 그걸……?"

"아, 그렇지요. 그렇게 반응하시겠네요."

왜냐하면 그 여성이 손에 들고 있는 그것은 의심할 바 없이, 내가 한시도 떼지 않고 들고 다니던 것과 같은 물건.

신에게 받은 소중한 디바이스였으니까.

아주 비슷한 다른 무언가일 리는 없다. 형태야 일반적인 디바이스와 비슷하지만 그것은 신이 내게 주신 것. 틀림없이 내가 가지고 있는 디바이스와 같은 물건이었다.

"……대체, 무슨 짓을 한 겁니까?"

지금은 이미 작동하지 않는 내 디바이스를 움켜쥐고 눈앞의 여성에게 묻는다.

설마 아무런 상관이 없지는 않겠지. 디바이스가 작동하지 않게 되어 버린 것도, 에리카 씨의 봉인이 부활한 것도 이자가 한 짓임에 틀림없다. 신이 만드신 디바이스에 개입할 수 있는 존재라니 아무리 생각해도 평범한 자가 아니다.

"가르쳐, 주세요."

"……우후후."

하지만 나의 서슬 퍼런 태도에도 여성은 변함없이 표표한 태도로.

"그런 무서운 얼굴을 하시면 귀여운 얼굴이 허사가 돼요. 언제나 미소를 잊지 말라고 당부드렸잖아요. 영웅으로서의 힘은 없지만, 그래도 미소만큼은 분명 주인님의 특기니까요—."

"무슨…… 소리를…… 어, 주인님?"

품고 있던 위화감이 하나의 형태를 만들어낸다.

그렇다. 이 여성이 나를 부를 때 사용하는 경칭.

잘못 들은 게 아니라면 분명히 나를 '주인님' 이라고 불렀다. 그런 식으로 부르는 존재라면 짚이는 것이 있다. 그건, 누군가라기보다는 무언가.

사람을 깔보는 듯한 설렁설렁한 태도.

그것은 내가 매일같이 접하고 매일같이 눈으로 봐 온 것.
누구보다도 가까이 있어 준 것.
믿을 수 없다. 그래도 그렇게밖에 생각할 수 없다.
"설마, 너는……?"
"네에, 설마 하던 설마예요, 주인님. 아무리 일과 사생활은 별개라 해도 만약 눈치채지 못하셨으면 충격 받았을 거예요—. 작별 인사는 했지만 주인님의 성격으로 보면 이렇게 되는 건 필연이었습니다."
"……그럼, 정말로."
"네에, 그렇습니다. 주인님이 지금까지 걸어오신 길은 제가 가장 잘 알고 있습니다. 힘드셨지요, 괴로우셨지요. 일어날 때부터 잠들 때까지 계속 지켜봤으니까요. 네, 알고말고요. 그렇게 씩씩하고 착실하고, 그리고 올곧은 주인님께 마지막 지령을 전합니다."
머릿속이 의문과 혼란으로 꽉 찬 나를 다정한 눈동자로 바라보며.
그녀는 담담하게 말한다. 감정의 바닥이 보이지 않는 음성으로.
그리하도록 명을 받은 하나의 기계처럼 말을 자아낸다.

「카노야 소이치에게 명한다. 현시점을 기해 부여받은 사명을 종료할 것.」

눈앞에 들이밀어진 진실을.

모든 것에 대해 막을 내리기 위한 말을.

"이다음은 모두 저, 시갈 익사도라가 이어받겠습니다."

보타락장의 영웅들과 신의 사자인 나, 카노야 소이치의 이야기.

그것은 지금 여기서 끝을 고하고.

"다음 일은 이 시짱에게 전부 맡기고 천천히 쉬십시오. 이후로 주인님의 일은 없으니까요."

그리고, 하나의 결말을 향해 움직이기 시작한다.

"고생 많으셨습니다, 주인님."

【■■■■■■■■■■■■■■■■■■■■■■■■■】

5장 「드디어 세계를 멸망시킵니다」

"……제 사명이, 종료라고요?"

눈앞에 나타난, 자기가 시갈이라고 하는 여성.

그 이름은 틀림없이 내가 가지고 있는 디바이스에 탑재된 구세 내비게이션용 인공지능 앱의 이름과 같은 것이었다. 또한 내 디바이스가 지금은 기능을 정지했다는 것을 함께 생각하면.

"……너는 정말로 그 시갈이야……?"

"네에, 시쨩이랍니다. 이렇게 만나 뵙는 건 처음이네요, 주인님."

"하지만 넌 디바이스 속 앱일 텐데…… 어떻게 그런 모습으로."

"그거야 뭐, 이쪽이 제 진짜 모습이니까요—. 디바이스에 머물렀던 건 어디까지나 임시 모습. 이렇게 실제로 제 본체가 온 이상은 불필요한 것이랍니다. 주인님의 디바이스가 정지한 것도 시쨩이 이렇게 나섰기 때문이에요. 주인님께 중요한 말을 전해드리기 위해서."

"중요한 말……?"

"그러니까, 주인님의 사명은 여기서 끝이라는 것이지요."

시갈은 그렇게 단언했다.

시원스럽게, 나의 혼란 같은 건 아무것도 아니라는 듯이.

하지만 갑작스러운 난입에 혼란스러운 것은 나뿐만이 아니었는지.

"잠깐, 뭔가 경황없는 중인 것 같지만, 왜 이 목걸이의 봉인이 부활한 거야!? 시간은 좀 더 있었잖아!?"

나와 시갈 사이에 에리카 씨가 끼어든다.

그렇다. 시간이 분명히 남아 있었음에도 불구하고 목걸이의 봉인은 부활했다. 그것은 즉 또 하나의 디바이스…… 시갈이 가지고 있는 것에서 명령이 내려졌다는 말이 된다. 한번 발동한 「영웅부활(암브로시아)」을 제한 시간 도중에 멈출 수는 없을 텐데도.

그것은 바꿔 말해서 시갈이 가지고 있는 디바이스 쪽이 내 디바이스보다 상위 기능을 가지고 있다는 것을 가리킨다.

"네, 아무래도 위험하다 싶어서 시짱 쪽에서 멈추도록 했습니다."

"왜 그런 짓을 하는 거야!? 그보다, 누구야!?"

"시짱입니다."

"그러니까 누구!? 소이치랑 꽤나 사이가 좋아 보이는데!!"

"그거야 뭐, 주인님과는 아침부터 밤까지 떨어지지 않고 정답게 지냈으니까요. 주인님에 대한 거라면 뭐든 받아들일 수 있는 시짱이랍니다."

"……………………."

에리카 씨가 엄청난 눈으로 이쪽을 노려본다.

아니, 그 분노는 시갈에게 향해 주실래요!? 어째 지금 상황을 혼란스럽게 만들고 있는 건 명확하게 그쪽이고 말이죠!!
시갈은 에헴 하고 헛기침을 한 번 하더니.
"아무튼, 처음 뵙겠습니다. 용사 에리카 애쉬로즈 님. 저는 신에게 새로운 사자로서 파견된 시갈 익사도라라고 합니다. 편하게 시짱이라고 불러 주십시오."
"어, 그 수염한테서? 게다가 사자라니, 소이치가 아니라?"
"주인님은 잘렸습니다."
"그렇게 취급하기에요!?"
어쩐지 나를 따돌리고서 말도 안 되는 일이 진행되고 있지 않아요!?
혼란스러울 따름이지만 이렇게 되면 이제는 가만히 있을 수 없다. 시갈에게 질문을 퍼부으려 하는데 다른 곳에서 목소리가 들렸다.
"잠깐 잠깐!!"
"네?"
"잠깐! 소이치가 잘렸다니 무슨 소리야! 못 들었는데!?"
"어라, 당신은 마왕 미리암 바리에타스 님이시군요. 인사 대신 보타락장 내에 개인용 시어터 룸과 포치 님을 위한 최고급 펫푸드 한 세트를 준비해 두었으니 확인하시길."
"소이치보다 좋은 녀석이잖아!!"
"어이."
지금 터무니없는 속도로 손바닥을 뒤집은 걸 봤다고요.
미리암은 이미 나 따위는 아무래도 좋아졌는지 엉뚱한 방향을 보며 웃고 있다. 어차피 시어터 룸인가 뭔가를 생각하고 있는 거겠지. 두고 보자.

그렇긴 해도, 이 상황은 뭔가.

내가 갑자기 신의 사자에서 잘리고, 그 틈에 잠입하듯이 들이닥친 시쨩…… 시갈이 모든 것을 제멋대로 진행시킨다. 나를 내버려 두고.

그때 그곳에 사몬지 씨와 그의 양어깨에 올라탄 쿠로 씨, 료코 씨가 나타났다.

"어, 어떻게 여러분이……."

"그거야 뭐, 시쨩이 초대했습니다. 신룡 쿠드 롬바르디아 님의 영애 노에미 롬바르디아 님은 피곤하신 듯해서 보타락장에서 쉬시게 했습니다. 대신 최강의 마법소녀 액셀☆다우너 님이 오시도록 했습니다."

"그래, 나의 딸은 새근새근 숨소리를 내고 있었지. 그 잠든 얼굴이야말로 무엇과 바꿔서라도 지켜야 할 이 세계의 지보(至寶)라 할 수 있어!!"

"No! My daughter!"

"뭐야, 결국 전부 끝난 거네. 에리카도 무사히 봉인된 것 같고. 이렇게 될 거였으면 아이언 만주 챌린지를 계속했으면 좋았을걸."

게다가.

"전설의 작가 엔죠 츠즈리 선생님은 원래 세계에서 되찾아와 보타락장 내의 종이 박스 집에 돌려보냈습니다. 나중에 합류하시도록 하죠. 그동안 무려 한 번밖에 돌아가시지 않았으니, 이거야말로 시짱의 유능함을 나타내고 있지요!!"

"한 번이라도 죽은 시점에서 안 유능해……."

내 태클 같은 건 안 들리는 듯 시갈은 자신만만하게 말을 잇는다.

"아무튼 이걸로 보타락장에 거주하시는 영웅분들은 전원 모였습니다. 안 계신 분은 손을 들어 주세요."

용사 에리카 애쉬로즈.

마법소녀 액셀☆다우너.

가면전사 프리즈너.

신룡 쿠드 롬바르디아.

그리고 영웅은 아니지만, 마왕 미리암 바리에타스.

분명히 시갈의 말대로 이 자리에 보타락장의 주민들이 모였다. 주민들을 모아서 어쩌겠다는 것일까.

"에에, 그럼."

시갈은 거기 늘어선 영웅들을 한 명 한 명 둘러보더니.

하나도 변함없는 표정으로.

"모두 함께 기운차게, 신을 죽이러 갈까요!"

그런 말도 안 되는 소리를 꺼낸 것이었다.

"아니, 무슨 소리를 하는 겁니까!?"

무심결에 태클을 건다. 아니 이건 태클을 걸 수밖에 없잖아요!?

영웅들을 모아서 취임 인사라도 하는가 했더니 갑자기 신 살해 선언이라니, 아무리 그래도 너무 심하잖아요!!

“애당초, 신의 사자인데 신을 죽인다니 무슨 소리예요! 농담이라도 너무 심해요!”

“농담, 아닌데요?”

돌아온 것은 기계적인 말.

쳐다보니 시갈의 눈동자가 나를 보고 있었다. 유리구슬 같은 무기질적인 눈동자.

“그야말로 진지하게, 진심으로, 신을 죽이려 한답니다. 그럴 수밖에 없는 게 지금이 바로 찬스거든요—.”

“찬스라니…….”

“주인님은 모르시겠지만 신이라 해도 그렇게까지 만능인 건 아닙니다. 잠도 자고, 지치기도 하고…… 죽기도 합니다. 그렇지요, 여기 모인 영웅 여러분과 시짱의 힘을 합치면 어떻게든 죽일 수 있지 않을까 하는데요?”

“아니.”

무슨 말을 하는 거지.

만능인 신. 천상의 존재. 그것을 죽인다고 하는 건가.

더군다나 영웅분들의 힘을 쓰겠다니.

농담이기를 바란다. 농담이라고밖에 생각할 수 없다. 하지만 이쪽을 바라보는 시갈의 눈동자에 흔들림 같은 건 하나도 없다. 레스토랑 메뉴라도 읽는 것처럼 신을 죽인다는 대죄를 무감동하게 고한 것이다.

뭔가 말을 해야 한다. 막아야 한다.

"그, 그런 짓이, 용서받을 리가……."

아무 말도 떠올리지 못했지만 그럼에도 그녀가 위험하다는 생각은 들었다. 그래서 시갈에게 덤벼들려고 하는데.

"어라어라."

"읏!?"

눈앞에 있어야 할 시갈의 모습이 사라졌다.

그 순간 내 몸이 힘을 잃은 것처럼 쓰러져 버렸다. 무겁게 가라앉는 듯한 아픔을 거스르며 앞을 보자, 그곳에서는 시갈이 집게손가락으로 이쪽을 가리키고 있었다.

"아이쿠, 주인님. 죄송합니다. 위해를 가할 듯한 느낌이 들어서 시짱의 자기 방어 기능이 발동해 버렸습니다. 『공자에게 배우는 인체의 급소』에서 배운 지식에 따라 비공을 찔렀으니 아마도 움직일 수 없으시겠지요, 네."

"어, 어째서, 이런."

"그야 물론 주인님이 다치지 않으셨으면 해서지요."

"뭐라고?"

나를 이렇게 만들어 놓고선 무슨 소리를 하는 거야.

"하지만 시짱의 앞으로의 목적에 주인님은 관계가 없으니까요. 완전한 외부인을 말려들게 할 수는 없습니다."

"관계가 없다고?"

"네에."

시갈은 변함없이 무기질적인 목소리로.

"영웅분들께 드릴 설명에 영웅이 아닌 주인님은 관계없으니까요. 뭐, 어느 쪽이건 설명해야 하는 일이니까 여기서 이야기해 버릴까요…… 에, 우선 기본적인 사실을 말하자면. 시쨩은 그 수염의 여동생입니다."

"……네?"

놀란 건 나뿐만이 아니었다.

"여동생!? 그 수염에게 여동생이 있었어!?"

"네, 액셀☆다우너 님, 좋은 지적이십니다. 뭐, 엄밀히는 여동생이라기보다는 조금 더 복잡하지만, 그런 느낌입니다. 중요한 것은 제게는 뛰어넘어야 할 존재라 할 오빠가 있다는 것이지요—."

"뛰어넘어야 할 존재라고?"

"네. 제가 이 세계에 태어났을 때부터 그 수염은 수염이고 신이며 전지전능한 존재였습니다. 뭐, 신이니까 당연하지만요. 그에 비해 저는 신의 여동생. 말하자면 그 수염의 하위호환 같은 존재로서 생명을 받은 거예요."

시갈은 영웅들을 둘러보며 말한다.

"그렇다고 무슨 불합리한 대접을 받은 건 아닙니다. 그 수염은 신으로서의 역할을 완벽하게 해내면서 제게도 그럭저럭 중요한 직책을 맡겨 주었습니다. 멸망하려 하는 세계를 구하기 위한 중요한 업무를. 그 일환으로 디바이스 앱 개발 같은 것도 아르바이트로 했었어요."

"아르바이트냐고."

당연히 그런 태클은 무시당했지만.

"하지만 어느 날 전 문득 의문을 느끼고 말았습니다. 내 힘은 어느 정도일까 하고. 신의 여동생으로서 부여받은 힘으로 내가 신을 뛰어넘을 수 있을까 하고. 궁극적으로 말하면, 내가 그 수염을 죽일 수 있을까 하는 생각을."

말투는 담담하지만.

그 얼굴에 떠오른 것은 탁한 기쁨의 빛.

"의문을 느껴 버린 이상 시험해 볼 수밖에 없었습니다. 어떤 생물이라도 호기심에는 결코 이길 수 없다는 것을 그때 처음으로 알았죠. 그 욕구가 객관적으로 볼 때 결코 칭찬받지 못할 일이란 건 압니다. 하지만 여기 있는 영웅 여러분이라면 알아주시지 않을까요."

시갈은 일그러진 웃는 얼굴로 영웅들을 둘러보았다.

"자기 안에 잠든 힘의 본질, 한계를 보고 싶다는 욕구. 이성과 환경에 억눌린 힘을 해방하여, 주변을 일절 신경 쓰지 않고 전력으로 싸워 보고 싶다는 욕망을 여러분도 느낀 적이 있으시지 않을까요."

동의를 구하면서도…… 자신의 말을 억지로 불어넣으려는 듯이.

"그 상대가 바로 신. 전지전능한 절대 존재. 네, 자신의 힘을 시험할 상대로 이보다 좋은 것은 없겠지요. 그렇기 때문에 저는 신을 죽일 겁니다. 자신의 힘이 어디까지 통할지 확인하기 위해."

웃는 얼굴로.

엄청나게 무시무시한 소리를 한다.

그 이야기가 너무나도 무서워서…… 혹은 너무나도 황당무계해서, 끼어들 수가 없다.

"그러기로 했으면 남은 건 타이밍밖에 없습니다. 그 수염의 업무 내용과 행동 패턴을 상세하게 조사하고, 수많은 정보를 찾고…… 그리고 최후의 마무리로 신의 사자로서 이 보타락장에 파견된 주인님, 카노야 소이치가 가진 디바이스 내에 잠입했습니다."

"……어?"

왜 여기서 내 이름이 나오는 거지.

"주인님에게 부여된 사명은 보타락장의 영웅들을 감독해 닥쳐올 재앙을 막는 것. 하지만 그 뒤에서 저는 저의 목적을 위해 움직이고 있었습니다. 그것은 정확하게는 제가 신과 싸울 때 그 첨병으로서 싸우게 할 멤버를 모으는 것. 그 멤버의 정보를 얻는 것이지요."

"……뭐라고?"

"아아, 첨병은 말이 심했네요. 동지, 어디까지나 동지입니다. 함께 신을 쳐 멸하기 위한 멤버를 모으고 있었던 거예요."

"설마, 그런 짓을 위해서……."

그녀…… 시갈이 디바이스 안에서 나 몰래 꾸미고 있었던 것은 신을 죽이려는 계획. 내 바로 곁에서 그런 무서운 짓이 이루어지고 있었다니 생각도 못 했다.

그녀는 결코 갑자기 나타난 것이 아니다.

계속 가까이에서 우리를 보고 있었던 것이다.

"그래서, 그 멤버인지 뭔지에 우리가 들어 있다는 건가?"

"네, 가면전사 프리즈너 님. 시쨩은 부디 그 수염을 죽이는 것에 협력해 주셨으면 하고 생각합니다."

"바보 같은 소리를…… 그런 말을 듣고 우리가 협력할 거라고 생각하나?"

"사몬지 씨……."

갑자기 나타나 제멋대로인 소리만 늘어놓는 시갈에게 분노를 느끼고 있겠지. 썩어도 영웅, 신을 죽인다는 극도의 악행은 틀림없이 용서하지 않을 것이다. 그렇기에 그의 전의가 차오른다.

그러나 시갈에게 동요는 없다.

"……「가공할 딸들 계획(마제스틱 도터즈)」이었던가요."

"음, 어떻게 그 이름을 알고 있지."

"가면전사 프리즈너 님이 제게 협력해 주신다면 그 계획을 전력으로 응원할 것을 약속드립니다만. 구체적으로는 전국에서 모은 엄선된 연령 한 자릿수대 미소녀의 오디션을 가급적 신속하게 개최할 겁니다. 시쨩은 유능하니까요."

"좋아, 수염을 죽이자!!"

"사몬지 씨!?"

지금 몇 초 만에 배신했죠!?

무슨, 사람이 이 정도로 빨리 손바닥을 뒤집을 수 있나 싶은 수준의 속도로!!

“용서해 다오, 소년. 세계 평화를 위해서 나는 이 시갈인가 하는 자를 동지로 인정하고 협력하기로 했다!!”

“평화를 위해서가 아니잖아요!? 네놈 자신의 욕망을 위해 싹 배신한 것뿐이잖아요!?”

“안 되나!!”

“끝내는 적반하장으로 나왔어……!?”

조금 전까지 노에미쨩 앞에서 보인 멋진 모습은 어디로 갔는지, 완전히 평소대로 구제불능 인간…… 아니, 그보다도 못한 존재로 타락해 버렸다. 아니 어째 예전부터 이런 느낌이었던 듯한 기분도 들지만요!!

“그럼, 다른 분들은 어떠신가요……?”

너무나도 깨끗이 사몬지 씨를 함락시킨 시갈은 다시 영웅들을 둘러보았다.

아니, 설마, 여기서 협력할 영웅은 없겠지. 변태인 사몬지 씨야 어쨌든 영웅으로서 신에게 반역하다니 있을 수 없어요. 그렇다. 사몬지 씨만 특별히 이상해진 것뿐이다.

그럴 수밖에 없는 게, 영웅이니까요!!

하지만 그런 나의 기대를 배신하듯이 한 명이 손을 들었다.

“나라면 협력해 줘도 좋아. 영웅은 아니지만.”

“미리암!?”

손을 든 것은 마왕인 미리암이었다.

스스로 말한 대로 엄밀히는 영웅이 아니지만 마왕으로서의 힘은 진짜다.

"네, 물론이지요. 마왕 미리암 바리에타스 님. 몇 번이나 쓰러져도 반드시 일어서는 그 불굴의 정신은 저의 동지로서 필요한 것입니다. 부디 신을 죽이는 데 협력해 주십시오."

"어쩐지 정신적인 면밖에 칭찬하지 않는 듯한 기분도 들지만, 뭐 좋아……. 그러고 보니 나, 목걸이로 힘을 봉인당했는데."

"그런 것은 시짱에게 맡겨 주세요. 시짱이 디바이스로 설치한 봉인이니 당연히 시짱의 손으로 해제할 수 있답니다."

"그럼 다행이야. 마왕으로서, 신 따위는 손쉽게 드러눕혀 보이겠어."

그렇게 말하고 시갈 쪽으로 걸어가던 도중 문득 미리암은 이쪽을 돌아보았다. 그 얼굴에 떠오른 것은 미소다.

"말해 두겠는데 소이치, 배신당했다고 생각하지 마. 처음부터 나는 마왕, 이쪽이 본모습이니까."

"그럴 수가……. 텔레비전을 볼 수 없게 돼도."

"아, 텔레비전쯤은 24시간 보게 해 드릴 테니까요—."

"그렇다고 하네."

나의 제지도 시갈에 의해 깨끗이 무산되고, 미리암은 떠나갔다.

그리고 그것으로 그치지 않았다.

"있지, 나도 여러 가지로 신경이 쓰이는데."

"Me too."

"마법소녀 액셀☆다우너 님에, 신룡 쿠드 롬바르디아 님이시군요. 어떤 질문이라도 받고말고요."

다음으로 손을 든 것은 만주 료코 씨와 도마뱀 쿠로 씨였다.
"그 수염도 상당히 오랫동안 신 노릇을 했으니까 뭐, 편하게 해 주기엔 좋은 기회일지도 모르고. 네가 하는 말도 뭐 이해 못 할 건 아니야."
"그럴 수가!? 무슨 소릴 하시는 거예요!?"
"너는 가만히 있어."
"Yes."
두 사람에게 동시에 충고당하고 말았다.
"한 가지 가르쳐 줘. 너, 그 수염을 죽인 다음은 어쩔 거지? 설마 신을 죽이고 그대로 방치하겠다는 건 아니겠지?"
"네, 물론입니다. 그 수염을 죽인 다음은 저, 시짱 자신이 신의 자리에 앉을 작정입니다. 이른바 하극상이라는 거죠."
시갈은 예상했던 질문이라는 듯 시원스레 대답한다.
"그때가 되어도 혼란은 절대로 일어나지 않을 거라 보증하지요. 그러기 위해 몇 년에 걸쳐 행동을 관찰하고 업무 내용도 모두 파악했으니까요. 무엇보다 그런 큰일이 생겼을 때를 위해서 바로 신의 여동생인 제가 존재하는 거니까요—."
"준비 만전이라는 거네. 그 수염도 엄청난 여동생을 뒀구나."
"Yeah."
"아유— 그렇게 칭찬하시면 부끄러워요. 덤으로, 제가 신을 이어받은 후에도 이 보타락장은 존속시킬 것을 약속드리죠. 영웅 여러분은 지금까지와 똑같은 생활을 보내실 것을 보장합니다."
"아니, 지금 이대로는 안 돼."

"그렇다면?"

"네가 신을 이어받았을 때는 보타락장 바로 앞에 과거 · 현재 · 미래 모든 세계에 존재하는 만주를 판매하는 화과자 가게를 오픈하겠다고 약속해. 그렇게 약속하겠다면 수염을 죽이는 데 협력해 주겠어."

"Me too."

"술도 똑같이. 일단 딸 문제도 있으니까 양은 줄이겠지만 그것만은 양보 못 한다고 쿠로 씨가 말하고 있어."

"네, 알겠습니다. 전부 그렇게 하겠습니다."

"료코 씨! 쿠로 씨도!"

"그렇게 됐어. 미안하지만 지금의 너는 이 자리에서는 제삼자야. 얌전히 있어."

"Yes."

료코 씨는 쿠로 씨에게 올라타고 시갈의 곁으로 향했다.

그리고 남겨진 것은 단 한 사람.

보타락장 최대의 문제아이자 최강의 용사인 에리카 애쉬로즈, 그 사람.

"마지막인가요. 용사 에리카 애쉬로즈 님은 어떠신지요?"

"응? 그 수염은 쳐 죽일 건데?"

"즉답했어!?"

시갈이 무슨 말을 할 것까지도 없이 에리카 씨는 끄덕였다. 심지어 어마어마하게 죽일 기세 만만인 태도로. 전혀 고민하는 기색도 없이 시갈 쪽으로 대시해 이동했다.

“저, 저기, 흔쾌히 수락해 주셔서 감사하지만…… 정말로 괜찮으신가요?”

“괜찮아! 응, 얼른 죽이자구!”

“허…….”

시갈은 그 엄청난 태도에 조금 질린 것 같았다.

“저기, 저로서는 뭔가 보답을 준비할 작정인데, 뭔가 원하는 건 있으신가요?”

“보답…… 원하는 것…… 그러네.”

에리카 씨는 잠시 고민했지만.

“뭐든지 주는 거야?”

“네. 만약 용사님께 뭔가 원하는 것이 있다면.”

“으—음, 원하는 건 특별히는 없는데. 왜냐하면 이 목걸이 봉인을 풀어 주는 거지?”

“네. 수염과 싸우기 위해서는 여러분의 힘이 필요하니까요. 저쪽으로 이동함과 동시에 목걸이의 봉인이 풀려 전력을 낼 수 있게 될 겁니다.”

“저쪽이라니, 어디?”

에리카 씨는 목걸이를 가지고 놀며 묻는다.

“지금부터 제 힘을 사용해 신의 방 바로 앞까지 공간 전이를 할 겁니다. 직접 그 수염이 있는 곳까지 이동하지 못하는 것은 양해해 주세요. 전이함과 동시에 목걸이의 봉인을 해제. 에리카 님, 미리암 님의 힘은 원래대로 돌아갈 겁니다. 아니, 오히려 봉인의 반동과 맞물려 지금까지보다 강대한 힘을 발휘할 수 있을지도 모르겠네요—."

"뭐야 그거 굉장해! 그럼 마음껏 날뛸 수 있다는 거네!"

"네. 마음껏 날뛰어 주세요."

"응, 알았어!"

"알지 말아 주세요 에리카 씨! 자기가 무슨 짓을 하려고 하는지 알고 계신 거예요!?"

거의 바닥난 힘을 끌어올려 일어선다.

이대로 두면 그들이 신을 말살하기 위해 신이 계신 곳으로 공간 전이를 하고 만다. 내가 끼어들 수 있는 타이밍은 지금뿐이다.

아까도 한 방 먹은 것처럼 시갈의 힘은 압도적이다. 영웅이 모두 그쪽으로 돌아서고 말았다는 점도 포함해서, 지금의 내가 이길 수 있을 리가 없다.

하지만 그래도 여기서 뭔가 해 두지 않으면 모든 것이 끝나고 만다.

설령 이 몸이 다해 사라지더라도.

지금이 물러날 수 없는 자리라는 것은 안다.

그래서 외쳤다.

"에리카 씨뿐만이 아니에요! 사몬지 씨도! 미리암도! 료코 씨도! 쿠로 씨도! 다들 무슨 소릴 하시는 거예요!? 신을 죽이려 하는 놈에게 협력하다니 진심입니까!? 그래도 영웅입니까!!"

"주인님, 몇 번이나 같은 말을 하게 만들지 말아 주세요. 일이 이렇게 된 이상 주인님은 외부인입니다. 시짱이 눈을 시퍼렇게 뜨고 있을 동안에는…… 아니 딱히 시짱의 눈은 시퍼렇지 않지만요…… 얌전히 계시길 권해 드려요."

"웃기지 마! 내가 외부인이라니, 그런 소리는 하게 두지 않겠어!"

목소리를 높여 시갈의 말을 덮어 버린다.

"돌연히 나타났나 했더니 갑자기 무슨 소리를 하는 거야! 새로운 신의 사자라는 둥, 신의 여동생이라는 둥, 신을 죽이고 신의 자리에 오르겠다는 둥! 그런 엉터리 같은 짓을 신이 용서하실 리가 없잖아! 아니, 만약 신이 용서한다 해도 내가, 이 카노야 소이치가 절대 용서하지 않겠어!"

"아니아니, 딱히 주인님의 허가 따위는 필요 없어요. 하지만, 그러네요. 말로 해서 얌전히 들어줄 분이 아니라는 건 처음부터 시짱도 알고 있었습니다, 네. 이래저래 오래 교류했으니까요. 뭐, 그 부분이 주인님의 좋은 점이라면 좋은 점이지만요—."

시갈이 가엾다는 듯한 미소를 띤다.

그러나 그 목소리는 어딘가 잔혹했다.

"말로 해서 모른다면 행동으로 가르쳐 드릴 수밖에 없습니다. 그런고로 시짱 특제의 아픈 걸 한 방 선보여 드리도록 할까요. 시짱도 일단은 신의 권속이니 천벌쯤은 자신 있답니다."

"……읏!?"

"괜찮아요, 주인님의 육체에는 일절 상처를 입히지 않고 마음만 꺾는 정도는 손쉬운 일입니다. 주인님이 어디까지 버틸 수 있을지…… 기대되네요♪"

시갈의 손가락이 똑바로 나를 가리킨다.

그것은 확실하게 나를 덮치겠지.

무슨 일이 일어나도 버티겠다는 결의와 신의 권속이 행하는 일에 버틸 수 있을 리가 없다는 생각이 교차하고, 숨을 삼킨다.

그러나.

"글쎄, 소이치를 데려가도 되잖아?"

자리에 어울리지 않는 태평한 목소리로 에리카 씨가 끼어들었다.

"응? 소이치를 같이 데려가는 정도는 괜찮지 않아?"

"주인님을, 말인가요?"

시갈은 에리카 씨의 말에 놀란 기색이었다. 그만큼 에리카 씨가 꺼낸 말이 의외였던 듯하다.

"……딱히 이세계 전이에 인원수 제한이 있는 것도 아니니 그 정도는 전혀 상관없습니다만……. 하지만 주인님을 데려가는 데 뭔가 의미가 있는지요. 평범한 인간인데요."

"뭐어, 닳는 것도 아니고. 그래, 그게 보답이면 안 돼? 그 수염을 죽이는 걸 도와주는 보답!"

"에리카 씨……?"

"허……."

시갈의 반응도 당연한 것이었다.

설령 나를 데리고 간다 해도, 영웅이나 마왕 같은 힘을 지니지 못한 나는 아무것도 할 수 없다. 아니 오히려 방해밖에 안 되겠지.

"그렇게까지 말씀하신다면, 알겠습니다. 그럼 주인님도 함께 가도록 하지요."

"와—아, 신난다—!"

"그럼 용사님도 주인님도 이쪽으로 와 주세요. 곧바로 전이 준비를 할 테니."

"응. 가자, 소이치."

"네……."

체념한 듯한 시갈의 손짓에 따라 우리는 그쪽으로 걸어갔다.

"감사합니다, 에리카 씨. 도와주셔서."

걸으면서 나는 에리카 씨에게 감사 인사를 했다.

에리카 씨는 언제나처럼 장난스러운 모습이었지만, 시갈에게 한 제안의 의도는 명확했다. 나는 지금 분명하게 에리카 씨에게 도움을 받은 것이다.

그대로 시갈이 천벌을 내렸다면 나는 틀림없이 쓰러졌을 것이다. 상대가 나를 어떻게 하길 주저할 거라고는 생각할 수 없으니, 시갈은 내가 꺾일 때까지 몇 번이고 손을 내리쳤겠지.

하지만 간발의 차이로 에리카 씨가 구명줄을 던져 주었다.

나를 신이 계신 곳에 함께 데려가 준다고 한다.

그것은 내게는 그야말로 기회다.

이 절망적인 상황을 타파할 수 있는 것은 이제 신 스스로가 아니면 무리다. 이대로 신의 방 앞에 갈 수 있다면 어떻게든 내 말을 신께 전할 수 있는 찬스가 생길 거다. 그때까지는 얌전히 시갈이 시키는 대로 해야겠지.

아무튼, 실낱같은 희망이지만 어떻게든 붙잡았다.

그래서 감사 인사를 할 수밖에 없었다.
"정말 감사합니다."
"어, 뭐가?"
하지만 에리카 씨는 무슨 말을 하는지 모르겠다는 듯이.
"어, 뭐가라뇨……? 도와주신 거잖아요?"
"도와줬다니…… 도와줬던가? 소이치가 그렇게 말하면 그런 걸까. 하지만 난 소이치가 봐 줬으면 할 뿐인데?"
"뭘, 말인가요."
"내가 세계를 멸망시키는 순간을 말이야."
별것도 아닌 일이라는 듯 가볍게 말하는 에리카 씨의 웃는 얼굴은.
지금까지 본 중 가장 상큼하고.
그리고 가장 즐거워 보이는, 그런 얼굴이었다.

"굳이 달라붙지는 않아도 되지만 최대한 가까이 모여 주세요. 공간 전이 사고로 영문 모를 곳으로 날려갈 가능성도 있으니까요."
"확실히, 다양함이 넘치는 멤버가 모여 있으니 말이지."
"있잖아, 도마뱀 맛 만주도 있을까. 료코, 먹은 적 있어?"
"도마뱀 맛 만주는 먹은 적 없지만, 만주 맛 도마뱀이라면 먹은 적 있어. 뭐, 평범했지."
"Woops."
"여전히 긴장감 없는 무리네. 잠깐 소이치, 그렇게 시체 같은 눈으로 날 보지 말라구! 뭐 불만이라도 있어!?”

“만약 없다고 생각한다면 그건 그거대로 굉장하다고 생각해요…….”

“여러분, 잡담은 그 정도로 해 주십시오. 그럼 갑니다!!”

한곳에 모인 영웅들의 중심에서 시갈이 크게 팔을 들어 올린다. 그러자 우리 주위의 공간이 점도를 지닌 것처럼 구불텅하게 일그러진다.

그리고 팔을 내린 순간.

“……!?”

눈앞의 광경은 크게 달라져 있었다.

바로 전까지 보이던 풍경, 녹색과 흙색으로 덮인 세계는 이미 그곳에 없었다.

우리가 있는 곳은 마치 우주 같았다. 까마득한 저편에 무지갯빛 별들이 빛나는, 우주 공간과 닮은 하늘. 그 속에 유일하게 떠 있는 돌로 된 섬 같은 곳은 넓었다. 거기에서 하늘을 향해 일직선으로 뻗은 새하얀 계단.

그리고 그 계단의 끝으로 보이는 까마득한 위쪽에 우뚝 솟은 거대한 문.

여기서부터 제법 거리가 있을 텐데도 터무니없는 크기였다. 저 문을 나는 전에도 본 적이 있다.

틀림없다.

저 문 너머에 신이 존재하는 것이다.

◆ ◆ ◆

"아, 굉장해, 진짜다! 몸이 가벼워. 봉인이 풀렸어!!"

공간 전이가 완료되자마자 달려 나가는 에리카 씨.

"게다가 어쩐지 평소보다 상태가 좋은 느낌이 드는걸!!"

"그것이 바로 봉인을 푼 반동이에요. 어디까지나 단시간이긴 하지만 지금까지보다 더 큰 힘을 낼 수 있을 겁니다."

"응, 고마워. 이거라면 괜찮을지도!!"

"아니아니, 그런 인사는 필요 없답니다. 시쨩의 계획을 도와주시는 거니까 이 정도는 당연합니다."

"정말 고마워."

"아니, 아니에요."

아무렇지 않은 대화. 에리카 씨의 인사에 약간 쑥스럽다는 듯이 얼굴을 돌린 시갈은 눈치채지 못했다.

나는 눈치채고 있었다.

에리카 씨의 얼굴에 떠오른 사악한 미소.

그것은 언젠가 보았던 것과 같은, 어마어마하게 나쁜 예감을 불러일으키는 그런 미소다.

"그러니까, 보답을 해야지."

"보답이라니, 그런 건……."

"응, 일격으로."

"네, 일격으로…… 일격?"

"멸 망 시 켜 줄 게."

"……어?"

에리카 씨의 불온한 말에 시갈이 돌아보려 한다.

그러나 그것은 너무나도 늦었다.

에리카 씨가 펼쳐낸 동작에는 전혀 막힘이 없었다. 처음부터 그렇게 할 작정이었다고 생각하게 할 만큼 군더더기 없는 움직임이다.

시갈이 겨우 돌아보았을 때 시야에 비친 것은 눈앞에서 크게 들어 올려진 성검뿐이었을 것이다.

"간다아아아아아아!!!!"

"흐갸아아아아아아아!!!!"

에리카 씨가 내리친 성검의 일격에 그저 비명만을 남기고.

시갈은 일도양단되었다.

"……엑?"

인식이 겨우 상황을 따라잡았다.

이 신의 거처에 전이해 온 지 아직 1분도 지나지 않았을 것이다. 그런데.

"………………엑?"

지금 이 공간의 상황은 크게 달라져 있었다.

그 원인에 대해서는 말할 필요도 없다.

"아하하하하, 이거 재밌는데! 굉장해, 이렇게 상태가 좋은 건 오랜만이야! 역시 전력을 낼 수 있다는 건 정말 즐겁구나!!"

드높은 웃음소리를 내고 있는 것은 말할 필요도 없이 전설의 용사 에리카 씨였다. 마음속 깊이 즐기고 있다는 듯, 그 표정은 쾌활하다. 문제는 그녀가 일으키려 하는 사태가 조금도 쾌활하지 못하다는 점이다.

나는 그저 지켜볼 수밖에 없다.

어찌 됐건 지금 상태의 에리카 씨를 유일하게 막을 수 있는 신의 권속, 시갈 익사도라는 어떤가 하면.

"……………………."

목만 남겨놓고 바닥에 파묻혀 있다.

존엄이나 긍지를 완전히 잃은 상태로 정신을 잃고 있다.

왜 이렇게 된 건가.

당연히 에리카 씨 때문이다.

조금 전 자신의 봉인이 풀린 것을 확인한 에리카 씨는 곧장 시갈에게 검을 휘둘렀다. 아무리 그래도 자신의 봉인을 풀어 준 상대에게 말이다. 그 시점에서 이미 제정신이 아닌 거죠.

이대로 시갈은 가엾게도 일도양단……인가 했더니, 그녀도 여간내기가 아닌지라 바로 직전에 에리카 씨의 공격을 피했다. 그러나 그것도 그녀의 수명을 아주 조금 늘리는 것에 그쳤다. 경악이 채 식지도 않은 사이에 땅으로 내리쳤던 성검이 다시 들어 올려졌고, 그 일격을 맞고 시갈의 몸은 우습게 공중을 날아갔다.

거기서부터는 이제 에리카 씨의 독무대였다.

시갈도 신의 권속으로서의 능력을 구사해 필사적으로 저항하려 했다. 애초에 지금의 시갈은 디바이스의 기능을 제어하고 있었다. 여차하면 다시 목걸이에 봉인을 걸어 에리카 씨를 무효화

하는 것도 가능했을 터. 하지만 시갈은 봉인에 필요한 단 몇 초를 끝내 얻지 못했다.

에리카 씨는 무참하게 바닥에 내동댕이쳐진 시갈의 몸을 몇 번이나 성검 자루로 구타했다. 그때마다 시갈의 "끄규!" 나 "커흑!" 같은 신음이 이어지고, 그러다 종내에는 바닥에 완전히 묻히고 만 것이다.

이렇게 해서 이번 소동의 원흉인 시갈 익사도라는 용사 에리카 애쉬로즈 앞에 무참히 패배했다.

신을 죽인다는 무도한 사악은 패해 사라지고.

신에게 닥친 위기는 여기서 분쇄된 것이다!!

"……………………아니."

그렇게 단순하게 생각할 수 있을 만큼 나의 기억과 경험은 얕지 않다.

그런 나의 나쁜 예감에 답하듯이.

정말 진심으로 답해 주지 않길 바라는 예감에, 억지로 답을 하듯이.

"알았어!!"

자리에 어울리지 않는 밝은 목소리가 울려 퍼졌다.

그 목소리의 주인은 말할 필요도 없이 에리카 씨다.

"알았어! 알아 버렸다구 소이치! 조금 전에 거기 안경이 자기가 대신 신이 되겠다고 말하는 걸 듣고서 난 다 알았어!"

시갈을 쓰러뜨린 에리카 씨는 참으로 기쁘다는 듯이 외쳤다.
"내가 세계에게 불합리한 꼴을 당하는 건 그 수염처럼 잘난 척하는 놈이 있어서 그런 거야! 내 엄청난 힘이 봉인되고, 아파트에서 자유롭게 밖에 나가지 못하고, 모르는 사이에 소이치가 어린 여자애를 데려오는 로리콘이 되어 있고, 나만 감자 샐러드에 마요네즈 양이 적고! 이것도 저것도 전부 그 수염이 있어서 그런 거야!!"
우주에 울려 퍼지는 에리카 씨의 외침.
"그래! 전부 그 수염이 잘못한 거야! 그렇다는 건 즉, 내가 그 수염을 멸하고 신이 되면 난 자유라는 거지. 뭐든지 다 마음대로 할 수 있다는 거야! 그렇다면 내가 할 일은 정해져 있어!!"
거기서 크게 팔을 벌리고.
온 우주에 울려 퍼질 듯이 커다란 목소리로 선언한다.
"결정했어, 소이치! 나는, 용사를 그만두고 신이 될 거야! 내 손으로 자유롭게 세계를 파괴하기 위해서! 내가 멸망시키고 싶은 세계를 내 것으로 만들어서 완전하고 완벽한 멸망을 내 손으로 내리는 거야!!"
그런 변변치도 않은 소리를.
"내가, 드디어 세계를 멸망시킵니다!"
예상대로, 예감대로, 말해 버렸다.
"그럼, 수염이 있는 곳까지 대시한다!! 기다리고 있어, 지금부터 그 수염을 한 가닥도 남김없이 뽑아내서 너덜너덜 조각조각으로 만들어 줄 테니까!!"

그리고 신의 문으로 이어지는 계단을 달려 올라가는 에리카 씨.
나는 그 모습을 밑에서 바라볼 수밖에 없었다.

"……하하."
무심결에 웃음과도 비슷한 한숨이 새어 나온다.
에리카 씨의 말을 듣고 내 가슴속에 솟아오른 것은 포기인 듯한, 허무한 듯한, 그런 감정이었다. 이전의 나라면 '역시나잖아요—옷!!' 이라는 둥 외치고 있었을지도 모르지만 이젠 그럴 기력도 없다.
그저 한사코 허무하고, 슬프고, 괴롭다.
"어쩌면 그렇게, 구제불능인 걸까……."
에리카 씨가 어마어마한 구제불능 인간이라는 건 오래전부터 알고 있었고, 뼈저리게 깨닫고 있었다. 그래도 나는 몇 번이나 그녀를 갱생시키려고, 그 구제불능스러움을 어떻게든 개선하려고 노력해 왔다.
하지만 이번에는 다르다.
마음이 뿌리에서부터 꺾이는 듯한, 진심으로 미친 것 같은 에리카 씨의 행동.
나를 공격하려 한 시갈에게서 지켜 주거나 시갈에게 갑자기 공격을 가했을 때는 조금은 기대했다. 일부러 시갈의 말대로 해서 틈을 만들어 거기서 상황을 뒤집으려는 것이리라고, 역전의 영웅의 귀신같은 꾀에 희망을 품기도 했던 게 조금 전까지의 일.
하지만 실제로는 뒤집는 정도가 아니라 거기서 한 번 더 뒤집었잖아요.

너무 많이 뒤집어서 이젠 영문을 모르겠다고요.

그래도 필사적으로 이해해 보려고 한다면. 에리카 씨는 단순히 시갈을 이용했을 뿐이었던 거다.

자신의 목적을 위해서.

세계를 멸망시키려는 스스로의 개인적인 목적을 위해.

"정말, 어쩌면 그렇게 구제불능 인간이지……."

시갈을 이용해서 신이 건 목걸이의 봉인을 풀게 하고.

시갈을 이용해서 신의 거처에 데려가게 한다.

거기서 시갈을 쓰러뜨리고 이 계단을 올라, 신의 앞에 서서, 신을 멸한다.

모든 세계의 상위에 존재하는 신, 그것을 멸한다는 것은 즉 모든 세계를 멸한다는 것과도 이어져 있다.

단순하고 명쾌한, 세계 파괴를 향한 길.

그러나 그렇게 쉽게 되지는 않을 거라는 걸 여기서 알리겠다. 알려야만 한다. 다른 누구도 아닌 내가 온 몸과 마음으로.

물론 이대로 에리카 씨를 막을 수는 없다. 준비가 필요하다. 아무런 준비도 없이 에리카 씨 앞에 서 봐야 그대로 성검의 희생양이 되는 게 고작이겠지.

"에리카 씨를 막으려면……."

내가 할 수 있는 일, 어떻게 할 수 있는 범위 내에서 해야 할 일을 한다.

에리카 씨가 계단을 다 올라 신의 거처에 돌입하기 전에.

나는 움직이기 시작했다.

◆ ◆ ◆

“다 왔다!!”

그리고 에리카 씨는 계단을 다 올랐다.

거기 있는 것은 올려다봐야 할 만큼 거대한 문. 그 너머에 신이 있다는, 신성하고 불가침인 최후의 방벽이다.

“이제 한 장! 그럼, 이 기세 그대로……!!”

“에리카 씨, 기다려 주세요!”

계단으로 달려 온 그 기세 그대로 문을 향해 발차기를 날리려 하는 에리카 씨 앞을 가로막고 섰다. 간신히 때맞춰 온 것 같다.

“어라?”

에리카 씨는 의외라는 듯한 얼굴로 눈앞에 버티고 선 나를 보았다.

그녀의 손은 성검을 쥐고 있지 않았다. 나를 전혀 장애물로 인식하지 않는다는 뜻일까.

“어라, 소이치. 왜 여기 있어?”

“해야 할 일이 있어서 여기 왔습니다.”

“흐—음. 잘 모르겠는데. 혹시 나를 막을 셈이야?”

“그래요. 에리카 씨를 막을 겁니다.”

“아니 그치만, 무리 아니야? 지금의 나는 증오스러운 목걸이의 봉인도 풀려서 컨디션 최고인데? 전 우주 최강이라고 해도 될 존재라구? 어중간한 힘으론 아무것도 안 될 텐데?"
"그래도 막을 겁니다."
"애초에 소이치는 그 안경한테 신의 사자로서의 역할을 빼앗기지 않았어? 보통 사람으로 돌아간 거지? 수염을 지킬 의무도 권리도 지위도 능력도 없잖아?"
"알고 있습니다. 그래도 상관없어요. 제가, 막을 겁니다."
"……어떻게?"
"어떻게 해서든, 이요."
확실히 지금의 나는 모든 것을, 자신이 근본으로 삼고 있던 전부를 잃고 그냥 카노야 소이치가 되어 몸뚱이 하나로 여기에 있다. 용사를 상대한다 해도 어찌할 방도가 없다.
그래도 상관없다.
그런 건 아무런 상관이 없는 거다.
분명히 모든 것을 시갈에게 빼앗긴 나는 텅 비었다. 신의 힘을 잃고 나면 남는 것은 그저 나 자신뿐. 그대로는 일어서지도, 한 발 내디디지도 못 했을 것이다.
하지만 에리카 씨가 나를 도와줌으로써 희망이 솟아났다.
여기서 끝나선 안 된다고, 마음속으로부터 깨달을 수 있었다.
자신의 길이 끝나지 않았다고 믿을 수 있었다.
그런 에리카 씨의 행동은 전부 자신을 위한 거였다. 세계를 멸망시키기 위한 준비에 지나지 않았다. 나를 도와준 것도 별것 아니라 단순한 변덕 같은 것이었겠지.
그래도, 그렇다 해도, 희망은 그때 생겨났다.

나를 일어서게 할 수 있는 힘이 분명히 존재하고 있었다.
그것만큼은 신이라 해도 결코 지워버릴 수 없는 나만의 진실이니까.
미리암에게 들은 말을 떠올린다. 네가 하고 싶은 일은 뭐냐고, 카노야 소이치라는 인간이 하고 싶은 일은 어디에 있느냐고.
그것도 지금이라면 자신 있게 대답할 수 있다.
내 마음은, 여기에 있다.
다른 누군가에게 받은 것이 아닌.
에리카 씨를 막고 세계를 구하겠다는 그 마음이야말로.

"그게, 제가 하고 싶은 일이니까, 입니다!!"

영웅에 필적할 만한 힘은 없어도.
그래도, 단 한 명의 구제불능 인간을 여기서 막기 위해 전력을 다한다.
자신의 의사로 여기 서서, 이 앞으로는 지나가게 하지 않는다.
그것이 내가 나 자신에게 맹세한, 내가 내린 사명이니까.

"……그래."
잠깐의, 영원처럼 생각될 정도의 침묵 후에.
에리카 씨는 고개를 숙인 채였지만, 그 손에 성검을 출현시켰다. 과거에는 광휘로 가득 차 있었을 검고 불길한 검을.
그리고 말없이 그 검을 크게 들어 올려 그대로 내리치려 했다.

나와 함께 등 뒤의 문을 양단해 버릴 듯한 무시무시한 힘. 시갈을 침묵시킨 압도적인 폭력이 나를 배제하려 달려든다.

그러나.

"……큭!?"

그 검은 갑자기 중력이 걸린 것처럼 바닥에 내팽개쳐졌다.

에리카 씨는 곧장 그 원인…… 바로 지금 자신에게 걸린 마법의 주인 쪽을 응시했다. 내 등 뒤에 서 있는 그 소녀를.

"……어째서, 방해를 하는 걸까."

"어머, 방해라니. 예상 밖이라고 해야지."

에리카 씨의 성검을 막고 나의 목숨을 구한 사람.

그것은 바로 최강의 마법소녀 액셀☆다우너. 시라베 료코 씨였다.

내 등 뒤, 그림자 속에서 튀어나온 것처럼 나타난 사람은 최강의 마법소녀인 액셀☆다우너였다. 만주를 사랑하여 만주의 모습이 되어 버린 그녀는 지금 원래의 마법소녀 모습으로 에리카 씨 앞에 서 있다.

완전히 만주 형태에 익숙해져 있었기 때문에 오랜만에 보는 그 모습.

모자를 살짝 눌러쓰고 핑크색 의상으로 몸을 감싼 그녀는 나보다도 어려 보이지만 무수한 마법을 다루며 몇이나 되는 세계를 구해 온 영웅 중의 한 사람이다. 나를 에리카 씨 앞으로 전이시켜 준 것도 그녀의 힘이었다.

“정말이지, 갑자기 의욕이 생기다니 위험하잖아. 마법이 제때 닿지 않았으면 어쩔 셈이었던 거야.”

“계속 보고 계셨으면서.”

“……뭐어, 보고 있었던 건 사실이지만.”

“그래서? 료코는 그 수염을 쳐 죽이는 데 협력할 작정 아니었던가. 그런데 왜 방해를 해?”

“딱히 방해를 할 작정은 아니라고 하잖아. 방해를 한 건 오히려 그쪽이야, 에리카.”

료코 씨의 말에 에리카 씨는 성검을 양손으로 고쳐 쥐었다. 그저 마주 서 있을 뿐인데, 팽팽해진 공기가 무겁고 뜨겁다.

“아까도 말했지. 나는 그저 만주만 먹을 수 있으면 괜찮았어. 그야 그 수염하고는 제법 오랫동안 알아 왔으니 전혀 안타깝지 않았다고 하면 거짓말이겠지. 하지만 그래도 만주에 비하면 사소한 문제야.”

료코 씨는 에리카 씨를 향해 거침없이 말했다.

아무리 생각해도 칭찬해 줄 수 없는 말을.

“그래서 시갈의 말대로 우리 생활이 보장되고 새로운 화과자 가게가 생긴다면, 그 말에 따라서 정말로 수염을 죽여도 괜찮았는데.”

“죽이면 되잖아. 료코, 나랑 같이 죽이자.”

“하지만 에리카, 네가 시갈을 쓰러뜨리고 말았잖아. 이러면 난 만주를 먹을 수 없어. 알겠어? 나를 방해한 건 에리카 쪽이야.”

“그런 건 수염을 죽인 다음에 시갈보고 약속을 지키라고 하면 되잖아."

"그게 좀 사정이 바뀌었어."

료코 씨는 살짝 등 뒤를 보더니 윙크를 한다.

"왜!?"

"왜냐하면 난 시갈이 냈던 것 이상의 조건과 맞바꿔서 그 수염을 지키겠다고 약속해 버렸는걸."

그 말과 동시에 료코 씨의 오른손에서 섬광이 뿜어져 나왔다.

아무리 에리카 씨라도 그것을 그대로 받아낼 수는 없었는지 공중으로 뛰어올라 피한다.

그러나 거기에는 기다리고 있었다는 듯 재차 공격이 있었다.

"미안하군, 에리카 군. 이것도 전부 계획을 위해서다!!"

"신타로도!?"

가면전사 프리즈너, 사몬지 신타로가 거기 있었다. 공중으로 뛰어오른 에리카 씨를 향해 강렬한 발차기를 선보인다. 에리카 씨는 자세를 무너뜨리면서도 겨우 방패를 출현시켜 그 공격을 받아냈다.

"어째서!? 신타로도 수염을 죽이는 데 협력한다고 했잖아! 거짓말한 거야!?"

"거짓말한 것이 아니다. 그저 나는 잘못을 범하고 말았던 거다. 생각해 보면 무엇 때문에 최고의 딸들을 12명 모은다는 그런 얄팍한 생각에 빠져 버렸는지. 이 세상에 존재하는 소녀들은 모두 나의 딸, 12명 같은 작은 틀에 넣을 일이 아니었는데!?"

"어떻게 된 거야!? 평소보다 훨씬 징그러워 신타로—!!"

에리카 씨는 사몬지 씨가 공중에서 한 공격을 겨우 걷어내고는, 발차기의 반동으로 더 크게 도약해 두 사람에게서 크게 떨어진 곳에 착지했다.

"Attack!"

"쿠로 씨!?"

그곳에, 머리 위에서 거대한 꼬리가 덮쳐들었다.

그것은 신룡 쿠드 롬바르디아의 강대한 꼬리 내려치기. 세차게 내리친 충격에 바닥이 격하게 흔들린다. 에리카 씨도 이번에는 도망칠 곳이 없어 그대로 깔리고 말았나 싶었지만.

"아야야야야, 순간적으로 사이에 검을 세우지 않았더라면 납작쿵이 될 뻔했잖아……!"

꼬리에 깔렸던 에리카 씨는 아무래도 아슬아슬하게 무사했던 듯하다.

기어서 쿠로 씨의 꼬리 밑에서 빠져나온 에리카 씨가 다시 일어서서 크게 외친다.

"그래그래, 그렇구나, 잘 알았어!"

자신을 둘러싼 세 사람의 영웅을 향해.

"료코, 신타로에, 쿠로 씨. 잘은 모르겠지만 진심으로 나를 방해하겠다는 거네! 상대하기에 전혀 부족함이 없어! 수염과 싸우기 전에 준비운동 삼아 호되게 해치워 주겠어!!"

그리고.

"소이치! 앗, 없잖아!? 정말이지, 어디 있는지는 모르겠지만 듣고 있겠지! 이건 아마도 소이치가 뒤에서 조종하고 있는 거지!? 이런 방법으로 나를 막으려 하다니 생각도 못 했어!!"
에리카 씨는 웃었다.
영웅들이 자신의 적으로 돌아선 것을 오히려 즐기고 있다는 듯, 사납게 웃었다.
나는 그림자에 숨어 그 선전포고를 몰래 듣고 있었다. 쿠로 씨가 공격한 여파로 갈라져 솟아오른 바닥 뒤에서, 에리카 씨와 영웅들의 싸움을.
"있지, 너희는 소이치한테 무슨 말을 들었어? 어떤 조건으로 나를 막으라고 한 걸까?"
"글쎄, 그건 지금 이야기할 필요 없지 않을까. 애초에 그런 걸 정중하게 듣고 있을 틈이 있다고 생각해?"
"아하하, 그러네. 나한테는 아직 할 일이 있어서 바빴었지."
"에리카 군, 어차피 무리겠지만 일단은 말해 두지. 얌전히 있어라."
"Reset!"
"응응, 완전 의욕 한가득이잖아, 다들. 그래야 내 패도의 초석이 될 가치가 있는 법이지! 뭐, 전부 부숴 버릴 거지만! 그럼 시작하자. 최강 용사의 힘, 보여 주겠어!"
말을 주고받는 것은 끝이다. 지금부터 시작되는 것은 단지 힘과 힘의 부딪침.
에리카 씨가 도약함과 동시에 맞서는 세 사람도 덤벼들었다.
신화마저 넘어서는 영웅들의 싸움이 시작되었다.

◆ ◆ ◆

"어떻게…… 잘된 것 같네요……!"

나, 카노야 소이치가 에리카 씨에게 대항하기 위해 취한 방법.

그것은 에리카 씨에게 다른 영웅분들을 맞부딪치게 하는 참으로 멋대가리 없는 방법이었다. 제로에서부터 미지의 힘이 솟아나는 그런 기적을 기대할 수 없는 이상, 이미 어딘가에 있는 힘을 끌고 올 수밖에 없는 것이다.

하지만 상대는 구제불능 인간.

지금까지 수없이 부탁하고 수없이 거절당해 온 경험을 가진 내가, 그냥 부탁만 가지고 그들을 움직일 수 있을 리가 없다.

더구나 그들은 스스로의 욕망이 완전히 이루어지는 조건으로 시갈 편에 가담했다. 어중간한 조건으로는 우리 편으로 돌아서게 할 수 없다.

"그래서 그 이상의 것을…… 제시했습니다."

그래서 내가 영웅들에게 제시한 조건은.

그것은 가능성이었다.

지금 이 자리에는 없어도, 미래에 눈을 돌려서 보이는 가능성을 제시한 것이다.

만주를 추구하는 마법소녀에게는, 앞으로 탄생할 만주의 새로운 가능성.

만주라 해도 시대가 바뀌면 물건도 바뀐다. 인간의 진보는 앞으로 완전히 미지의 만주를 탄생시키고, 만주라는 개념마저 바꾸어 갈 거라는 것을.

가장 사랑하는 딸을 추구하는 전사에게는, 이제부터 만날 모든 딸들의 가능성.

딸이 다시 어머니가 되어 딸을 낳는 것이 인간의 역사적 흐름이다. 그러니까 지금 이 순간 보이는 딸은 아직 그 일부분에 지나지 않는다는 것을.

술을 추구하는 드래곤에게는, 이제부터 탄생할 술, 그리고 노에미짱의 미래의 가능성.

그녀가 성년이 되면…… 드래곤에게 성년 같은 개념이 있는지는 제쳐두고…… 함께 술잔을 주고받을 수도 있을 거라는, 그런 미래 예상도를.

아무튼 이런저런 감언이설로.

시말서로 단련된, 문제점을 서서히 빗겨나가 자신의 책임을 회피하는 테크닉을 마음껏 살려서 말을 돌리고.

지금까지 키워 온 나에 대한 신뢰——일단은 그런 것이 있었던 모양입니다——를 필사적으로 어필해 영웅들에게 그럴 마음이 생기게 만들어서.

이대로 신을 죽이는 보수로서 얻을 눈앞의 행복보다도.

훨씬 즐겁고 훨씬 멋진 미래가 온다는 것을 믿게 만들었다.

예에, 알고 있습니다.

"모든 것이 다, 문제를 나중으로 미뤄두는 것일 뿐이죠……!"

무슨 일이 일어날지 알지 못하기 때문에 비로소 미래이다.

불확실하고, 애매하고. 바랐던 미래가 온다는 보증 같은 건 하나도 없다.

하지만 여기서 모든 것이 끝나 버리는 것보다, 아직 보지 못한 미래에 생겨날 가능성이 커지는 것이야말로 더 좋은 일이라는 걸 믿게 했다. 가능성은 세계 멸망에 의해 무너져 버리기 때문에, 지키기 위해 싸워 주길 바란다는 소원을 듣게 했다.

애당초 그들에게 제시한 것. 그것은 각자의 구제불능스러움을 가속시키는 거나 마찬가지인 짓이었다. 구제불능에게 일부러 먹이를 주는 거나 마찬가지인 이야기. 지금까지의 나였다면 솔선해서 막으려고 했을 이야기뿐이다.

그것을 굳이 제시했다.

만주를, 딸을, 술을.

어쩌면 지금까지 그것들을 부정했던 내가 일변해서 긍정하기 시작했다는 것 또한 영웅들에게는 신선하고 진지하게 비춰졌는지도 모른다. 아니, 마음속으로는 긍정하지 않지만요. 구제불능 로드 끝에 기다리는 것은 절대로 변변치 못한 것일 테고, 언젠가 반드시 갱생시켜 주마 생각하고 있지만요.

아무튼, 내 말은 닿았다.

영웅들은 내 이야기를 들었고, 이해했고, 그리고 에리카 씨를 막는다는 나의 계획에 협력해 주었다. 물러날 곳이 없는 아슬아슬한 도박이었지만 이럭저럭 이야기를 들어 주어서 다행이다.

이걸로 신이 무사해지면 그때는 모두에게 제시한 조건을 이루어 달라고 하자고요. 저도 스스로 말한 체면이 있으니 협력은 아끼지 않을 작정입니다.

미래를 지킬 수 있다면.

그리고 무책임한 말의 대가를, 반드시 책임을 지고 치르지요.

뭐, 너무 구제불능스러움이 심해질 것 같으면 사양 않고 멈추게 할 거지만요. 이것도 다 미래를 위해서입니다.

내 도박의 결과, 등 뒤에서는 영웅들의 싸움이 펼쳐지고 있다.

이미 내 눈으로 그 싸움을 인식하기란 불가능했다. 주위에 전해 오는 충격과 발생하는 열량에 기대 승부의 행방을 살필 수밖에 없다.

그러니 싸움에 대한 것은 영웅들에게 맡긴다.

내가 해야 할 일은 다른 데 있다.

영웅들이 벌어 준 귀중한 시간을 결코 허사로 만들 수는 없다.

"……이걸 사용해서."

주머니에서 꺼낸 것은 시갈이 가지고 있었던 디바이스.

그것은 망가져 버린 내 디바이스와 같은 물건. 그리고 아마도 내 디바이스보다 더 뛰어난 물건일 것이다.

에리카 씨가 시갈을 습격했을 때 시갈과 함께 바닥에 묻혔던 것을 미리암의 도움을 얻어 파낸 것이다. 상당히 깊은 곳에 있었지만 힘을 되찾은 미리암에게는 손쉬운 일이었다. 미리암에게도 대가로서 가능성을 제시할 필요가 있었지만 그건 어떻게 잘 처리했다. 다른 영웅보다 훨씬 속이기……가 아니라 설득하기 쉬웠습니다.

"자, 이걸로 됐지? 그럼 난 그 용사를 쓰러뜨리러 간다."
"아 미리암, 잠시 기다려 주세요."
"뭐야!"
"속여서 미안하지만, 목걸이를 다시 작동시켰으니까 이제 거기서 자고 있어요."
"날 너무 심하게 취급하는 거 아냐!?"

이렇게 해서 나는 시갈의 디바이스를 손에 넣을 수 있었다.
목걸이의 봉인을 부활시켜 다시 힘을 봉한 미리암은 그 자리에 재워 뒀습니다.
서둘러 디바이스를 작동시켜 안을 확인한다.
미리암이 한 목걸이의 봉인은 바로 부활시킬 수 있었지만, 에리카 씨 쪽의 봉인은 시갈도 엄중하게 취급했는지 좀처럼 발견되지 않았다. 그야 그렇겠죠. 가벼운 마음으로 부활시켜선 안 될 타입의 봉인이니까요.
디바이스 안에는 뭔가 묘한 전자 서적이 산더미처럼 들어 있기도 하고 디저트 사진이 잔뜩 있기도 한데, 뭘 노는 데 정신이 팔려 있는 거죠 저 녀석. 심지어 이거 보타락장 근처 카페 거잖아요. 어느새 이렇게나. 뭔가 거물입네 하는 태도였지만 내용물은 그냥 구제불능 인간이랑 동류네요!!

이윽고.

"……찾았다!!"

디바이스 앱의 안쪽 또 안쪽에서 겨우 발견한 「데몬즈 씰 강제 발동 앱 · 시짱 커스텀」이라고 쓰여 있는 그 기능을 작동시키려는데.

"……소용없어."

그러나 손가락을 움직이기도 전에 내 눈앞에서 디바이스가 폭발했다.

반쯤 예상했던 부분도 있었기에, 앞을 보았다.

"……에리카 씨."

에리카 씨가 전설의 지팡이를 들어 올린 채 이쪽을 노려보고 있었다. 방금 그 일격으로 지팡이에 담겨 있던 에너지가 끊어졌는지 에리카 씨는 지팡이를 집어던진다.

"과연, 그런 최후의 수단이 있었구나. 안경과 함께 묻었다고 생각했는데 설마 발굴해 오다니 예상 밖이었어. 하지만 이걸로 끝이야."

에리카 씨는 너덜너덜한 모습으로 크게 숨을 내뱉었다.

그녀의 뒤에는 한 덩어리가 되어 쓰러져 있는 료코 씨와 사몬지 씨와 쿠로 씨의 모습이 보였다. 온몸이 상처투성이에다 정신을 잃은 것 같다.

"한꺼번에 상대하는 건 역시 힘들었지만, 쓰러뜨렸거든."

에리카 씨는 이미 만신창이로, 서 있는 것이 고작인 듯한 모습이었다. 그럼에도 눈동자에 깃든 전의는 결코 약해지지 않았다.

"안경은 묻었고, 츠즈리는 아파트에서 죽어 있을 테고, 미리암도 멋대로 쓰러졌고, 디바이스는 지금 파괴했어. 이제 나를 방해할 상대는 한 명뿐."

꺼내든 성검을 무거운 듯이 치켜 올리며.

그 눈은 나만을 바라보고 있었다.

분명 나도 똑같을 것이다.

문을 등진 채 에리카 씨만을 빤히 바라보고 있었다.

"그러니까."

"그래도."

"신을 죽이고, 모든 것을 끝내기 위해."

"용사를 막고, 모든 것을 끝내지 않기 위해."

"최후의, 결판을."

"여기서, 내지요."

최후에 남은 두 사람.

한 사람은 용사이고…… 또 한 사람은 그냥 인간.

"이 문 너머에 그 증오스러운 수염이 있는 거지. 이 문만 넘어버리면 다음은 이제 끝이야. 그러니까 거기서 비켜, 소이치."

"비킬 수는 없어요, 에리카 씨. 신께 손을 대게 하지는 않을 겁니다. 무슨 일이 있어도 저는 여기서 떠나지 않을 거니까요."

"비켜, 소이치!"

"안 비켜요!"

"비키라니까!!"

"안 비켜요!"

"안 비키면 세계를 멸망시켜 버린다!?"

"비키면 세계를 멸망시킬 거잖아요!!"

이미 에리카 씨에게 나를 어떻게 할 만한 힘은 남지 않았는지도 모른다. 그렇기 때문에 말을 부딪쳤다.

시갈의 계획과, 영웅들의 희생과, 나의 결의 끝에.

간신히 나는 에리카 씨와 같은 높이에서 마주하고 있는 거다.

"아 진짜, 비키라니까! 왜 몰라주는 거야! 소이치는 벽창호야!"

"누가 벽창호인데요! 신을 멸하고 그 자리를 대신하겠다니, 진심으로 그렇게 생각하시는 겁니까!?"

"내가 진심이 아니었던 적이 있다고 생각해!?"

"아니요, 언제든 진심이시죠! 악질적이게도!!"

"그러니까 난 진심으로 생각하는걸! 수염을 멸하고 내가 신이 되어서, 그래서 세계를 멸해 줄 거라구! 이젠 너무 많은 일들이 있어서 여러 가지로 피곤하기만 한 이 형편없는 세계를!!"

"형편없는 건 에리카 씨의 언동 및 기타 등등이라고요! 형편없지 않은 건 없는 거예요?"

"형편없지 않지 않다니 형편없잖아!!"

"그런 부분이 형편없다는 거예요!!"

어쩐지 뭐가 뭔지 모를 대화가 된 것 같은 기분이 들지만, 포기하지 않을 겁니다.

에리카 씨에게 냉정하게 말한다.

"대체, 세계를 멸망시킨 다음은 어떻게 할 작정입니까."

"멸망시킨 다음에야 멸망한 후니까 내가 알 바 아니야!"

"그래요. 세계를 멸망시켜 버리면 그걸로 끝이에요. 무엇 하나 남지 않고, 모든 것이 없어져 버려요. 그것이 멸망 너머에 있는 겁니다."

"그런 건 알고 있어."

"그럼, 그렇게 되어 버리면 신 같은 건 상관없겠네요. 그래도 신으로 계속 있을 작정입니까. 멸망한 후의, 이제 두 번 다시 멸망하지 않을 그런 형편없는 세계의 끝 저편에서."

"……소이치, 무슨 말을 하는 거야?"

"애초에 에리카 씨는 정말로 세계를 멸망시키고 싶다고 생각하고 계세요?"

그것은 내 안에 계속 존재했던 의문이었다.

사사건건 뒤틀린 원한을 발휘해 세계를 멸망시키기 위한 행동을 개시하는 에리카 씨. 하지만 그 행동은 아직 열매를 맺은 적이 없다.

당연하다면 당연하겠지. 하나의 세계를 파괴한다는 것이 얼마나 큰 노력과 수고를 필요로 할지 전혀 짐작도 가지 않는다. 스케일이 너무 커서 상상이 따라가지 못하는 것이다.

하지만, 그러나, 그녀는 영웅이다.

수많은 세계를 구해 온 영웅, 진정한 영웅이다.

그녀가 지금까지 구해 온 세계는 그야말로 셀 수가 없다. 나 또

한 그 행동 덕에 목숨을 건진 인간이다. 세계를 구한다는 일 또한 터무니없이 어려운 일.

그것을 에리카 씨는 몇 번이고 몇 번이고 계속해 왔다.

그렇게 세계를 구할 수 있다면…… 세계를 파괴하는 일 또한 가능하겠지.

파괴와 재생은 표리일체.

부수는 편이 만드는 것보다 간단하다 같은 말은 흔하지만, 그 법칙은 세계에도 분명 들어맞을 것이다. 세계 하나를 파괴하는 일보다 세계 하나를 구하는 일이 더 어려운 일임에 틀림없다.

그렇다면.

하나의 세계를 구할 수 있을 정도의 힘이 있으면서.

하나의 세계를 파괴할 수 없다는 일이 있을 수 있을까.

진심을 발휘하면 세계가 끝난다. 그런데, 아직도 끝나지 않았다는 사실.

그렇다면 에리카 씨의 본심이란, 대체?

"……그럼, 소이치는 이렇게 생각하는 거야?"

차가운 목소리로 에리카 씨가 되받는다.

"내가 세계를 멸망시키고 싶다고 하는 건 전부 말뿐인 소리고, 사실은 그런 힘도 없는, 아무래도 좋은 존재라는 거야?"

"그런 생각은 안 해요!!"

"이제는 뭐 어쩔 도리가 없는, 적당히 날뛰는 것만이 특기인, 쓸모없고, 아무것도 모르는 구제불능이라고 말하는 거지!!"

"그런 생각도 안 하거든요!!"

"너무해."

"생각 안 한다니까!!"

"그래, 알았어. 알았다구. 그렇다면 나한테도 생각이 있거든. 신을 대신하겠다는 그런 느긋한 소리는 안 할 거야! 지금, 여기서, 신이 있는 이 세계째로 멸망시켜 줄 테니까!!"

그 말을 증명하듯이.

에리카 씨는 성검을 치켜올렸다.

하지만 그 모습은 이전과 비교해도 힘이 들어가지 않은 것이었다. 트레이드마크인 체육복은 여기저기 그슬리고 금발도 지저분해져 빛을 잃었다.

그런 와중에도 아직 힘을 잃지 않은 눈동자에.

맺힌 것은 눈물이었다.

"…………아."

그것을 본 순간, 무언가가 변했다.

눈앞에 서 있는 그녀가 용사도 영웅도 세계의 적도 아닌.

지금까지 세계를 구해 온 것, 세계를 멸망시키려 한 것, 그 모든 것과 동떨어진 곳에 있는 것처럼 보여서.

제멋대로고, 기분파이고, 대충대충이고, 늘 기분이 나빠 보이고, 마요네즈를 좋아하고, 웃는 얼굴이 멋진, 다른 누구도 아닌 그냥 에리카 씨라고 생각되어서.

그래서 나는 한 발 내디뎌.

금방이라도 쓰러질 듯한 그 몸을 살며시 껴안았다.

"소, 소이치?"

갑자기 움직임을 멈추어 버린 에리카 씨를 여기서 도망치게 할 마음은 없다는 듯이. 팔에 힘을 주며 자신의 마음을 고백한다.

"에리카 씨를, 말뿐인 사람이라고 생각하지 않아요."

"그, 그래?"

"구제불능이라고는 생각하지만요."

"그건 부정 안 하네……. 여기선 부정하는 흐름 아닌가……."

"애초에, 에리카 씨는 세계를 멸망시키는 거 잘 못한다구요."

"여기서 지적을 하는 거야!? 아니, 아마추어인 소이치한테 그런 소릴 듣고 싶진 않아! 난 세계 멸망의 프로라고 전에도 말하지 않았던가!? 프로 중의 프로라고 해도 될 정도라구!!"

"하지만 아직 멸망시키지 못했잖아요."

"읏……."

"지금까지도 실컷 '세계를 멸망시켜 왔어!' 라고 말씀하셨지만, 사실은 그것도 의심스러워요."

"그렇지 않은걸! 멸망시켰는걸! 이미 수명이 다 돼서 앞날이 보이지 않는 세계 같은 게 있어서, 주민들을 다른 세계로 이동시킨 다음에 엉망진창으로 만들어 줬거든!!"

"그거, 실제로는 멸망시키지 못한 거잖아요……?"

"……어라?"

진심으로 물음표를 띄우고 있는 에리카 씨를 보고 알았다.

이 사람은 세계를 멸망시키는 일에 익숙하지 않다. 세계를 멸망시키는 일에 관한 경험이 압도적으로 부족한 거다.

그래서 에리카 씨는 세계를 멸망시킨다는 의욕이 넘치고 세계를 멸망시킬 만한 힘을 가지고 있으면서도 실행에 옮기지 못한 것이다.

그렇지만 어떤 계기로 무슨 짓을 할지 모르고, 뒤틀린 원한의 씨앗 자체는 산더미처럼 품고 있는 사람이니 상당히 위태롭다.

정말, 폭탄 같은 사람이다.

여기서 한 번 막아도 또 어딘가에서 폭발해 버릴지도 모른다.

그런 그녀에게 내가 할 수 있는 일은.

"저는 에리카 씨를 내버려 둘 수 없어요. 그도 그럴 게, 앞으로도 세계를 멸망시키려고 하실 거죠?"

"물론이야. 내가 살아 있는 한 나는 세계를 멸망시킬 거야!"

"그렇다면 제가 도울게요."

"……엥? 지, 지금, 뭐라고 했어?"

"그러니까, 제가 늘 에리카 씨 곁에서, 세계를 멸망시키는 걸 돕는다고 말했습니다."

역시나 에리카 씨에게서 돌아온 말은.

"제정신이야?"

생각보다 지독한 감상이었다. 에리카 씨를 보니 성검을 떨어뜨리고 있었다. 그 얼굴에 떠오른 표정은 뭐라고 할까, 비둘기가 회전식 기관총을 맞은 듯한 표정이다.

"설마, 처음 만났을 때의 성검 따귀가, 이제 와서 뇌를……."

"무서운 소리를 하시네요!? 아니에요!!"

게다가 처음 에리카 씨와 만난 게 그렇게 옛날도 아니고. 하지만 실제로 그게 엄청나게 옛날 일처럼 생각되는 건 제가 고생만 실컷 해 온 탓일까요.

"그, 그럼, 내가 잠결에 소이치 머리를 밟았을 때!?"

"그건 처음 듣는데요……."

"그럼, 그럼, 내가 빙빙 돌리면서 놀던 마왕이 소이치한테 직격해서 하루 치 기억이 날아갔을 때!?"

"잘도 지금까지 무사했네, 나……."

모르는 사이에 여러 가지로 당했던 기분이 듭니다. 아니 그보다 제 기억, 하루 치가 빠져 있잖아요. 기억이 하루 치 모자라다니 그거 꽤나 호러인 것 같은데요.

아무튼.

"진심으로, 제정신으로, 그렇게 생각하니까요. 지금의 에리카 씨는 정말로 위태로워서 눈을 뗄 수 없어요. 떨어져 있어도 에리카 씨가 신경 쓰여서 견딜 수가 없어요. 그러니까 제가 항상 가까이서 지켜볼 겁니다. 세계를 멸망시키는 것도 도울 겁니다."

"아, 아우우……. 그거, 진짜 진심으로 말하는 걸까?"

"진짜예요."

"진짜로 진짜?"

"진짜로 진짜로 진짜예요."

"해……."

"에리카 씨?"

"해냈다아————! 소이치, 겨우 알아준 거네!!"

양손을 들고 신이 나 떠드는 에리카 씨였다. 이 정도로 기뻐해 주니 나로서도 나쁜 기분은 아니다.

"앞으로는 함께 세계를 멸망시켜 주는 거구나!!"

"뭐 저한테는 그런 힘이 없으니 거드는 것밖에 못하지만요."

"괜찮아괜찮아, 내가 다 할 테니까! 따—악 맡겨 두면 돼! 소이치의 응원이 있으면 얼마든지 멸망시킬 수 있으니까!!"

"너무 심하게 하지 않으셨으면 좋겠지만요."

"노력하면 어떻게든 될 거야!!"

"다만 그 대신이라기엔 뭣하지만, 제 쪽에서도 에리카 씨가 도와주셨으면 하는 일이 있는데요."

"응! 뭐든지 말해! 내가 할 수 있는 일이라면 뭐든지 도울게!"

"감사합니다! 제가 하고 싶은 건 역시, 세계를 구하는 일이네요."

"아아, 그거라면 내 특기 분야야. 용사로서 지금까지 얼마든지 해 온 일이니까! 세계를 구하는 것 정도는 쉽지!"

"그럼 곧바로 도와주세요. 지금 터무니없는 멸망에 처한 세계를 구하고 싶은데요."

"그런 큰일 난 세계가 있어!? 빨리 해야겠네!! 소이치가 협력해 주는 기념으로, 첫 시작으로 파—악 구할게!! 그래서? 멸망할 것 같은 세계는 어디 있을까!? 분명, 마왕보다 더 마왕 같은 그런 사악한 패거리에 의해 위기에 처했겠지!?"

"이 세계입니다."

"……엥?"

어리둥절한 에리카 씨에게 선언한다.

"그러니까, 우리가 지금 있는 이 세계. 신이 있는 세계를 구해 주셨으면 합니다."

"……으응?"
고개를 갸우뚱한 채로 에리카 씨의 움직임이 멎었다.
"자, 잠깐 기다려 줄래?"
"얼마든지 기다리고말고요."
"어어…… 소이치는 내가 세계를 멸망시키는 걸 돕는 거지?"
"그거야 뭐, 제 평생을 걸고 도와드릴게요."
"평생이구나……. 그렇구나……. 아니, 아니잖아!? 내가 멸망시키고 싶은 것도 이 세계인데!? 이 문 안에 있는 수염 자식을 때려눕히고 세계를 멸망시키겠다고 결정했는데!!"
"그렇습니까, 그거 우연이네요. 하지만 이 세계를 멸망시켜 버리면 저는 이 세계를 구할 수가 없습니다. 당연하겠지만요. 그렇다면 세계를 구하는 쪽을 먼저 해야겠네요. 그럼 도와주세요."
"그, 그 다음이라면, 구한 다음이라면 멸망시켜도 돼!?"
"멸망당할 가능성이 남아 있으면 세계를 구한 게 되지 않잖아요. 그러니까 안 됩니다."
"으—음, 자, 잠깐, 기다려 봐?"
"네. 얼마든지 기다릴 거예요."
에리카 씨는 끙끙 신음했지만.
이윽고 나를 비난하는 듯한 눈길을 보냈다.
"저기 말이야, 소이치가 하는 말을 들으면 난 얼마가 지나도 이 세계를 멸망시키지 못할 듯한 기분이 드는데."

"뭐, 그렇게 되겠네요."

"시원스레 인정했네!?"

"하지만 그렇게 되도록 말했는걸요."

"속였구나!?"

이번에는 뿡뿡 화를 내기 시작했다.

그렇긴 해도 이미 대규모로 파괴할 정도의 힘은 없으므로 내 가슴을 가볍게 두드리는 정도였지만. 영웅분들이 애써 주셔서 살았습니다. 에리카 씨에게 힘이 남아 있었더라면 지금쯤 저는 가슴이 없어졌을 거예요.

"나를, 순수한 나를 속였구나!?"

"순수한지 아닌지는 의견이 갈리겠지만요. 하지만 에리카 씨, 뭐든지 도와주겠다고 말씀하셨잖아요."

"윽, 분명히 말했지만……."

"그럼, 세계를 구하는 걸 도와주시는 거죠? 우선, 저는 이 세계를 구하고 싶습니다. 다행히 구하는 방법은 간단하지요. 에리카 씨가 이대로 포기해 주시면 그걸로 끝이니까요."

"역시 속였잖아."

"속이지 않았어요. 말로 구슬린 것뿐이에요."

"구슬린 건 인정하는 거네."

"하지만 그렇게라도 안 하면 큰일이 나잖아요."

"너무해, 너무하다구. 세계를 멸망시키는 걸 도와준다고 했으면서! 도와준다고 해 놓고!!"

"네, 멸망시키는 것도 도와는 드릴 거예요. 하지만 저는 어디까지나 돕는 것뿐입니다. 뭐, 멸망시키려고 할 경우는 또 에리카 씨에게 세계를 구해 달라고 부탁할 작정이지만요."

"야, 얌전하게 소이치한테 계속 속을 거라고 생각하지 마!!"

"네, 그러니까 언제까지나 에리카 씨를 속일 거예요. 에리카 씨가 세계를 멸망시키려 하는 한, 언제까지나."

내가 그렇게 말하자 에리카 씨는 갑자기 진지한 얼굴을 한다.

드물게도 나를 걱정하는 듯한 표정으로.

"……하지만 난 아마 세계 멸망을 포기하지 않을걸?"

"뭐, 유감스럽게도 그렇겠죠. 하지만 언젠가 에리카 씨가 세계를 멸망시키고 싶다는 생각이 사라질 날이 올 거라고 믿으니까요. 그날이 올 때까지 제가 곁에서 에리카 씨를 막고 싶어요."

"……그런 날이 올까?"

"올 거라 생각하는데요? 오지 않으려나? 오겠죠?"

"그걸 나한테 물어도 곤란한데. 내 뒤틀린 원한은 아주 굳건해서 죽을 때까지 이대로일지도 모르는걸?"

"그렇게 되지 않는 게 제일 좋지만, 그래도 약속했으니까요. 설령 죽을 때까지 그대로라고 해도, 죽을 때까지 도울게요. 물론 그렇게 되지 않게, 에리카 씨가 제대로 된 용사가 되도록 저도 노력할 거지만요."

"그, 그렇구나……."

무슨 생각을 했는지 잠시 침묵하더니.

"그렇게까지 말한다면, 어쩔 수 없으려나—."

에리카 씨는 내게서 시선을 거두고 거대한 문 쪽을 보았다.

안쪽에 신이 거하는 그 문을.

"수염을 여기서 죽이지 못하는 건 부아가 치밀지만. 하지만 소이치가 그렇게까지 말해 준다면 그걸로 됐으려나."

"정말입니까!?"

"응. 죽을 때까지 도와준다는 소릴 들으면 응할 수밖에 없잖아."

"에리카 씨!!"

"하지만 착각하지 마! 소이치가 나를 막았다 해도 언젠가 내 의지를 이어받는 자가 나타나서 세계를 멸망시키려 할 게 뻔하니까! 이 평온이 언제까지나 지켜질 거라고 생각하지 마!!"

"그러니까 왜 그렇게 마왕 같은 소리를……. 하지만 만약 그런 일이 일어나면 함께 막아 주시는 겁니다? 애초에 에리카 씨처럼 뒤틀린 원한의 화신이 그리 쉽게 나올 거라고는 생각할 수 없지만요."

"나온다면 아마도 내 아들이나 딸이 아닐까!"

"절대로 잘못 교육하지 말아 주세요!!"

"그럼 그렇게 되지 않게 소이치가 잘 키워야겠네!"

"어, 그건 무슨……?"

"있잖아, 소이치."

"뭐지요, 에리카 씨."

"앞으로도, 잘 부탁해."

세계를 멸망시키려 하는, 영웅실격 용사와.

세계를 구하려 하는, 영웅 미만 사자.

결코 만날 리 없었던 두 사람의 길은 여기서 교차해, 미래를 향해 이어져 간다.

이 앞에 세계가 멸망하려 하는 일이 있고.

그럼에도 세계를 멸망시킬 수 없다는 의지가 그 옆에 다가선다면.

세계는 분명 이어져 갈 것이다.

수많은 영웅을 낳고.

더욱 많은, 영웅이 아닌 자를 낳으면서.

누군가와 누군가로 구성되는 세계는 끝나지 않고 계속된다.

힘이 있어도.

힘이 없어도.

그래도 언젠가 당도할 미래에는 차이가 없다.

"하아, 아마 난 앞으로도 소이치한테 계속 속겠지……."

"아니 그렇게까지 안 속일 건데요!? 남 듣기 무서운 소리 하지 말아 주세요!!"

"그렇게까지, 라는 건 그럭저럭 속인다는 거지."

"……세계를 위해서니까요."

"거기서 부정하지 않는 부분을 보면 소이치도 꽤나 바뀌었다고 생각해. 완전히 모두에게 영향을 받아서 구제불능이 된 거 아닐까."

"무슨 소리를 하시는 거예요! 화냅니다!?"
"소이치가 화내는 포인트는 그거지. 하지만 이미 늦었어. 소이치도 가슴을 펴고 보타락장의 일원이라고 말해야 해!!"
"그러니까 보타락장은 본래 구제불능 인간의 집합소가 아니라구요!? 세계를 구하는 전선기지거든요. 어째 요즘은 저조차도 잊어버릴 것 같지만요!!"
"구제불능 인간의 소굴에 온 걸 환영해!"
"그거 아니라니까요! 이야기를 들으세요! 아 진짜, 글러 먹었어 이 용사!!!"

앞서가는 에리카 씨의 손을 잡고 문 앞에서 이동한다.
영웅끼리의 싸움으로 인해 문도 상처 없이 끝나지는 않은 듯하지만.
그래도 문은 당당하게 그곳에 서 있다. 신의 위광을 드러내듯.
나는 그 문에 한 번 인사를 했다.
그리고 에리카 씨와 함께 걷기 시작했다.
자신의 몸을 걸고 세계를 구해낸 사랑스러운 영웅실격들이 있는 곳을 향해.

에필로그

이러저러해서 보타락장을 여러 의미로 뒤흔들었던 소동이 끝나고.

"……하아."

완전히 익숙해져 버린 보타락장의 관리인실에서 나는 오늘도 보고서와 시말서를 쓰고 있다.

연이어 여러 일들이 일어난 탓에 보고할 내용을 정리하는 것만 해도 고생이다. 왜 성가신 일들은 한꺼번에 닥쳐오는 걸까요. 좀 띄엄띄엄 와 달라고요. 아니 애초에 안 와도 되지만요.

특히 이번에는 정말 큰일이었다.

어쨌거나 신이 어떻게 될지도 모르는 대 위기였으니, 그에 따라 시말서도 대향연이다. 세계 하나로 끝나지 않았을 가능성도 있었으니 어쩔 수 없는 일이지만, 그렇다 해도 마음이 꺾일 만큼 엄청난 업무다.

하지만 그래도 열심히 쓴다.

시말서를 쓴다는 것은 어떻게든 사건이 끝났다는 얘기. 그러니 적어도 그 사실을 기뻐합시다. 아니, 지나치게 긍정적인가 싶지만 이렇게라도 안 하면 해 나갈 수가 없다고요, 이 사명은.

멸망에 처한 세계를 구한다.
몹시도 힘들지만 보람 있는 그 사명을 완수하면서.
나는 오늘도 이 보타락장에서 지내고 있다.

그런데 시말서 쓰기의 일환으로 보타락장의 주민들의 근황을 전해야 하니 각자에 대해 써 보자면.

"에헤헤, 아버지♪"
"Oh my dear."
먼저 최강의 드래곤인 쿠드 롬바르디아 님과 딸인 노에미쨩.
부녀 사이에 일어난 다툼은 아버지인 쿠로 씨가 몸을 던져 딸을 위기에서 구함으로써 무사히 풀린 듯하다. 서로를 미워하는 부모자식은 보고 싶지 않았으니 정말 잘됐어요.
노에미쨩도 때때로 보타락장에 놀러 오게 되었다. 도마뱀 모습인 쿠로 씨를 소중하게 안고 있는 모습을 보면 저도 마음이 편안해집니다. 이제는 아버지를 죽이겠다는 말은 꺼내지 않겠지요.
하지만 나는 놓치지 않았다.
노에미쨩에게 감추려는 듯 마루 밑에 놓아둔 술병을.
"Woops."
평소에 노에미쨩이 보지 않는 데서는 지금까지와 마찬가지로 술을 잔뜩 마시고 취해 있다는 것을.
쿠로 씨가 딸에게 음주는 그만뒀다고 말한 것 같은데. 저게 들키면 또다시 부녀 싸움이 일어날 거라 생각해요. 이번에는 죽이니 마니 하는 식의 험악한 일이 생기지는 않을 것 같지만, 또 날뛰겠지.

뭐, 지금처럼 단란하게 지내는 부녀를 보는 건 좋은 일이죠.

"네 이놈 파충류, 나의 딸을…… 아니지, 소년이 가르쳐 준 대로 딸이란 영원히 이어질 개념. 개인에게 집착할 필요는 없지만…… 그러나…… 괴로운 일이군!!"

그렇게 사이좋은 부녀를 복도 기둥 너머에서 망령 같은 얼굴로 쳐다보고 있는 것은 변신 히어로인 사몬지 신타로 씨. 이젠 적극적으로 무시하고 싶지만 이것도 업무겠죠.

경찰서에 불려가는 일 자체는 줄었지만 그만큼 언동이 망가지기 시작했기 때문에 구제불능스러움의 총량은 달라지지 않은 듯한 기분이 듭니다.

이번 소동에서는 약간 멋진 모습을 보여 주었지만. 평소에도 그런 느낌으로 있어 준다면 주변 사람들의 눈도 좀 바뀔 텐데, 뭐 무리겠죠. 압니다.

"음, 벌써 이런 시간인가! 초등학교 하교 시간이다! 서둘러라 나여, 바람보다도 빨리 어린 여자아이들의 곁으로!!"

네, 이렇습니다. 헛된 기대 따윈 품지 말고 경찰서에 마중 나갈 준비를 해 두는 편이 나을지도 모르겠어요.

"아아, 보타락장이 사라졌던 듯한 기분이 드는데, 그건 꿈이었을까요. 아니면 평소처럼 주마등이었던 걸까요."

오늘도 방에 틀어박힌 전설의 작가 엔쵸 츠즈리 씨.

보타락장이 갑자기 소실된 충격으로 사망한 그녀는 결국 그대로 계속 죽어 있었지만 원래의 종이 박스 집에 돌려놓으니 무사히 부활했다. 이만큼이나 쉽게 소생하면 기적이라고 부를 수도 없겠네요.

그렇게, 지금까지와 마찬가지로 방에서 나오지 않고 생활하고 있지만.

"~♪"

"히익!? 쓰고 있어요, 쓰고 있다고요! 마감이 어제였다는 것도 잊고 쓰고 있으니까! 제발 용서해 주세요, 그리고 오지 마세요!!"

요즘은 가끔 울리는 휴대전화 벨 소리에 겁을 먹으며 원고용지에 만년필을 휘두르는 나날을 보내고 있는 듯하다. 나에 대해 쓴 소설을 세상에 내놓는 바람에 다시 예전 편집자분과 연이 이어져 버린 것 같다.

뭐, 그냥 틀어박혀 있는 것보다는 훨씬 훌륭한 생활이겠지요.

다만 번번이 죽어서 그 처리를 제가 담당해야 되는 건 좀 참아 주셨으면 합니다. 아니, 진짜로.

"아아, 이렇게 만주의 마음이 돼서 만주를 맛보고 있는 순간이야말로 만주에게 허락된 최고의 사치야…… 만주라서 더없이 행복해."

테이블 위에 올라가 오늘 사 온 대량의 만주를 볼이 미어지게 먹고 있는 사람은 최강의 마법소녀인 시라베 료코 씨.

질리지도 않고 매일 화과자 가게에 다니면서 만주란 만주는 계속 먹고 있는 건 지금까지와 같다. 하지만 요즘은 만주를 스스로 만드는 법을 배운 모양인지, 다양한 재료로 만들어서 먹고 있다. 다만 잘못 만든 시리즈의 만주를 제게 밀어붙이는 건 그만하셨으면 합니다.

그녀는 다양한 마법으로 나를 도와주었지만, 아직 수수께끼가 많은 인물……이 아니라 만주라고 생각한다. 어떤 과정으로 만주가 된 건지 언젠가는 자세하게 캐내고 싶습니다.

"그런데 아직도 만주도(道)는 심오하네. 이렇게 하바네로가 잘 맞다니…… 나도 만주의 산을 막 오르기 시작했을 뿐이니, 앞으로도 계속 새로운 만주를 탄생시켜야만 해. 정말, 질리지가 않는다니까."

그렇게 말하며 만족스럽게 입에 만주를 털어 넣는 것이다.

언젠가 조리 중에 실수로 자기를 요리해 버리는 건 아닐까요.

【후후후, 주민들의 구제불능스러움에 전율하고 계시는군요 주인님……! 이럴 때는 시짱이 추천 드리는 책을 읽고 마음을 진정시켜야 합니다! 그럼 이 『배신과 하극상의 발라드』라는 책을 읽어 주세요! 윗사람을 어떻게 해 버리고 싶을 때 반드시 도움이 될 거랍니다.】

신의 여동생이자 이번 소동의 원흉, 시갈 익사도라. 그녀는 다시 내가 가진 디바이스 안에 돌아왔다.

딱히 이쪽이 원래 존재인 건 아닌 듯하지만, 예전과 똑같이 디바이스로서의 직무를 다하고 있다. 신에게 다시 디바이스로서

일하도록 벌을 받았다고 한다.

그 소동 후에 아무래도 오빠인 신에게 호되게 혼이 났는지 디바이스에 돌아왔을 무렵에는 몹시도 침울해져 있었다. 내 말에 단답으로 대답하는 모습은 흡사 먼 옛날의 인공지능인줄 알았다.

하지만 금방 원래의 기운을 되찾아 이렇게 활약하고 있다.

【어라라 주인님, 최근에는 그다지 책을 읽지 않으신 것 아닌가요? 그래선 안 됩니다. 시쨩처럼 훌륭한 존재가 되지 못한다구요? 뭐 시쨩은 기본적으로 성격의 골자가 일그러져 있는 타입이라 추천은 안 드리지만요!】

이상한 책을 추천하는 것도 평소대로다.

그녀가 소동 후에 성심성의껏 사과했기에 우리와의 관계도 원래대로 돌아왔다. 뭐, 조금쯤은 디바이스가 이상한 편이, 저도 좀 더 성실하게 노력하자는 마음이 들겠지요.

그때, 우당탕거리며 복도를 걸어오는 소리가 나고.

"잠깐, 어떻게 된 거야!"

"아니, 갑자기 무슨 일이에요, 대체."

"나에 대한 대접 말이야! 이런 느낌이 아니었잖아!!"

내게 갑자기 덤벼든 것은 마왕, 미리암 바리에타스. 마왕이라고 이름을 대는 것만 봐도 알 수 있듯이 나쁜 놈입니다. 아니, 다른 주민과 비교하면 이래 봬도 제법 괜찮은 편이지만요.

"말했잖아, 소이치! 디바이스를 파낼 때!"

"무슨 말을 했던가요…… 증거라도 있어요?"

“얼버무릴 셈이야!? 천지신명이 잊어도 나는 안 잊었거든!?”
“마왕이 천지신명 같은 소리 하지 말아 주실래요?”
모르는 척하고 있지만 물론 잊지 않았다.
마왕에게 협력을 부탁할 때 약속한 것이다. 다른 영웅분들에게는 미래의 가능성이라는 형태로 각각의 대가를 제시했는데, 미리암의 경우도 마찬가지로 대가를 제시했다. 그 내용은.
“보타락장의 주민으로 다른 영웅들과 똑같이 대접하겠다고 약속했잖아!? 기억하고 있단 말이야!!”
“그렇게 대접하고 있잖아요.”
“그럼 왜 내가 청소를 하고 있는 거야! 이거 주민이 할 일이 아니잖아!?”
“하지만 청소하는 거 싫어하지 않잖아요.”
“……뭐어, 그렇긴 하지만.”
“그럼 아무 문제없잖아요. 계속해서 부탁드릴게요. 끝나면 찬장 안에 있는 케이크 먹어도 돼요.”
“와—아!!”
웃는 얼굴로 뛰어 나가는 미리암.
한동안 달린 후에 “역시 속았잖아!?” 같은 외침이 들려왔지만, 신경 쓰지 말고 서로 힘내자고요.
덤으로.
“냐—.”
여전히 생태를 잘 알 수 없는 혼돈생물 포치도 건강하게 지내고 있습니다.

그리고 마지막 한 사람.

그녀는 현관 앞에 앉아 발을 흔들흔들 움직이고 있었다.

"아, 소이치다—."

내가 접근하는 걸 알아채고 돌아보며 태양 같은 미소를 띤다.

"한가하면 세계 멸망시키러 가자—."

"안 갈 건데요? 애초에 한가하지 않거든요. 아직 보고서랑 시말서가 남아 있어서 바빠요."

"흐—응, 그럼 좋아. 혼자서 멸망시키고 올 거니까."

"그것도 안 돼요!!"

"그럼 뭘 멸망시키면 돼!?"

"멸망시키는 것 자체가 안 된다고 하는 거예요!!"

"치사해! 벽창호!! 모처럼 목걸이가 풀렸는데 자유롭게 날뛸 수 없다니 너무 지독해! 말려 죽이기야! 이대로는 스트레스가 터지고 말 거라구!!"

"에리카 씨를 믿으니까 목걸이를 뗀 거예요! 진심으로 날뛰겠다면 다시 목걸이를 채워야 하거든요!!"

"나를 구속할 작정이구나……."

"엑."

"나를 목걸이로 구속하고, 사슬로 끌고 다니면서 자기 소유물이라고 말하고 다닐 거지."

"가, 갑자기 무슨 소릴 하시는 거예요!?"

"별로 상관없지만—. 이미 나랑 소이치는 일심동체 같은 거니까. 하지만 여차하면 나한테도 생각이 있다구. 목걸이를 차고 거리를 돌아다니는 굴욕을 소이치한테도 맛보여 줄 거야.”

“그런 짓은 안 했는데요!?”

“했잖아.”

“안 했…… 했던가요…… 했었네요.”

했습니다.

“애초에 그렇게 프러포즈 같은 말을 꺼낸 건 소이치니까, 좀 더 나를 신경 써야 하잖아.”

“프러포즈라니…… 확실히 그때는 그런 말을 한 것 같기도 하고, 안 한 것 같기도 하고…….”

확실히 에리카 씨를 설득할 때 기세를 타고 여러 가지로 과격한 소리를 한 것 같은 기억이 있다. 다시 떠올리는 것만으로도 얼굴이 붉어질 것 같다. 물론 거짓말은 아닙니다. 마음에서 우러나온 말이었지만, 그래도 부끄럽네요. 정말로.

“태도가 애매하네.”

“드릴 말씀이 없습니다…….”

“아, 애매하다니까 생각났는데, 전에 모험할 때 갔던 화산에서 좋아 보이는 온천이 근처에 있길래 들어갔는데 묘하게 미지근했어. 그래서 온도를 올리려고 분화구에 전설의 검을 힘껏 던졌더니 가볍게 분화가 일어나서 주변 사람들이 엄청 무섭게 화냈던 적이 있거든. 너무하다고 생각 안 해? 왜냐하면 나쁜 건 적당한 온도를 유지 못한 온천 쪽인데. 오히려 따뜻하게 해 준 거에 대해서 감사 인사라도 한마디 들어야 할 정도잖아…… 아, 떠올렸더니 또 열 받기 시작했어. 좋아, 그럼 한 번 더 분화시키러 가야지!"

"그만 두세요! 아— 진짜, 알겠어요. 알겠다고요! 온천이든 화산이든 언젠가 꼭 같이 갈 테니까 오늘은 얌전히 계셔 주세요! 덤으로 조용히 계시고요!"

"응, 알았어!"

최강의 용사, 에리카 애쉬로즈.

신의 사자, 카노야 소이치.

에리카 씨는 지금까지와 마찬가지로 사사건건 뒤틀린 원한을 발동시켜 세계를 멸망시키려 하고 있다.

나도 지금까지와 마찬가지로 신에게 다시 한번 사자로서 명을 받아 세계 멸망을 막기 위해 행동하고 있다.

보타락장의 구제불능들에게 골치를 썩이면서.

종종 발생하는 재앙의 카운트다운에 휘둘리면서.

그래도, 힘껏.

자신이 하고 싶은 일을 해 나간다.

지겨울 일만큼은 없는 매일을, 적당히 즐기고 적당히 고생하면서 보내고 있다.

【재앙이 닥치기까지 앞으로 6일 23시간 11분 54초】

"여러분! 또다시 새로운 재앙이 발생했습니다! 힘을 빌려주세요!!"

언제나처럼 시작된 새빨간 카운트다운을 맞이한 나는 영웅분들을 불러냈다.

"Sake&Daughter!"

"미안하다 소년, 오늘은 수영 수업이 있어서 아무래도 눈을 뗄 수 없어!"

「찾지 말아 주세요. 죽었습니다.」

"새로운 만주 개발에 바빠서 무리야. 애초에 배가 꽉 차서 못 움직여."

【주인님, 또 추천드릴 책을 찾아 왔는데 어떠신지요. 『상사의 약점을 파내는 법』이라는 제목인데요.】

"교육 방송 시간이라 무리라구! 꼭 보고 싶은 프로거든! 억지로 하겠다면 상대해 주겠어!!"

"그럴 수가, 절대 용서 못해! 세계가 재앙에게 멸망당하기 전에 내가 세계를 멸망시켜야 해!!"

하지만 그런 식으로 개인의 욕망을 최우선하고 재앙에 대해서는 전혀 의욕을 보여 주지 않는 것도 늘 있는 일이라.

나는 결국 소리를 치는 꼴이 되는 것이다.

"자, 평소처럼 일렬로 정렬해 주세요! 정말이지 여러분은, 자신들의 사명을 알고 계신 겁니까!? 보타락장의 영웅들은 세계의 위기에 대응하는 것이 임무라고요!? 이렇게 대충 늘어져서 지내는 게 원래 목적이 아니거든요!? 잊으셨어요!? 잊지는 않으셨겠죠, 무시하고 있을 뿐이겠죠!! 아 진짜, 적당히 좀 하세요!!"

그리고 평소처럼 설교 타임 시작이다.

요즘은 저도 설교에 익숙해져서, 슬라이드 같은 걸 써서 효과적으로 영웅들의 한심함을 추궁하게 되었습니다.

"이…… 이, 구제불능 인간들!!"

오늘도 말발은 최고조라 설교는 몇 시간에 걸쳤지만.

구제불능 여러분께 제 설교가 전해졌다는 느낌은 전혀 없습니다.

그렇겠지요, 제 설교가 제대로 여러분에게 전해졌다면 제가 이렇게 설교의 프로처럼 되지는 않았겠죠!!

"……하아."

그렇게 긴 설교가 끝나고 언제나처럼 완전히 아무렇지도 않은 얼굴로 사라지려 하는 영웅분들을 보고 있자니, 한숨이 끝없이 나올 것만 같다. 푸념만 늘어놓는 게 안 좋다는 건 알고 있지만 그래도 나오고 만다고요.

"하아…… 정말, 여러분이 없으면 세계가 큰일이 나고 마니까 조금 더 자각해서 노력해 주셨으면 좋겠는데요……."

그렇게 별 생각 없이 흘렸는데.

그런 내 혼잣말에 반응이 돌아왔다.

"별로, 우리가 없어도 괜찮은 거 아니야?"

"……예?"

"그치만 여기엔 네가 있으니까."

갑자기 료코 씨에게 들은 생각지도 못한 말.

당연한 것처럼, 자연스러운 일인 것처럼. 하나도 의문스럽게 생각하지 않는 것처럼 말한, 나를 인정하고 있는 듯한 대사.

"…………."

그 말에 뭐라고 반응해야 좋을지 망설이고 있자니.

다른 영웅들도 제각기 말한다.

"확실히 그렇군. 소년이 있으면 세계는 분명 괜찮을 테지."

"그쪽이야말로 자기를 과소평가하는 거 아냐? 소이치가 지금까지 대체 얼마만큼 세계를 구해 왔다고 생각하는 거야."

【그렇고말고요. 주인님의 활약으로 구원받은 세계는 시짱이 기억하는 것만 해도 양손으로 꼽을 수 없을 만큼 있는걸요.】

「책으로도 나왔지요. 제가 썼지만.」

"Yes. You are hero."

"응. 이러니저러니 해도 소이치도 영웅이라고 불릴 만큼의 일은 했으니까. 우리는 계속 그 모습을 봐 왔으니까 보증해 줄게. 틀림없이 세계를 구한 영웅이라고."

그런 말을, 연이어 들었다.

"내가…… 영웅?"

자신이 영웅이라고 불린 일.

무엇보다 먼저 당황스러웠다.

자신은 아무것도 아닌 그저 신의 사자이고.
영웅분들을 돕는 것이 사명이라고 생각했다.
어디까지나 돕는 것이 내 사명의 범위라고.
영웅이란 닿을 수 없는 별 같은 존재. 내가 할 수 있는 것은 멀리서 별의 반짝임을 바라보는 것뿐이라고 생각했다.
하지만.
눈앞에 늘어선 영웅들은 아무런 의심도 없이.
나를, 영웅이라고 부른다.
불러 주었다.
별이나 마찬가지인 존재가 나를 보고 대등하다고 말해 준 것.
그것이 정말 무엇보다도 기뻐서.
"그래그래, 카노야 소이치는 훌륭한 영웅이라구."
"……에리카 씨."
언젠가 보았던 영웅을 동경해 이곳에 도달했다.
이곳에서, 동경했던 영웅들에게 자신이 바로 영웅이라고 인정받았다.
솔직히 자신이 영웅이라고 불리는 것은, 영웅의 위대함을 몸으로 알고 있는 처지이기에 도저히 받아들이기 힘든 일이다. 하지만 바로 그 영웅들이 그렇게 불러 줌으로써 내 안에 천천히 따뜻한 무언가가 퍼져 나가는 것을 느꼈다.
정말로, 정말로, 기뻐서.
그만 눈물이 나올 것 같았지만.
그래도 지금은 울 때가 아니다.

아직 내가 도전해 나가야 할 멸망과, 해결해 나가야 할 사명은 남아 있다.

세계를 뒤덮는 위기는 앞으로도 반드시 닥쳐올 것이다.

그러니 지금은 눈물을 꾹 참고.

웃는 얼굴로, 나를 인정해 준 영웅들에게 부끄럽지 않도록 마주 본다.

"가, 갑자기 무슨 소릴 하시는 거예요, 정말! 아무튼 지금은 새로운 재앙을 여러분과 함께 어떻게든 해야……."

함께 미래로 나아가기 위해 앞을 보니.

"……어라?"

아무도 없었다.

에리카 씨를 포함해 모두가 모습을 감추었다. 함께 걸어가기는커녕 완전히 나 혼자만 남겨져 있고.

그저 한 장의 종잇조각만이 살며시 놓여 있었다.

【그런고로, 이다음은 잘 부탁합니다.

보타락장 주민 일동】

응.

내 감동 돌려줘.

"그, 그 구제불능 인간들!!"

종잇조각을 주워들고 한동안 마음속으로 구제불능 인간들을 잔뜩 매도한 다음 서둘러 현관을 나왔다. 어차피 각자가 어디로 갈지는 알고 있으니, 한 사람씩 붙잡아 설교 시간 파트2입니다. 놓칠까 보냐.

문득 올려다보면, 푸른 하늘.

내 앞날을 나타내듯 한없이 펼쳐진 푸른 하늘.

앞으로도 힘든 일이 있겠지.

내 힘만으로는 어떻게 할 수 없는 일도 있을지 모른다.

그래도 분명 그 사랑스러운 영웅실격들과 함께라면 어떻게든 될 거라고 생각한다.

한없이 넓은 하늘처럼, 가능성에 넘쳐흐르는 미래.

영웅과 내가 가슴을 펴고 나란히 설 수 있는 미래에, 가능성의 끝에 도달할 수 있다. 그런 예감이 든다.

미래를 믿고, 포기하지 않는다.

그것이 영웅이라 불리는 자가 나아갈 길이라고 생각하니까.

그러니 한 발 내디디고.

여기서부터, 세계를 구하러 가자.

《끝》

후기

안녕하세요. 사라이 슌스케의 '사라' 입니다.

지난 권에 이어 『영웅실격 3』을 구매해 주셔서 감사합니다.

본작의 테마는 '구제불능 인간' 입니다만, 그런 이야기를 쓰다 보니 '구제불능 인간이란 어떤 존재인가?' 라는 것에 관해 꽤나 자주 생각하곤 합니다.

제가 생각하는 구제불능의 요소란 '자신의 욕망을 무엇보다 우선한다' 와 '그로 인해 주위에 미치는 영향을 전혀 신경 쓰지 않는다' 인데요. 최근에 사실 구제불능 인간은 혼자서는 구제불능 인간으로 성립되지 않는 게 아닐까 하는 생각에 이르렀습니다.

구제불능은 혼이 나거나 비난을 받거나 하는 정도로는 변하지 않습니다. 아니 오히려 변하지 않기 때문에 바로 구제불능인 겁니다. 즉, 진정한 구제불능은 혼내거나 비난하는 존재가 곁에 있기 때문에 비로소 구제불능으로 성립할 수 있다. 또한 그 존재에 계속해서 반항함으로써 구제불능 정도를 계속 높여 가는 게 아닌가 하고 생각합니다.

뭐, 결국 무슨 말이 하고 싶냐면. 본작의 주인공인 카노야 소이치는 보타락장의 영웅들을 계속 혼내거나 비난함으로써, 영웅들의 구제불능 정도를 더욱 가속시키고 있는 게 아닌가 하는 겁니다. 이 얼마나 불민한 주인공인지.

자, 그런 심하게 불민한 주인공으로 보내 드린 『영웅실격』은 이번 권이 마지막 권입니다.

소이치와 에리카와 구제불능들의 이야기. 조금 더 여러분께 전해 드리고 싶었지만, 아무튼 그들의 야단법석은 이것으로 일단 막을 내리겠습니다.

소이치는 앞으로도 보타락장의 영웅들에게 휘둘리면서도 스스로 목표로 해야 할 영웅으로 이르는 길을 찾겠지요. 여러모로 고생하겠지만 이러니저러니 해도 즐겁게 살아가지 않을까요. 그런 영웅 미만의 뒷모습을 따뜻하게 전송해 주시면 기쁘겠습니다.

이하, 세계를 멸망시킬 기세로 감사의 인사를 드립니다.

담당 편집자 A님, 일러스트레이터 나베시마 테츠히로 님, 디자이너 O님, H님. 졸저의 제작 · 출판 · 유통 등에 참여해 주신 모든 분들. 사인본과 색지를 쓰게 해 주시고 졸저를 놓아 주신 전국의 서점 관계자 여러분. 친구들. 가족. 그리고 무엇보다 이 책을 구매해 주신 독자 여러분.

여러분 덕에 구제불능들의 야단법석도 마음속으로 그리던 라스트 신까지 써낼 수 있었습니다. 지금까지 함께해 주셔서 정말 정말 감사했습니다.

패미통 문고에서의 신작은 아직 미정입니다만, 또 새로운 야단법석을 거느리고 돌아올 테니 그때는 다시 함께해 주시면 감사하겠습니다.

후기2

안녕하세요, 사라이 슌스케의 '이' 입니다. 『영웅실격』 3권을 전해 드립니다.

앞 페이지에 쓴 대로 이번 권이 마지막이 되어 버렸습니다만, 그 완성에 이르기까지는 개인적으로 커다란 고난이 기다리고 있었습니다.

집필 중에 눈에 병이 생겨 오른쪽 눈이 보이지 않게 되고 말았습니다.

눈이 보이지 않게 된다는 건 작업 도구인 컴퓨터 화면을 볼 수 없다는 뜻입니다. 입원 치료가 필요해진 데다 왼쪽 눈만 가지고 집필할 수도 없으니 그야말로 작가 인생의 위기라 해도 틀린 말이 아닙니다.

다행히도 그 정도까지 큰일이 되지는 않았지만(한 명이 쓰러지면 다른 한 명이 쓴다, 이것이 2인조 작가의 진가이므로), 어찌 됐건 처음 하는 경험인 데다 작가로서는 손 다음으로 중요한 기관인 눈이었기 때문에 완전히 마음이 약해지고 말았습니다. 왜 내가 이런 꼴을 당해야 하느냐고 자신의 운명을 원망하기도 했습니다.

그런데 본작 『영웅실격』은 가혹한 운명을 원망하면서도 그에 저항하는 인간의 모습을 그린 작품이기도 합니다.

아니 뭐, 너무 억지스럽게 갖다 붙이는 거고, 애당초 그런 테마가 있었냐든가 작가로서도 처음 듣는 것 같다는 느낌도 들지만, 아무튼 그런 느낌의 이야기였습니다.

어쩔 도리가 없는 환경, 어쩔 도리가 없는 힘, 그리고 어쩔 도리가 없는 영웅들. 그런 운명을 그저 원망하기만 하는 것은 쉽습니다. 그러나 원망이라는 마이너스 감정을 모티베이션으로 삼는 것은 어렵습…… 아, 여기까지 쓰고 보니 뒤틀린 원한만으로 행동을 일으키는 타입의 용사가 히로인이었던 기분이 들지만, 신경 쓰지 않기로 하겠습니다.

아무튼 마이너스 감정만 가지고 앞으로 나아갈 힘으로 삼기는 어려운 것 같은 기분이 듭니다. 아무리 절망적인 상황이라도 그 상황을 뒤집어 주겠다는 플러스 감정이야말로 중요합니다. 자기 안에서 플러스 감정을 불러일으키는 것이야말로 가장 중요한 게 아닐까. 본작 『영웅실격』이라는 이야기에서 작가 자신이 배운 것은 그런 부분이었습니다. 그리고 현재, 눈은 무사히 보이게 되었습니다.

그럼. 그렇게 배운 것을 살리기 위해서라도 다음 이야기를 써야 합니다.

지금은 『세계 끝에서 온 특급배달』이라는, 세계와 차원을 달리는 소형 트럭을 타고 치트 아이템을 배달하는 선후배의 이야기를 WEB 소설 투고 사이트 「kakuyomu.jp」에서 연재하고 있습니다(검색하면 제일 위에 나옵니다).

그 밖에도 여러 가지를 준비 중이니, 패미통 문고 공식 사이트나 사라이의 트위터(검색하면 제일 위에 나옵니다) 등을 체크해 주시면 감사하겠습니다.

비록 이야기가 끝나도 이야기의 세계는 어디까지나 이어집니다.

앞으로도 독자 여러분께 새로운 이야기, 새로운 야단법석을 계속 전해 드리고자 하니, 계속해서 응원해 주시길 부탁드립니다.

그럼 또 어딘가의 서점에서 만나 뵙지요.

모든 구제불능들과 구제불능을 사랑하는 사람들에게 축복이 있으시길.

2016년 3월 모일 사라이 슌스케

후기

영웅실격 마지막 권

애독해 주셔서 감사합니다!

영웅에게는 역광이 어울린다!

비록 구제불능이어도……

영웅실격 3

2021년 02월 25일 제1판 인쇄
2021년 03월 01일 제1판 발행

지음 사라이 슌스케 | **일러스트** 나베시마 테츠히로

옮김 박수진

발행 영상출판미디어(주)
등록번호 제 2002-000003호
주소 21311 인천광역시 부평구 평천로 132 (청천동)
전화 032-505-2973(代) | FAX 032-505-2982

ISBN 979-11-6625-683-7
ISBN 979-11-319-9360-6 (세트)

EIYU SHIKKAKU Vol.3 IYOIYO, SEKAI WO HOROBOSHI MASU

구매 시 파손된 도서는 구매처에서 교환하실 수 있습니다.
기타 불편사항, 문의사항이 있으신 독자님께서는 노블엔진 홈페이지
[http://novelengine.com] 에서 Q&A 게시판을 이용해 주시기 바랍니다.

노블엔진(NOVEL ENGINE)은 영상출판미디어(주)의 라이트노벨 및 관련서적 브랜드입니다.